Himmelstürmer Verlag

Bibliographie
„Alles besser", Gedichte. Männerschwarm, 1999
„Mark singt", Roman. Himmelstürmer Verlag, Herbst 2004
„Die Legende vom heiligen Dimitrij", Roman, Himmelstürmer Verlag, Frühjahr 2005
„Dunkle Flüsse", Roman, Himmelstürmer Verlag, Herbst 2005
„Es gibt keine Ufos über Montana" Himmelstürmer Verlag, Frühjahr 2006
„Patrick's Landing" Himmelstürmer Verlag, Herbst 2006
Kurzgeschichten in GAY UNIVERSUM 1 und 2, Himmelstürmer Verlag
Dazwischen gab und gibt es mehrere Veröffentlichungen von Kurzgeschichten in diversen Anthologien, Literaturzeitschriften und Auswahlbänden

Himmelstürmer Verlag, Kirchenweg 12, 20099 Hamburg
E-mail: info@himmelstuermer-verlag.de
www.himmelstuermer.de
Foto: András Jókúti, www.saturninus.eu
Das Modell auf dem Coverfoto steht in keinen Zusammenhang mit dem Inhalt des Buches und der Inhalt des Buches sagt nichts über die sexuelle Orientierung des Modells aus.
Umschlaggestaltung: Olaf Welling, Grafik-Designer, AGD, Hamburg.
Originalausgabe, Herbst 2008

Rechtschreibung nach Duden, 24. Auflage

Printed in Czech. Rep.

ISBN: 978-3-940818-02-7

Peter Nathschläger

Roman

Geheime Elemente

Himmelstürmer Verlag

Für Ryszard, meinen Elemental

Teil 1: Begräbnis mit Steinen

Kapitel 1

Im Zimmer war es die Stille von Nachtfaltern, draußen von Wind, der durch Gräser und Sterne fuhr, Regen mit sich führte und böig gegen das große Fenster warf. Er fand, dass die Gemeinde Königsberg im Regen lag wie eine Tote. Die Gassen und Straßen waren nicht mehr als Reliefs in der Haut einer aufgeblähten Wasserleiche. Perfekt zu seiner Stimmung und dem Bild der Wasserleiche passte die Musik, die er jetzt aus dem MP3 Ordner seines Computers auswählte und über die PC Boxen hörte. VAST: *I am dying*. Seit Mitte April regnete es fast jeden Tag, und wenn es nicht gerade goss, dann war es zumindest bewölkt; der Nebel ging weiter oben in dichte Wolken über, alles war feucht und klamm; der Himmel stets in Bewegung. Martin sah missmutig zum Fenster hinaus. Hin und wieder warf er einen Seitenblick zum großen Flachbildschirm, den ihm seine Eltern zu seinem siebzehnten Geburtstag gekauft hatten.

Er dachte: Die Gäste hätten Anfang April kommen sollen. Oder die zwei Wochen im Mai. Da hatten wir echt fettes Wetter hier. Knallblauer Himmel den ganzen Tag, Sternenlicht in der Nacht. Aber jetzt? So macht das keinen Sinn, no way.

Die Folge:

Buchungen blieben aus.

Was sie momentan über Wasser hielt, waren die Frühstücksgäste vom Basaltabbau auf der Rückseite des Königsbergs. Eine vertrackte Situation: Einerseits protestierten die kleinen Gemeinden am Königsberg gegen die Vergrößerung des Bergwerks, andererseits waren die Arbeiter der Grube derzeit die einzigen regelmäßigen Gäste.

Den anderen Hoteliers des Luftkurorts ging es nicht anders. Jaja, die Erderwärmung ... Martin lächelte bitter sein verschwommenes Spiegelbild an, warf einen kurzen Seitenblick auf den mit bunten Emoticons gespickten Chat der Partygroup Graz. Hüpfende Smilies, zungezeigende Smilies, wenige Sätze, viele Abkürzungen, LOL.

Dann sah er zu der Regenjacke, die am Kleiderhaken an der Tür auf ihn wartete. *Komm*, flüsterte sie mit dem Geräusch nassen Herbstlaubs, *zieh mich an und geh. Du willst es, und mir macht es nichts aus, ein wenig nass zu werden. Dafür bin ich ja da.*

Eine andere Stimme, viel vertrauter und viel weiter entfernt als das Zischeln der Regenjacke, sagte:

Timmi? Vermisst du mich? Was ist? Du schaust so traurig. Nimm doch endlich die Steine aus deinem Herz.

Martin nahm den anthrazitfarbenen Haarreif aus der Tischlade, und strich die langen schwarzen Haare streng nach hinten. Dann zog er sich die Kapuze seines Sweatshirts über den Kopf und stand auf.

Der Chat lief ungerührt weiter. Martin wusste seit knapp einem Jahr nur zu gut, dass nichts endet, nur weil sich einer abwendet und langsam vergessen wird. Nichts endet. Alles geht weiter, egal, wie sehr es schmerzt. Er schlüpfte in die flüsternde Regenjacke und zog den Zippverschluss zu. Er wusste, dass seine Eltern jetzt ihr Mittagsschläfchen hielten. Dazu hatten sie zwischen 14:00 und 16:00 Uhr Zeit. Besonders dann, wenn die Gäste ausblieben. Und nach Meinung seines Vaters, blieben die Gäste nicht wegen des Wetters aus, sondern wegen diesem hinterhältigen, teutonischen Sauerkrautfresser namens Rüdiger Brenner. Der aus Bayern stammende Touristikfachmann mit seiner schüchternen und ewig nervösen Gattin, und seinem aufgeblasenen Edelprolet von Sohn, Kai. Das waren die Worte von Martins Vater, die ihn ebenso erheitert wie auch bestürzt hatten.

Martin dachte kurz daran, wie er damals, im September vor fast einem Jahr, gespürt hatte, wie er zum Feindbild Kais geriet, weil ihn der wegen seiner überweiten Armeehose angestänkert hatte: „Kann sich hier ein Hotelierssohn nichts besseres leisten, als diese verpissten Raversachen? Meine Fresse, siehst du beschissen aus, Alter!“

Danke, das war’s: „Wirklich nett, du bayrischer Scheißhaufen.“

Rangelei, Schubserei, ein paar Ohrfeigen, Nachsitzen. Offener Hass.

So schnell ist man gefickt, ohne Spaß daran zu haben, dachte Martin.

Er klappte die Tür des Seiteneingangs leise zu. Er wollte seine Eltern nicht wecken. Er wollte, dass sie sich ausruhen konnten, obwohl er Mittagsschläfchen für ziemlich altmodisch hielt. In Wirklichkeit war es so, dass sie nicht sehen sollten, wohin er ging. Denn dann wüssten sie auch bald, *warum* es ihn dorthin trieb. Und das wollte Martin nicht. Ganz und gar nicht. Raves am Wochenende in Graz oder Maribor in Slowenien waren ganz große Klasse. Aber die Stille, zu der er von Zeit zu Zeit pilgerte, war mindestens eben soviel wert. Wenn nicht vielleicht sogar mehr. Das hatte sein Bruder gesagt: „Da oben ist es manchmal so still, dass du die Gitarre in deinem Herz hören kannst."

Martin rammte die Fäuste in die Seitentaschen der Regenjacke und ging langsam die enge und steile Kopfsteingasse hinauf zum Kirchenplatz. Er sah an der Kirche vorbei und weiter hoch zum tiefgrünen Wald, der unter dem Regen in dichten Nebelschleiern wallte und atmete.

Unter ihm, aus einem Fenster im zweiten Stock der Hotelpension seiner Eltern, blickte ihm ein Mann nach. Er stützte sich auf das Fensterbrett, drehte sich um und sagte etwas ins Zimmer. Oder zu einer Person hinter sich im Zimmer.

Hinter der Kirche wurde aus der asphaltierten Straße ein breiter Schotterweg, der zwei Weingärten teilte, zur Waldgrenze hinaufführte, und dort verschwand. Martin blieb stehen, bückte sich und schlug die weite Jeans zweimal um, damit sie nicht nass wurde. Er hatte ausgetretene Doc Martens an. Die Schuhe waren alt und bei den Nähten eingerissen. Er würde nasse Füße bekommen, nasse Socken. Und als er sich mit unerwarteter Heftigkeit erinnerte, wer ihm die geschenkt hatte, blieb er einen Moment länger knien als nötig, schloss die Augen und seufzte. Er riss sich zusammen und stieg die steile Schotterstraße rasch hinauf, um im Wald zu verschwinden.

Von der Waldgrenze aus hatte man eine ideale Aussicht auf die kleine Gemeinde: Auf die Kirchturmspitze und den Platz, wo normalerweise Touristen auf Gartenstühlen an Plastiktischen saßen, im Schatten der riesigen Sonnenschirme. Jetzt war dort nur nebelige Trostlosigkeit.

Martin folgte der Forststraße noch etwa siebenhundert Meter in den Wald, dann bog er links ab und ging einen markierten Waldwanderweg entlang, der schon lange nicht mehr gelichtet worden war. Die Äste hingen tief, und schliffen mit einem kratzigen, nassen Geräusch über seine Regenjacke, mit einem unangenehmen Ziehen über seine Schenkel.

Wenn man der geschotterten Straße folgte, kam man nach etwa fünf Kilometern zur Nachbargemeinde Tieschen. Folgte man jedoch dem Waldwanderweg, fand man zu einigen felsigen Verwerfungen und dicht bewaldeten Hügeln, die selbst die wagemutigsten Touristen verzweifeln und umkehren ließen. Rutschige Steine, tückische, mit Generationen von Tannen- und Fichtennadeln bedeckte Pfade und die Aussicht, nicht zu wissen, wohin man geht, wenn man weitergeht, all das war effektiver als ein Verbotsschild. Im stetigen Rauschen des Regens war sonst nichts zu hören. Keine Tiere, die durch das Geäst brachen, keine Vogelrufe, nichts. Normalerweise hatte Martin immer seinen iPod dabei; nicht aber, wenn er diesen Pfad einschlug. Deswegen fiel ihm die Stille überhaupt erst auf.

Nach etwa zehn Minuten Fußmarsch lichtete sich der Wald, öffnete sich wie ein Vorhang, der in seiner Bewegung einfach stehen geblieben war, und vor ihm lag ein von Nebel bedeckter Teich. Als Martin zum ersten Mal in seinem Leben den kleinen See gesehen hatte, war er fünf Jahre alt. An der Hand seines Vaters. Der Waldsee hatte die Form eines „L". Der Pfad führte an der schmalsten Stelle nördlich des Sees vorbei, schwang sich nach einigen hundert Metern nach Westen. Der See war wunderschön anzusehen, und wurde von den wenigen Touristen, die es doch immer wieder bis hierher schafften, gerne fotografiert - der See war einfach zauberhaft. Und er hatte gedacht: Wie in einem Märchen! Und er war auch jetzt noch davon überzeugt, dass alle so dachten, die den See fanden. Wie aus einem Märchen voller Froschkönige und entlaufener Kinder, Elfen, Feen und Einhörnern.

Martin verließ den Pfad und lächelte über das kindliche Erstaunen, das ihn immer wieder erfüllte, wenn er zum Waldsee kam.

Er schlängelte sich knapp am Ufer entlang und folgte einem mit Farnen überwachsenen Pfad, der vom Waldweg aus nicht sichtbar war, bis zu einer mit hohem Gras bewachsenen Lichtung. Direkt am Ufer gab es einen Schotterstrand. Sein Vater hatte ihm einmal erzählt, dass es diesen Schotterstrand hier schon gegeben hatte, als er selbst noch klein gewesen war.

Er bahnte sich einen Weg durch das hüfthohe, gelbliche Gras bis zum Schotter. Dort setzte er sich im Schneidersitz auf einen halbwegs trockenen Stein unter den ausladenden Ästen einer uralten Buche. Er zog die Kapuze vom Kopf und schüttelte sich das Haar ins Gesicht, so dass er gerade noch die Stelle sehen konnte, wo das klare Wasser auf die glatt geschliffenen Kiesel plätscherte. Er nahm einen faustgroßen Stein, schleuderte ihn hinaus aufs Wasser und wartete, bis sich die Wellen verlaufen hatten.

Martin atmete ein paar Mal tief durch, dann flüsterte er: „Hi, Tom."

Er wartete.

Der See schwieg, aufgeraut von Tropfen, die aus dem Himmel perlten.

„Unsere Eltern sind verzweifelt. Sie wollen sich nichts anmerken lassen, wegen der Schule und so. Aber ich spür's. Ich glaube, sie haben Angst, dass sie die Hypothek aufs Haus nicht zahlen können, dass sie in Rückstand kommen, und alles verlieren. Paps würde es das Herz brechen. Und Mama erst. Und ich kann ihnen nicht helfen, ich kann gar nichts tun. Weißt du was? Du fehlst mir. Manchmal vergesse ich schon fast wie du ausgesehen hast. Dann vergesse ich auch, wie es war, als du da warst, weil du immer schon da warst, schon vor mir. Wie du mir die Angst vor Schatten und Geistern genommen hast, und dass du mich geliebt hast, wie größere Brüder eben ihre kleineren Brüder lieben. Und jetzt, wo es fast keine Arbeit gibt, weil keine Touristen da sind, ist es besonders schlimm. Ich könnte jetzt wirklich einen großen Bruder brauchen, das weißt du, oder?"

Martin warf wieder einen Stein weit hinaus, schniefte ärgerlich und wischte sich mit dem Ärmel übers Gesicht.

Der See ruhte still und der Regen ließ nach. Es wurde heller. Martin hörte Schritte auf dem Schotter und schreckte hoch. Ein Mann stand seitlich hinter ihm.

„Papa!"

„Martin. Irgendwie hab ich es die ganze Zeit über gewusst." Er zögerte. Dann: „Darf ich mich zu dir setzen?"

Martin rutschte ein Stückchen zur Seite und sah zu, wie sich sein Vater vorsichtig auf den feuchten Stein setzte. Er sagte leise: „Mama wird einen Anfall kriegen, wenn wir beide mit feuchten Hosen zurückkommen. Und jetzt sag: Was machst du hier?"

Martin zuckte mit den Schultern und flüsterte fast unhörbar: „Nichts. Nachdenken. Und so."

„Und du wirfst Steine ins Wasser, ja?"

Martin nickte.

„Wie um ihn zu beerdigen? Ein persönlicher Abschied nach der Beerdigung?"

Martin zuckte kraftlos mit den Schultern, weil er nicht einmal mehr hätte antworten können, wenn er gewollt hätte. Er warf einen weiteren Stein ins Wasser. Sein Vater griff nach einem flachen Stein, und ließ ihn über die Oberfläche hüpfen: „Ich war nicht mehr hier seit ..."

„Ich weiß, Paps."

Martin lehnte sich an die Schulter seines Vaters und flüsterte mit erstickter Stimme: „Ich vermisse ihn so, Papa. Es tut immer noch so weh, es ist so ..."

Rudolf Stolz zog seinen Sohn zu sich, wiegte ihn und strich ihm durchs lange Haar, kämpfte hart um seine Fassung, blinzelte. Und sah hinaus auf den See, in dem vor knapp einem Jahr Martins Bruder ertrunken war.

Viel später, in der frühen Dämmerung, als die Luft dampfte, und nur noch von den Blättern Wasser nieder fiel, standen sie auf, stützten sich gegenseitig und versuchten, tapfer zu lächeln.

Als sie zur Pension zurückkehrten, gingen sie gleich über den Seiteneingang zur Küche, um sich Tee zu kochen. Martin schlug seinem Vater vor, Salamibrote zu machen. Als sie in die Küche kamen, saß dort ihr derzeitiger Gast am großen, massiven Holztisch, und bereitete sich ein Schmalzbrot. Er hieß Max Freimuth und kam aus Bayern, war Münchner. Und Journalist. Soviel man aus dem heraushören konnte, was er so von sich gab, wenn er in Redelaune war, und das war er zu jeder Zeit, schrieb er Reiseberichte für ein großformatiges deutsches Käseblatt, wie er selbst es zu nennen pflegte. Und nun landete er nach Reisen auf die Philippinen und China, quer durch die USA und Europa hier, um über die Sommermonate einer Touristengegend zu schreiben, die nahezu rein auf Sommerfrische ausgerichtet war. Dass man im Winter hier Langlauf machen konnte, wo im Sommer die Nordic Walker unterwegs waren, ließ er - warum auch immer – in seinem ersten Entwurf unerwähnt.

Das schlechte Wetter trug Martins Meinung nach auch nicht dazu bei, dass ihr Gast einen erfreulichen, werbewirksamen Bericht schreiben würde. Wohl eher im Gegenteil.

Als Martin sah, dass Max Freimuth am Tisch saß, wollte er sofort wieder weg. Er dachte über eine Ausrede nach, kaute an der Unterlippe. Sein Vater fragte ihn: „Und? Was ist jetzt mit den Broten? Peperoni dazu? Die kleinen scharfen?"

Martin nickte erleichtert. Sein Vater hatte irgendwie Martins Unbehagen gespürt und ihm einen Ausweg angeboten. Mutter liebte

Peperoni. „Ich geh schnell hoch in die Wohnung und frag Mama, ob sie auch ein paar Brote will.“

„Geht klar, zisch ab.“

Obwohl er Max Freimuth nur kurz ansah, spürte er die Blicke des Mannes vorne auf der Hose wie eine Schnecke, die eine feuchte Spur hinterließ. Der langsame Blick war schon so schwer auszuhalten; aber wenn er sich auf ihn konzentrierte und sich wie eine feuchte Hand auf seinen Schoß legte, war das für Martin mehr als er aushalten konnte. Er versuchte, lässig zu wirken, als er aus der Küche stürmte, was auch ansatzweise gelang. Für echte Lässigkeit war er allerdings zu steif im Rücken.

Im Treppenhaus strich er sich die Haare straff nach hinten. Oben angekommen, schloss er die Tür zur Wohnung auf und hoffte, sein Vater könnte Max Freimuth mit ablehnendem Schweigen auf Distanz halten, bis der von selbst die Küche verließ, und sich in sein Zimmer im zweiten Stock zurückzog.

Seine Mutter kam gerade aus dem Bad. Sie lächelte Martin schief an und sagte trocken: „Du hast deine Jeans versaut. Ist dein Vater in der Küche unten?“

Martin nickte und antwortete: „Er macht Salamibrote. Mit Peperoni.“

„Und wieso bist du hier oben und hilfst ihm nicht? Trampelst mit deinen nassen Sachen in der Wohnung herum und ...“

„Der Freimuth ist unten.“

Seine Mutter kaute auf der Unterlippe, genau so, wie es Martin gerade unten in der Küche gemacht hatte. Dann sagte sie: „Ok. Bleib oben. Zieh die Sachen aus und gib sie in die Vierer Maschine, die Trommel ist noch frei. Herrgott, ich versteh’s nicht. Kaum Touristen hier wegen dem Sauwetter, und der Einzige, der sich bei uns einquartiert, will meinem Sohn an die Wäsche. Das ist doch verrückt!“

Martin sah sie mit gespielter Empörung an: „Du glaubst, nur der Freimuth will mir an die Wäsche? Nur der? Die Mädels kommen von der Nordsee und von der Baltik, aus Frankreich und England hierher um mich zu sehen. Glaubst du, die kommen wegen der Landschaft? Die einzige Sehenswürdigkeit hier bin ich, so schaut es aus! Ich bin ein sexy Emo. Mir wollen *alle* an die Wäsche!“

Seine Mutter lachte hell und kicherte: „Spinner.“ Sie wuschelte ihm das Haar. Martin verzog in gespieltem Widerwillen das Gesicht.

„Zieh jetzt die nassen Sachen aus, und schlüpf in was Bequemes. Bis dahin sollte der Freimuth aus der Küche sein. Sollte er dann trotzdem noch da sein, denk daran: Er ist Gast bei uns, egal was du von ihm hältst, verstanden? Und er ist Journalist, Reporter oder so. Also sei nicht frech ...“

„Ich sag eh nichts.“

„Du kannst mit den Augen mindestens ebenso frech sein wie mit dem Mundwerk.“

„Na voll.“

Sie gab ihm einen Klaps auf den Nacken und lief dann die Treppe hinunter zur großen Gemeinschaftsküche, wo ihr Mann an der Arbeitsfläche stand und Brot schnitt.

Später saß Martin an seinem Computer, sah über den Bildschirmrand in die silbrige Dämmerung und kramte nach Worten. Vor sich hatte er auf dem Bildschirm den Arbeitsbereich seines Weblogs, eine Art Tagebuch, das er im Internet führte. Er hatte sich vor einem Jahr (bevor Tommi ertrank, war das. Bevor er für immer ging und sich nichts änderte, war das) bei live.spaces.com angemeldet und das Blog brachliegen lassen. Nach dem Tod seines Bruders hatte er zaghaft begonnen, Einträge zu machen. Texte von Songs, die ihm gefielen, Nachrichten, die ihn aufregten oder beeindruckten, und später, so vor einem halben Jahr, hatte er begonnen, persönliches hineinzuschreiben.

Er stand auf, öffnete das Fenster und griff dann in den flachen Raum zwischen Wand und Heizung, um ein Säckchen mit drei fertig gedrehten Joints herauszuziehen. Er rauchte selten zu Hause, aber heute hatte er Lust dazu. Martin zündete den Joint an, kokelte die Kappe ab und inhalierte. Er blies den Rauch zum Fenster hinaus. Auf dem Schreibtisch lag eine zweisprachige Ausgabe von Gedichten des englischen Dichters Lord Byron. Martin strich mit gedankenloser Zärtlichkeit über den Buchrücken, dann legte er den Joint im Aschenbecher am Fensterbrett ab, setzte sich und schrieb:

Ich dachte, ich könnte es, echt. Aber es hilft nix, sorry. Heute in zwei Wochen ist es ein Jahr her, dass mein Bruder im Waldsee ertrank. Wenn ich zurückdenke, an all die Trauer und so, an Paps und Mama und wie sie weinten am Grab, dann glaub ich, dass meine eigene Trauer nur ego war. Irgendwie voll asozial. Tom war nicht nur mein Bruder, er hatte auch irgendwie den Zweck, mich zu beschützen und zu beraten; er war einfach immer da, hatte immer Geduld, war nie ein Arsch zu mir. Na, ein bisschen schon - großer Bro eben – die schubsen einen immer rum.

Und ich dachte, ich würde weniger traurig sein, wenn ich beginne, ihn zu vergessen.

Ich dachte, ich könnte ihn vergessen, wenn ich – so oft wie nur möglich – zum See raufgehe und ... ich weiß nicht, wann ich zum 1. X auf die Idee kam, Steine ins Wasser zu werfen. Fuck, auf dem Schotterstrand gibt's Steine zum Schweinefüttern. Und als heute Paps zu mir zum See kam und mich dort sah, wie ich Steine ins Wasser warf, und als er dann selbst Steine über die Oberfläche flippen ließ, da wusste er, was ich da machte. Er hat's kapiert. Ich meine: Ich hab's fast ein Jahr lang getan, ohne zu wissen, was ich da tu´ und warum. Er sagte es mir auf den Kopf zu. Und es stimmte: Ich will Tom beerdigen. Ich weiß ned, wie ich das ausdrücken soll: Lord Byron, hättest Du es gewusst, hä?

Wollte ich Tommi Stein für Stein beerdigen? Über all die Monate, als ich im Winter sogar ein Loch ins Eis schlug, um Steine ins Wasser zu werfen? Ja, ich schätze, das wollte ich, das will ich. Ich will Tom irgendwie mit Respekt ... sry, mir ist grad was ins Auge gekommen, ok ... Ich will ihn mit Würde vergessen. Ist das pathetisch? Fick Dich, wenn Du denkst, dass es so ist. Fick Dich. Ich will meinen Bruder im See beerdigen, mit Steinen. Bis ich keine mehr im Herz habe. Das will ich.

Martin stieß sich von der Tastatur weg und rollte auf dem Drehsessel bis zur Zimmermitte. Der sich in Falten legende Knüpfteppich stoppte seine Fahrt, er wischte sich über das Gesicht und zog am Joint. Er sah im Fenster sein Spiegelbild: Ein langhaariger Junge mit müdem Gesicht, schwarzem Kapuzensweater und grünen Boxershorts. Eine schwarze Armyhose lag zusammengerollt wie eine Schlange zwischen Nachtkästchen und Bett.

Martin stand auf, klaubte die Hose vom Boden und legte sie ordentlich zusammen auf den verschlissenen Ohrensessel rechts neben seinem Schreibtisch. Er schnippte die Kippe aus dem Fenster, und zwar so heftig, dass ein Funkenflug in der Gasse niederging. Er zog sich den Kapuzensweater aus, warf ihn über die Lehne des Lesesessels. Er sah einen bleichen und schmalen Oberkörper mit kleinen, aber gut ausgebildeten Bauchmuskeln. Er lächelte seinem Spiegelbild müde zu, ging zum Fenster und schloß es, um es dann zu kippen.

Morgen war wieder Schule. Montag, uah! Während er unter die

Decke schlüpfte und sich das Kissen zurechtschüttelte, dachte er kurz daran, dass Schule auch Kai bedeutete. Hier im Ort konnte er ihm aus dem Weg gehen, was, wie er sich eingestand, seine bevorzugte Methode war, Reibereien zu vermeiden. In der Klasse konnte er das kaum. Und Kais Sticheleien wurden immer fieser, aber voll. Martin dachte, es wäre vielleicht an der Zeit, dem überheblichen Scheißkerl eins auf die Fresse zu geben. Er wusste, dass er das nicht tun würde. Er wünschte, er hätte da mehr von Tom. Denn der hätte dem Großmaul eine Abreibung verpasst, und zwar eine, bei der sich der beschissene Kai Schuschu in die Hose gemacht hätte, angepisst bis übers Kreuz! Aber er war Martin, nicht Thomas Stolz. Und Martin träumte nur davon, sich mit Fäusten Respekt verschaffen zu können. Mehr als halbwegs taugliche und rotzfreche Rückzugsgefechte brachte er nicht zustande.

Bitternis begleitete ihn in den Schlaf. Bitternis und Zähneknirschen.

Als es kurz nach Mitternacht wieder zu regnen begann, und Böen den Regen ans Fenster pladdern ließen, schreckte Martin auf. Sein Herz raste, seine Haut war mit einem Schweißfilm überzogen. Er setzte sich auf und starrte mit weit aufgerissenen Augen in die verschwommene Dunkelheit seines Zimmers.

Was war das? War da etwas?

Nein, im Zimmer war nichts. Er spürte Reste eines Traums davon gleiten; noch fast greifbar und so echt. Es hatte mit Steinen zu tun. Mit dem Wasser des Waldsees und mit den Steinen, die er immer und immer wieder in den See warf. Martin schlug die Decke zur Seite und stand auf. Die Böen wurden heftiger. Er ging mit fast geschlossenen Augen im Zimmer auf und ab, blieb stehen, sah sich um. Kein typisches Jungenzimmer. Keine Poster an den Wänden, keine Wimpel, keine Pokale in diversen Regalen. Stattdessen antike Möbel, Kästen, Bücherregale; die Regale vollgestopft mit zerlesenen Taschenbüchern, die sich im Lauf der Zeit in der Pension angesammelt hatten – Bücher, die von den Gästen liegengelassen worden waren. Die Sammlung zerlesener Bücher erstreckte sich von Perry Rhodan zu John Sinclair, von Doktor Zamorra bis Michael Bulgakow, und die Gebrüder Strugatzki hatten sich auch in dem staubigen Regal eingefunden; von Walt Whitman (englisch) bis Lord Byron (zweisprachig) und ja: Theodor Storm. Den mochte er besonders.

Es war etwas im Wasser gewesen. Aber bitte was? War es, wie die

Wellen auseinanderdrifteten? Oder war es das Geräusch, das ein Stein macht, wenn er die Wasseroberfläche durchbricht?

Martin ging zum Fenster, strich sich mit beiden Händen über den Bauch und überlegte, ob er pinkeln musste.

Musste er nicht. Es war das Geräusch. Der letzte Stein, den er ins Wasser geworfen, bevor er die Schritte seines Vaters auf dem Schotter gehört hatte. Es hatte ihn mehr oder weniger unbewusst irritiert, dass es sich dieses eine Mal anders angehört hatte als sonst. Wie war das Geräusch gewesen? Eher so, als ob der Stein in halbtrockenem Schlamm gelandet wäre. Kein *Platsch*. Vielmehr ein *Titsch*. Und im äußersten Spiralnebel seiner Erinnerungen, im Dunst des sich auflösenden Traumes die Erinnerung an ein weißes, schnelles Gleiten. Draußen im See.

Martin setzte sich aufs Bett, stützte das Kinn in die Hände und wartete, bis er müde genug war, um sich wieder nieder zu legen. Irgendwann, gegen ein Uhr früh, war es soweit: Schon halb im Schlaf ließ er sich zur Seite kippen, der Autopilot übernahm, und zog die Decke hoch. Er strampelte sich ins Bettzeug, schnaubte noch einmal und schlief ein.

Martin war nicht der Einzige, der in dieser Nacht mit Grimm und Unruhe ins Bett ging. Königsberg in der Steiermark erweckte auf alle, die es zum ersten Mal sahen, den Eindruck einer frisch gesalbten Braut. Es lag sauber, altmodisch und schön, sanft verpackt zwischen hügeligen Weingärten, die sich in den frühen Morgenstunden mit rosigem Nebel bedeckten, schmiegte sich an einen dichten Mischwald, der von Wanderwegen durchzogen war, auf denen man bis ins nahe Slowenien gehen konnte, wenn man sich südöstlich hielt. Im Wald lagen drei Campingplätze, die vor allem von Schulen für Wanderausflüge genutzt wurden. Und die zum Glück auf der anderen Seite des Königsbergs befindliche Wunde des Basaltabbaues - hin und wieder wehte der Wind die Geräusche der Arbeitsmaschinen und pulvrigen Staub herüber.

Und seit etwa drei Jahren gab es Routen für Nordic Walker. Diese Idee hatte Rüdiger Brenner eingebracht, kurz nachdem er den Hof der bankrotten Familie Eisinger gekauft, und mit seiner Gattin - das musste der Neid ihm lassen - auf Vordermann gebracht hatte. Nun gab es eine weitere Pension für acht Familien in Königsberg, die Konkurrenz verdichtete sich auf scheinbar immer kleinerem Terrain, und wegen dem Wetter blieben die Touristen aus.

Die Feindschaften unter den Gewerbetreibenden in Königsberg waren nicht offen. Sie waren verdeckt: kleine Gehässigkeiten bei Gemeinderatssitzungen, Klatsch, Tratsch und Unterstellungen, Halbwahrheiten und unermüdliche Sticheleien. Nur eine Handvoll Leute hielt sich gänzlich aus allen Scharmützeln raus. Einer von diesen Leuten war der achtzigjährige Ernst Kratochwil. Ein humpelndes, hustendes Unikat, dem man seit acht oder neun Jahren den baldigen Tod prophezeite. Jeden Herbst hieß es: „Diesen Winter überlebt der Alte nicht, kann gar nicht sein."

Und er überlebte, hustete und soff; spuckte nach wie vor auf die Straße. Er trug zu jeder Jahreszeit lange Hosen und langärmelige Hemden. Sein Credo diesbezüglich war: Ich bin keine Sehenswürdigkeit, aus meinen Krampfadern kann man einen Pullover stricken, ich kann ruhig verhüllt sein. Ich habe genug Anstand, um euch nicht die letzten Gäste mit meiner ureigenen Hässlichkeit zu vertreiben. Ich bin vorbildlich, jawohl!

Man sagte ihm nach, dass er sich mit den zwei Litern Wein, die er täglich trank, für die Ewigkeit konservierte. Und nur deshalb noch nicht tot umfiel, weil er einfach viel zu faul dafür war.

In dieser Nacht humpelte er auf seinen Stock gestützt unter Martins Fenster vorbei, gerade auf dem Heimweg von seinem letzten Glas Weißwein. Er trug eine Kappe mit der Aufschrift „Styria", und einen schwarzen langen Regenmantel. Würden ihn Kinder in dieser Nacht sehen, die ihn nicht kannten, sie würden schreiend davon laufen. Ernst Kratochwil wusste das, und möglicherweise bedauerte er sogar seine Wirkung auf Kinder. Das ist nun mal das Alter, dachte er dann immer wieder, man wird alt und faltig. Und zum Kinderschreck.

Das letzte Glas Wein hatte er bei Pater Walter getrunken, dem Ortspfarrer. Die beiden Männer kannten sich seit zwanzig Jahren. Pater Walters Versuche, Ernst Kratochwil katholisch zu machen, waren von Beginn an zum Scheitern verurteilt. Aus dem Waffenstillstand hatte sich im Lauf der Zeit eine Freundschaft entwickelt, die den beiden zurückgezogen lebenden Männern Halt und Lebensfreude bot. Zumindest diese beiden alten Burschen hielten sich all den örtlichen Hickhack erfolgreich vom Hals. Und schafften es darüber hinaus auch, von niemand vereinnahmt zu werden.

Kapitel 2

Der Montag begann erstaunlich warm und klar. Um sechs Uhr früh lag noch Frühnebel in den Talsenken, und im Wald über Königsberg lösten sich die Nebelschwaden gerade in der Morgensonne auf; so, als ob eine unsichtbare Macht transparente Seidentücher in den Wald zurückziehen würde. Martin saß fertig angekleidet in der kleinen Küche der Wohnung im ersten Stock, trank kalte Ovomaltine und aß ein frisches Brötchen mit Butter und Marmelade. Trotz des merkwürdigen Traums, der ihn gegen Mitternacht aus dem Bett getrieben hatte, fühlte er sich ruhig und ausgeglichen, und ausnahmsweise sogar einmal richtig ausgeschlafen. Seine Eltern waren seit halb fünf Uhr auf den Beinen. Martins Vater war nach Bad Radkersburg gefahren, um dort mit einem Milchlieferanten neue Konditionen zu verhandeln, seine Mutter bereitete in der großen Küche im Erdgeschoss alles für das Gästefrühstück vor. Der Bäcker kam in der Regel gegen fünf; ein duftender Schwung Brötchen und ein Lieferant, der über einen unergründlichen Vorrat an Humor und Heiterkeit verfügte.

Als Martin mit seinem Frühstück fertig war, schulterte er seinen mit Stickern übersäten schwarzen Rucksack und polterte die Treppe hinunter.

In der Hosentasche hatte er den iPod mit dem neuen Album der österreichischen Band Ephen Rian.

Er ließ den Rucksack im Flur neben der Eingangstür zu Boden fallen und ging in den Speiseraum, um seiner Mutter zu helfen, die Gedecke herzurichten. Viel war nicht zu tun. Ein Gast in der Pension und drei Bauarbeiter, die seit vier Wochen gegen halb acht zum Frühstück kamen. Martin half immer, die Gedecke herzurichten, wenn es ihm die Zeit ermöglichte. Er mochte die stille Viertelstunde am Morgen, wenn er und seine Mutter wie perfekt koordinierte Einsatzkräfte, aufeinander eingespielt, alles vorbereiteten. Sie wechselten dabei fast kein Wort, aber es war immer ein stilles Lächeln im Raum. Jetzt, da die Sonne durch das Ostfenster hereinblinzelte, schien alles noch heiterer. Wenn Martin aus dem kleinen holzgetäfelten Speisesaal zum Fenster hinaus sah, hatte er immer das Gefühl, als würde sich ihm die hügelige, bewaldete Landschaft der Südsteiermark zu Füßen legen wie eine träge Katze, um gestreichelt zu werden.

Als sie fertig waren, begleitete sie ihn zur Tür, sah zu, wie er den Rucksack schulterte und die Tür aufmachte. Sie zog ihn am Arm zu sich und flüsterte in die von Vogelstimmen punktierte Stille: „Müssen diese grausigen Nietenarmbänder sein, Martin? Und der Nietengürtel? Was soll das darstellen? Musst du auf Punk machen?“ Sie strubbelte seine Haare und küsste ihn auf die Wange.

„Emopunk, Mama. Schau mal: Schwarze Röhrenjeans, schwarzer Kapuzensweater, Nietenarmbänder, Nietengürtel, schwarzes Pony, mindestens zwei Selbstmordversuche pro Woche und mit angezogenen Knien in einem leeren Zimmer sitzen und heulen und fertig ist der Emopunk. Hab dich lieb!“ Er lächelte zärtlich, wand sich sanft aus ihrer Umarmung und lief die Gasse hinunter.

„Emopunk? Was um Himmels Willen ist das denn nun wieder?“

Sie sah noch, wie er sich die weißen In-Ear Stecker des MP3 Players in die Ohren stöpselte und um die Ecke verschwand.

Der Bus kam, wie jeden Wochentag, um fünf nach sieben am Marktplatz an, und war schon zur Hälfte voll mit Schülerinnen und Schülern, sowie ein paar Arbeitern, die in Bad Gleichenberg arbeiteten. Der Morgenbus blieb auf der Strecke nach Bad Gleichenberg nur noch zweimal stehen, deshalb schaffte er die kurvenreiche Strecke durch Wälder und über Weinberge in knapp vierzig Minuten.

Kai stieg immer eine Station früher ein, weil der Bus fast direkt vor dem Hotel seiner Eltern Station machte. Er saß ganz hinten, in einer Traube gackernder, pickeliger Jungs und riss Witze. Er schien Martin übersehen zu haben oder zu ignorieren. Martin versank, so wie jeden Morgen, in einer kleinen Gruppe von Mädchen, die jünger waren als er, und die eine absolute und eingestandene Schwäche für Emos hatten. Martin war ohne eigenes Zutun der Hahn im Korb. Und er genoss es. Außerdem unternahm er nichts gegen die von den Mädchen ausgestreuten Gerüchte, er könne bisexuell sein, weil er fand, dass ihn das noch interessanter machte. Am liebsten würde er ja auch noch Kajal auflegen, die Mädchen würden dahinschmelzen. Und der Direktor würde ihn mit großem Vergnügen an die frische Luft befördern. Vermittels Kick in the Ass, wie Martin das launisch umschrieb.

Wenn gerade keines der Mädchen versuchte, mit ihm über Musik, Haarstyling und Dresscode zu sprechen, legte er seine Wange auf die kalte, vibrierende Scheibe. Die Ohrstecker tänzelten an ihren dünnen weißen Drähten auf seiner Brust. Und obwohl er sich bemühte, sich zu entspannen, spürte er Kais Anwesenheit im Rücken wie eine dunkle Wolke vergnügter Boshaftigkeit.

Seit fast einem Jahr gab es die Möglichkeit für Schüler aus der Umgebung, die nicht im Internat untergebracht werden mussten, sich in einem großen Umkleideraum umzuziehen. Es gab neue Stahlspinde, für die die Schüler eigene Schlüssel hatten, und in denen sie auch die Unterrichtsbücher deponieren konnten.

Die Tourismusschule war grundsätzlich als Internat geplant. Externe Schüler aus der Umgebung durften daheim schlafen. Der an ein Internatsleben angepasste Unterricht, der oft bis zum Nachmittag ging, war adaptiert worden, und seit letztem Jahr war es den externen Schülern möglich, wenn die nötige Anzahl von Schülern vorhanden war, bestimmte Unterrichtseinheiten des Nachmittags bis drei Uhr Nachmittags zusammenzuziehen

Martin vermutete, dass ihn sein Unbehagen, Kai könnte wieder mit irgendeinem Unsinn daherkommen, erst recht zum Opfer machte. In dunklen Stunden sah er sich als gebücktes, ausgemergeltes Männchen, das in ständiger Furcht vor Anfeindungen im Schatten des Lebens dahin schlich. Ihn beruhigte ein wenig, dass ihm dieses Bild nicht wie eine unverrückbare Tatsache erschien, sondern mit hellem Zorn erfüllte. Und solange Zorn in ihm war, konnte er aufrecht gehen. Außerdem fand er, Wut stand ihm ganz gut. Besser als Furcht und Trauer; ein verzwergtes Herz. Oder - wie er das gerne oft tat - um Bilder aus dem Film „Herr der Ringe“ zu bemühen: Kein Gollum. Eher ein Elb. Kai, ha. Solariumgebräunter, augenbrauenrasierender Wichser, sagte er sich oft vor, stumm, aber trotzdem die Lippen bewegend.

Da, seine heisere Stimme, direkt hinter ihm: „Schade, dass es an der Schule fast nur Mädchen gibt, Emotimmi.“

Martin war zu blauäugig, um der Falle zu entgehen: „Wieso?“

Kai grinste ihn an und fixierte ihn mit seinen hellblauen Babyaugen: „Na, wegen der Mädchen wirst du wohl kaum mit der engen Jeans rumrennen.“ Kai sah sich um, ob er genug Publikum hatte. Ein paar Mädchen sahen beiläufig interessiert zu ihnen. Der Hickhack zwischen den beiden hatte schon zu viel Routine, um wirklich aufregend zu sein. Kai schmunzelte überheblich und fuhr fort: „Ne, wegen der Schüler kann’s nicht sein ...“ Kai tänzelte vor ihm nach links und rechts, streute

Lächeln aus wie ein Clown Konfetti.

Martin spürte, wie sich Schweiß unter seinen Armen sammelte und hinablief. Er wusste, er spürte, dass seine Stimme zittern würde, aber noch bevor er länger darüber nachdenken konnte, sagte er erstaunlich gefasst: „Halt einfach die Fresse, du blondierte, dumme Sau."

Kai rempelte ihn sanft und sagte leise, aber deutlich: „Du kannst deinen Fickarsch ja ins Lehrerzimmer tragen. Vielleicht hilft das bei deinem Notendurchschnitt. Verdammt, in diesen tuntigen Röhrenjeans hat man ja keinen Arsch - so sorry!" Kai machte einen zufriedenen, eitlen Schritt zurück, um sein Zerstörungswerk zu betrachten.

Martins Gesicht war rot angelaufen, sein Atem ging schwer und er fühlte sich durch und durch verschwitzt: *Das mussten doch alle sehen, oder? Das macht mich so scheißfertig, das muss doch einfach jeder sehen*! Er rang nach Fassung und machte ein Gesicht, als ob er vor ihm ausspucken wollte, während er die Hose aufknöpfte, sie auszog, faltete und in den offenen Spind legte. Er nahm seine Schulhose heraus, zog sie an, zog den Zipp hoch und schloss den Knopf. Dann sagte er laut und ohne jede Unsicherheit: „Geht's deiner Mutter nicht schon langsam auf die Nerven, dauernd dein Sperma vom Spiegel zu wischen? Oder machst du das inzwischen selbst?"

Einige Mädchen, die an der offenen Tür des Umkleideraums für Jungen standen, kicherten, und Martin verbiss sich ein siegessicheres Grinsen.

Kai sah drein, als ob er eine Ohrfeige bekommen hätte und fauchte leise: „Willst du mich einen Wichser nennen?"

Martin nickte freundlich: „Wie würdest du das sonst nennen?" Martin roch seinen eigenen Schweiß – er mochte den Geruch sogar, aber Herr im Himmel auf zwei Beinen: Das mussten doch alle sehen, dass er wie eine Sau schwitzte und voll nervös war.

Von weiter hinten eine Jungenstimme mit dem Tremolo eines ihrer Lehrer: „Na, Spiegelwichser."

Martin atmete erleichtert auf. Für ihn war damit die Sache erledigt. Er sah mit großer und gut getarnter Zufriedenheit, wie Kai unter seiner Solariumsbräune rot wurde, und zog sich fertig um.

Kai rempelte ihn an, als er sich an ihm vorbei schob, um zu seinem Spind zu gehen und flüsterte: „Heul doch, Emo."

Martin sah ihn mitleidig an, während er die Nietenarmbänder abnahm, in den Spind legte und in sein frisch gebügeltes, weißes Hemd schlüpfte: „Ja, ich würde heulen, wenn ich es nötig hätte, mein Spiegelbild anzuwichsen."

Kai holte Luft, um etwas zu entgegnen, handelte aber, in dem er schwieg, zumindest für den heutigen Schultag einen Waffenstillstand aus.

Während die Externen mit den Internen gemeinsam zu Mittag aßen, und sich von den Erstklässlern bedienen ließen, ihre Leistungen zumeist leise und abfällig kommentierten, wurde die spiegelklare Oberfläche des Waldsees bei Königsberg von einem weißen Schimmern durchbrochen. Wellen liefen auseinander, rührten an Weidenästen, die ins Wasser hingen.

Die Bewegung war zu schnell und zu groß für einen Fisch, als sie weiß schillernd für eine Sekunde die Wasseroberfläche durchbrach.

Noch einmal. Es sah aus wie ein schuppenloser, weißer Fisch, auf dessen Oberfläche sich dunkle Linien abzeichneten - und ein Eigenleben führten. Die Erscheinung tauchte unter.

Kapitel 3

Kai saß auf dem Hocker neben seinem Bett, vorgebeugt, die Ellenbogen auf den Knien, ein Bild in den Händen. Und die wütende Stimme seines Vaters in den Erinnerungen an gute Zeiten eingebettet; lange her: „Pack jetzt endlich deinen Scheißkrempel, du fauler Hund, oder du kriegst den Arsch voll bis es raucht!"

Danke Papa.

Das Foto in seinen Händen hatte Eselsohren, war abgegriffen und bleich. Es war zwei Jahre alt und zeigte ihn zwischen seinen besten Freunden Kem und Angelo. Das strahlende Lachen der drei Jungs auf dem Foto - in einem unwiederbringlichen Sommer festgehalten. Und dort für immer verloren. Kais Kiefer mahlten, draußen rief sein Vater nach ihm, mit einer Stimme, in der Wut mitschwang, so wie immer. Seine Mutter hatte schon vor Jahren aufgegeben, Kai gegen seinen Vater beizustehen. Sie hatte es einige Male versucht, mit dem Erfolg, dass sich der Zorn des kleinen, drahtigen Mannes unglaublicherweise verdoppelt und verdreifacht hatte; eine schreckliche Erfahrung, die sie nie, nie wieder machen wollte. Auch, wenn sie den um Hilfe bittenden Blick ihres Sohnes sah; sein Blick mit Steinen aus Demütigung und Zorn angefüllt, tat weh.

Rüdiger Brenner war von Natur aus zornig, und weil seine Frau ihm einmal gedroht hatte, ihn zu verlassen, wenn er sie jemals schlagen sollte, fühlte sich Kai wie Frodo, als das Auge des Magiers ihn ins Visier genommen hatte. Hin und wieder, nein, oft wünschte sich Kai, sein Vater würde ihn nur halb so gut behandeln wie die unhöflichen, nörgelnden, abgewichsten Gäste. Neben seinem Zorn hatte Rüdiger Brenner ständig Schuldgefühle.

Kai dachte oft mit bitterer Zufriedenheit: Markenschuhe, Solarium, Markenjeans, teurer Haarschnitt, zahlt alles der Zorn meines Alten. Und das Schweigen meiner Mutter, die immer so tut, als wäre ihr etwas ins Auge gekommen, wenn Vater mich mal wieder zusammenscheißt. Oder mir eine scheuert.

Der Junge links neben Kai auf dem Foto sah aus wie Martin Stolz. Ein bisschen südländischer. Kem war Türke. Kai dachte an Martin: Hasse ich dich deshalb so? Weil ich Kem so liebte, als wir in München Tag für Tag und bei jedem Wetter herumzogen? Uns umarmten, Stirn an

Stirn, und wie geistesgestört lachten? Uns nicht auslachten, auch wenn wir mal weinten? Weil ich dich vielleicht auch umarmen will? Und mit dir lachen, bis uns schwindlig wird?

Kai warf das Foto aufs Bett, sah es noch einmal an. Dann ging er mit zwei raschen Schritten zum Fenster, riss es auf und rief mit unterdrückter Wut und zitternder, heiserer Stimme: „Ich komm ja schon!"

Sein Vater war in miserabler Stimmung. Kai half ihm, die Kisten mit Mineralwasser und Wein abzuladen und in den Keller zu bringen. Nach Kais vermeintlicher Faulheit war die Familie Stolz sein Lieblingsthema: „Königsberghof, ha! Diese miese Bruchbude. Hast du dir das schon mal angesehen? In dem kleinen Gässchen? Königsberghof, da lachen ja die Hühner!"

Kai schwieg, presste die Lippen aufeinander, um nicht loszulachen. Er konnte die Wut seines Vaters verstehen, hatte doch die Familie Stolz den besten Namen für ihre kleine Pension. Aber so eine Bruchbude, wie sein Vater tat, war es auch nicht. Altmodisch und gepflegt traf es wohl eher.

„Und der punkige Schwuchtelsohn? Meine Fresse, wenn die nicht mal ihren Sohn anständig erziehen können, wie wollen die bitteschön eine Gastwirtschaft betreiben? Der ist wahrscheinlich auch in der Schule ein Vollversager, was Kai? Was?" Jedesmal dasselbe Thema. Kais Vater hatte sich in die Familie Stolz verbissen wie ein Dobermann in eine appetitliche, blanke Wade.

Sie standen im kühlen Keller und ruhten sich aus, die Hände in die Hüften gestemmt und keuchten.

Katzengrau schlich sich ins Tageslicht und Kai wagte es, seinem Vater zu widersprechen: „Er hat immer gute Noten. Verstehe aber nicht, wieso. Der lernt nie, geht mit seinen komischen Klamotten in die Schule und schneidet pausenlos gut ab. Notendurchschnitt 2." Er sah das verkniffene Gesicht seines Vaters, unheilvoll von der schwachen Glühbirne beleuchtet, und wusste, was nun kommen würde:

„Und wieso kommst du dauernd mit Dreiern nach Hause? Wird es vielleicht wieder einmal Zeit, dass ich dir meinen Standpunkt verdeutliche?"

Kai nahm die Kurve, in dem er seinen running Gag vom Vormittag verlängerte: „Vielleicht hat er unter den Lehrern einen Freund, der was auf Punks hält."

Sein Vater grinste ihn humorlos an, nickte und flüsterte: „Wenn man das nachweisen könnte, wäre die Familie unten durch, aber so was von!"

Sie gingen zurück in den feuchtwarmen Abend, und Kai fragte sich, warum er es bedauerte, seinem Vater diese Möglichkeit (die mit Sicherheit nicht zutraf - Martin war sicher nicht schwul, aber es war gut, ihn damit aufzuziehen) unter die Nase gerieben zu haben. Er konnte diesen dünne, enge Jeans tragenden, femininen Emopunk nicht leiden. Oder näher an der Wirklichkeit: Er *wollte* ihn nicht leiden können. Und trotzdem ... Er sah Kem nicht nur ähnlich. Er hatte auch das gleiche Lachen. Kai ließ seinen inneren Souffleur mit weinerlich, kindlicher Stimme sagen: *Ich bin etwas verwirrt, aber echt, hey*!

Zu dieser Zeit saß Martin auf der hinteren Veranda des Königsberghofs und las Gedichte von Theodor Storm. Zuerst las er *Meeresstrand*, dann *Du schläfst*.

Von der oberen Holzveranda hatte man einen schönen Blick auf den sanft abfallenden Mischwald und über die im Pastelllicht weichen Hügel des steirischen Thermenlandes, ja, bis über die Grenze nach Slowenien. Martin schrak hoch, als er leise Schritte hörte, und sah den Journalisten auf die Veranda kommen. Er hatte seinen Laptop unter dem Arm. Auf der Veranda gab es fünf Tische mit weich gepolsterten Korbstühlen. Ideal für Sommerabende, ideal für einen Blick auf sanfte Hügel voller Wälder und weiter links die Weingärten, wie hingeworfen im erschöpften Tageslicht.

Wind war aufgekommen und zerriss die dichte Wolkendecke, die sich am Nachmittag gebildet hatte. Die untergehende Sonne malte die Wolkenfelder rot und orange an. Max Freimuth nahm am Tisch neben Martin Platz, stellte das Laptop ab, klappte es auf und holte tief Luft. Dann sagte er mit einem verbindlichen Seitenblick zu Martin: „Guten Abend. Wie geht's denn so?"

Martin verdrehte die Augen und antwortete leise: „Ganz gut. Alles ok. Und bei Ihnen?"

Freimuth seufzte theatralisch und sagte mit Blick auf die in der Abenddämmerung leuchtende Landschaft: „Die Stille tut gut. Nach all meinen Fernreisen in die Touristikmetropolen der Welt tut mir diese Abgeschiedenheit wirklich sehr gut."

Martin musste sich auf die Zunge beißen, damit aus dem Gedanken kein Wort wurde: *Angeber*. Er hatte sich in weiser Voraussicht, wie er glaubte, die überweite, schwarze Armyhose angezogen, in der er laut Mutter weder Arsch noch Beine hatte. Darüber trug er den ausgewaschenen, ehemals schwarzen Kapuzensweater. Die abgetragenen schwarzen DC ERA Sneakers hatte er ausgezogen und ordentlich unter den Tisch gestellt, weil er gerne die Füße hochlegte. Die Hose war etwas hochgerutscht. Freimuths Blick wanderte unbekümmert vom Holzgeländer der Veranda hinüber zu Martin, verharrte dort kurz bei den schwarzen Puma Füßlingen, und wanderte dann langsam die leicht behaarten Waden hinauf, bis er sich in den Falten der weichgewaschenen Armyhose verhedderte. Ungefähr Hüfthöhe beim Nietengürtel, dachte Martin unangenehm berührt. Wenn er mir mit den Augen einen blasen könnte, würde er es vermutlich genau jetzt tun.

Seine Mutter kam auf die Veranda und fragte Max Freimuth: „Darf's was zum trinken sein?"

Martin beobachtete, wie sich Freimuths Gesichtsausdruck veränderte, geschäftlich-höflich wurde, als er bestellte: „Ach ja, bitte ein Kürbiskernbier. Das schmeckt ja wirklich ausgezeichnet."

„Sehr gerne!" Sie blinzelte Martin über Max Freimuths Kopf hinweg zu und ging in die Küche, um dem Mann sein Bier zu bringen. Martin wollte eben weiterlesen, als sich Freimuth räusperte und leise sagte: „Es ist dir unangenehm, wie ich dich ansehe?"

Martin legte das Buch aufgeschlagen auf den Tisch, nahm die Beine vom Sessel gegenüber und wandte sich Max Freimuth zu: „Naja, ich merke halt, dass Sie mich ansehen. Und ich glaube, ich weiß auch, warum Sie mich so ansehen. Ja, es ist mir etwas unangenehm." Jetzt war es heraus. Martin könnte sich die Zunge abbeißen. Und was, wenn der Mann jetzt fuchsteufelswild durch die Pension jagte, Zeter und Mordio schrie und eine Entschädigung verlangte? Wäre das abwegig bei Journalisten? Bei schwulen Journalisten?

Freimuths Gesichtsausdruck änderte sich, er lächelte. Und dieses Lächeln ließ ihn wesentlich sympathischer wirken: „Du bist also nicht schwul. Tscha, nobody is perfect." Dann lachte er schallend, dass es über die Wälder hallte. Martin musste grinsen, obwohl er nicht wollte. Freimuth kicherte und wischte sich die Lachtränen aus den Augen. Dann sagte er, noch immer kichernd: „Martin, ich entschuldige mich für die Art, wie ich dich angesehen habe, ehrlich. Es ist ja nicht nur, weil ich schwul bin und dich hübsch finde. Es ist, weil du so ein unerwartetes

Unikum bist. So wie du dich herrichtest, gehörst du in eine Großstadt. Du hast mich erwischt, ha! Ich dachte, mit den Jahren wird man abgeklärt und versteht, dass man für junge Leute unattraktiv ist; dass sie diese Blicke für unangenehm halten können. Unsinn, ich glaube, das lernt man nie. Zumindest scheint es keinen Kurs zu geben, in dem man lernt, in Würde alt zu werden."

Martin wunderte sich, wie leicht es war, innerhalb von wenigen Augenblicken einen Menschen völlig neu einzuschätzen. In Freimuths Gesicht war heitere Offenheit, die Art, wie er ihn jetzt ansah, war freundlich und, wie Martin fand, keineswegs unangenehm.

Max Freimuth hob die Hand, winkte und sagte leise: „Und selbst wenn du schwul wärst, wäre die Art, wie ich dich angesehen habe, sicherlich unangebracht. Nochmals: Tut mir echt leid."

Martin winkte ab und dachte, er könnte den neuen, lachenden Freimuth sogar mögen. Ein bisschen zumindest.

Seine Mutter kam, neugierig geworden durch das Lachen auf der großen Veranda, und trug ein Tablett mit zwei Flaschen Kürbiskernbier. Sie kapselte eine Flasche auf und stellte sie vor Martin auf den Tisch, die zweite öffnete sie am Tisch vor Freimuth. Ihm stellte sie ein Glas dazu und sagte lächelnd: „Wohl bekomm's!" Dann drehte sie sich um und fixierte ihn mit ihrem patentierten: Was-ist-denn-hier-los? Blick.

Martin hob zweimal schnell hintereinander die Augenbrauen und signalisierte damit: Vieraugengespräch nicht nötig, alles in Butter.

Max Freimuth kriegte den Mutter-Sohn Austausch mit und zwinkerte heiter.

Martin hatte den Eindruck, dass es auch dem deutschen Journalisten durchaus recht war, dass das Thema besprochen, und nun vom Tisch war. Martin prostete ihm zu und nahm einen guten Schluck von seinem Steirerman. Das Schweigen auf der Veranda hatte im fallenden Tag plötzlich etwas durchaus Behagliches. Martin rekelte sich. Und er erinnerte sich an den Traum, der ihn mitten in der Nacht aufgeweckt hatte. Das weiße Gleiten, das Geräusch des Steins; Grund genug für ihn, heute Abend wieder zum See hoch zu gehen. Selbst wenn sich herausstellen sollte, dass es nichts Bemerkenswertes gab, wollte er zum See. Nachher würde er seiner Mutter helfen, die Bettbezüge zum trocknen aufzuhängen. Und noch später gab es CSI Miami. Martin mochte Horatios Tick mit der Sonnenbrille und seinen eingefrorenen Gesichtsausdruck; den konnte nur noch Mac Taylor aus CSI New York überbieten - das war Weltschmerz pur. Und obwohl Martin das nie zugeben würde: Gediegener Weltschmerz war für ihn ein Zeichen von Stil und Würde.

Eine Viertelstunde später schlüpfte er in seine Sneakers, nahm die leere Flasche und verabschiedete sich von Max Freimuth mit einem freundlichen Nicken. Freimuth nickte zurück und nippte an der Flasche.

Der westliche Himmel war atemberaubend. Ein Schwarm Vögel hob sich aus dem grünen Dach des Waldes und bekundete zwitschernd und keckernd, dass sie das genau so sahen. Sie zogen eine Runde über Königsberg und verschwanden dann Richtung Slowenien.

Er ging zur Diele und ließ die Flasche in die Bierkiste fallen. Dann warf er seiner Mutter, die in der Küche stand und Zwiebeln schälte, noch einen Luftkuss zu und ging aus dem Haus.

Den iPod hatte er noch in der rechten Tasche seines Kapuzensweaters. Er dröselte das Kabel auf und steckte sich die Hörer in die Ohren. In der Schule hatte ihm Gregor, ein Schüler aus Bad Gleichenberg, das neue Album des Italoiren Paolo Nutini aufgespielt. Martin mochte die Stimme des knapp Zwanzigjährigen, die Songs selbst waren nicht so weltbewegend. Zwei Titel gefielen ihm sehr gut: *These Streets* und *Autum*. Von *Autumn* hatte er gerade mal zwanzig Sekunden gehört und sofort erkannt, dass dieses Lied dazu beitragen könnte, dass er sich so verhielt, wie es viele Leute von Emos erwarteten: Das sind schwarzgekleidete Kiddies, die mit angezogenen Knien in einer Zimmerecke sitzen und weinen. Kaum ein Lied hatte Martin je so unmittelbar am Herz gerührt wie *Autumn*. Obwohl Nutini in dem Lied von seinem Großvater sang - Martin war sich da nicht ganz sicher - ließ sich der Text auch auf seinen Bruder Thomas münzen.

Martin tippte auf „play“, hörte das Klavier, die zärtlich-raue Stimme voller Hall, und seine Augen füllten sich mit Rührung. Shit, dachte er, hoffentlich sieht mich keiner.

Eine Viertelstunde später stand er am Schotterufer des Waldsees und war überwältigt, wie gut die Musik mit dem letzten Lichtschlag des Tages harmonierte, der den Wald mit Feuerfarben erhellte. Er nahm eine zerknitterte Schachtel Pall Mall aus der linken Schenkeltasche, die Schachtel Streichhölzer aus der anderen und zündete sich eine Zigarette an. Es war tagsüber warm geworden, und nach dem flotten Fußmarsch hinauf zum See fühlte er sich verschwitzt. Er machte den Zippverschluss der Kapuzenjacke auf, zog sie aus und faltete sie zu einem Polster zusammen. Dann legte er sich auf den glatten Steinen nieder und schob sich die vom Schweiß leicht feuchte Jacke unter den Nacken.

Martin schloss die Augen, tastete nach dem iPod und hörte sich das Lied Autum noch einmal an.

Ganz leise hörte er jenseits der Musik das seufzende Knarren der Bäume, in deren Kronen der Wind spielte. Er roch Moos, Waldesluft. Wie immer tat es gut, hier zu sein, allein zu sein. Martin mochte die Jungfräulichkeit dieses Ortes, dieses Sees. Obwohl der Schotterstrand auf der kleinen Lichtung wirklich nicht schwer zu erreichen war, kam nie jemand hierher. Außer Touristen, die Fotos schossen und wieder verschwanden. Manchmal schien es Martin so, als wäre eine riesige Kappe über den See gestülpt; eine Art Eselsmütze, auf der in riesigen Buchstaben stand: VOLLKOMMEN UNINTERESSANT HIER! GEHT WOANDERS HIN!

Das Lied klang aus. In seinen Ohren summte es. Willkommen Tinnitus, dachte er grinsend. Er nahm die Kopfhörer aus den Ohren, atmete tief durch und überlegte, ob er ein paar Worte an seinen Bruder richten wollte, als er aus dem Augenwinkel eine sehr schnelle und sehr weiße Bewegung auf der Oberfläche des Sees sah. Er sah genauer zu der Stelle, konnte aber nur kreisförmig auseinanderlaufende Wellen sehen. Er ließ die Halswirbel knacken, in dem er den Kopf rasch nach rechts drehte ... und da, schon wieder: Ein sanftes Auftauchen und Gleiten, weiß wie die Unterseite eines Fischs und vollendet elegant. Martin ertappte sich bei der Frage, ob es so große Fische in diesem See geben konnte. Kurz nach dem Tod seines Bruders war von der Freiwilligen Feuerwehr die Tiefe des Sees gemessen worden. Und da gab es doch eine Überraschung, denn der See war wesentlich tiefer als allgemein angenommen. Laut Messungen betrug die Tiefe an einer Stelle genau dreißig Meter. Das Wasser war zu allen Jahreszeiten klar, und hatte fast Trinkwasserqualität. Martin stand auf und streckte sich, und da! Knapp unter der Oberfläche, vielleicht zehn Meter vom Ufer entfernt, bewegte sich ein weißer Schimmer. Größer als ein Fisch. Und schneller. In diesem Moment fiel Martin die umfassende Stille auf. Er konnte den Wind in den Baumkronen hören. Und das Knarren der alten Äste. Aber sonst war es sonderbar still am See. Kein Plätschern, kein Vogelgesang -

als würde alles am See den Atem anhalten.

„Blödsinn", flüsterte Martin leise, wich aber krabbelnd vom Ufer zurück. Als er wieder zur Wasserlinie sah, stockte ihm der Atem. Der weiße Schimmer glitt aus dem See, Wasser perlte. Martin schloss die Augen, blinzelte und sah wieder hin. Es war kein Fisch. Auch kein Stück Plastik, dessen Glätte den letzten Rest des Abendlichts hätte reflektieren können. Es war ein Mensch. Fast zumindest. Was Martin zuerst irritierte, war, dass er nicht auf den ersten Blick erkannte, ob das Wesen, das mit dem Oberkörper auf die Schottersteine gerutscht war und mit der unteren Hälfte noch im Wasser ruhte, tot oder lebendig war. Denn obwohl es sich bewegte, vermittelte es nicht den Eindruck von Leben. Was ihn ebenfalls beunruhigte war, dass er nicht erkannte, welches Geschlecht das Wesen hatte. Auf den ersten Blick sah er folgendes: Es war schlank, menschlich, so blass, dass es beinahe weiß schien. Es hatte metallisch grünes Haar, das seidig glänzte. Die Augen waren hellgrün und entweder sehr lebendig oder absolut tot, auf jeden Fall irritierend. Über die Haut zogen sich Muster und Linien, Kringel und Kreise; manchmal hell wie Lichtkringel, dann wieder dunkel wie Tätowierungen.

Jetzt hockte es sich auf, blieb dennoch im Wasser. Es war ein Junge. Zumindest sah es aus wie ein Junge von ungefähr sechzehn oder siebzehn Jahren. Die Augenbrauen waren dunkel und gerade, wie mit dem Lineal gezogen. Martin fand, dass er absolut nicht aussah, als ob man sich vor ihm fürchten müsste. Eher sogar ... niedlich. Ja, das war das Wort, das ihm durch den Kopf ging: *Herrje*, der ist ja *niedlich.*

Weiter fiel Martin auf, während er wie erstarrt an dem Baum lehnte, über dessen Wurzel er gerade gestolpert war, dass der Junge keine Schamhaare hatte. Außer den Haaren am Kopf, den Wimpern (die lang waren und golden glänzten) und den Augenbrauen schien er überhaupt keine Haare zu haben.

Nun sah er Martin direkt ins Gesicht und lächelte freundlich. Er hatte Zähne. Soweit Martin das beurteilen konnte, ja überhaupt wahrnahm, ganz normale, ebenmäßige, weiße Zähne.

Der Junge aus dem Wasser zeigte mit der rechten Hand auf Martin und sagte mit leiser, heiserer Stimme, die ihm durch Mark und Bein ging: „Du."

Martin deutete mit dem Daumen auf sich, machte ein fragendes Gesicht und antwortete mit einer Gegenfrage: „Ich?"

Der Junge aus dem Wasser nickte, lächelte breiter und noch

freundlicher, fragte: „Du, bist du gekommen, um im See zu sterben?"

Die Stimme und diese Frage vereinten sich zu einer Faust aus Eis, die nach Martins Herz griff. Er wusste nicht woran, aber er erkannte, dass die Frage wertfrei und vollkommen ernst gemeint war. Als Antwort hauchte er ein: „Nein."

Der Junge aus dem See kniete aufrecht vor ihm und streckte die Hände aus. Und in dieser Bewegung war soviel Sehnsucht, soviel freundliche Erwartung, dass Martin für den Bruchteil einer Sekunde daran dachte, dieser Erwartung zu entsprechen. Aber er wich zurück, als könnte der Junge vorschnellen, ihn packen und in die Tiefe zerren. „Wer bist du?"

„Ich bin hier, um dich zu begleiten. Mein Name ist Abris. Wolltest du nicht schwimmen gehen? Hier in diesem See? Du brauchst keine Angst zu haben. Dazu bin ich ja da: Um dir Angst und Schmerz zu nehmen."

Martin hockte sich auf den Boden und umfasste seine angezogenen Knie. Sterben? Im See baden? Warum? Er schüttelte wie in Zeitlupe den Kopf und sagte: „Nein. Will ich nicht. Ich bin nicht hier, um zu sterben. Ich will nicht schwimmen. Was willst du von mir? Wer bist du? Und zum Teufel, *was* bist du?"

Der Junge ließ sich mit einer an Eleganz kaum zu überbietenden Bewegung ins Wasser zurückgleiten und machte ein enttäuschtes Gesicht. Er tauchte unter, bis das Wasser sein Kinn berührte. Dann fragte er leise: „Und du bist sicher, dass du nicht ertrinken willst? Willst nicht ins tiefe Blau?"

Die Stimme, die Stimme: Sie war kalt, aber verführerisch, wie ein kühler Schleier aus Herbstlicht auf sommererhitzter Haut. Martin sprang auf und stolperte ein paar Schritte rückwärts. Er schrie mit einer für ihn ungewohnt hohen Stimme: „Nein! Ich bin nicht hier, um zu sterben! Nein! Verschwinde. Was bist du für ein krankes Arschloch?"

Das menschenähnliche Wesen, das sich Abris nannte, glitt ohne sichtbare Schwimmbewegungen rückwärts hinaus auf den See. Er zwinkerte Martin zu und sagte: „Nun, dann bin ich nicht wegen dir hier. Leb wohl."

Martin schrie: „Wichser! Hau doch ab!" Doch da war nur noch Wasser, das ein weißes, stilles Weggleiten überdeckte. Er stolperte ein paar Schritte zur Seite bis zu der winzigen Lichtung, in die der Pfad mündete. Seine Schläfen pochten, er hatte Kopfschmerzen. Sein Hals war trocken und das Schlucken fiel ihm schwer. Er wartete an einen Baum gelehnt, bis sich sein Atem beruhigte. Sein Gesicht war schweißüberströmt und er flüsterte, ohne dass er es merkte: „Das war kein Mensch. Das war kein Mensch. Das war ... kein Mensch. Aber *voll* nicht.“ Er schlug die Hände vor das Gesicht und dämpfte ein entsetztes Stöhnen. Er stieß sich vom Baum ab, sah zurück zum See. Dort auf dem Schotter lag noch sein Sweater. Er zögerte, machte ein grimmiges Gesicht und lief schnell zu der Stelle, wo er vor wenigen Minuten noch gelegen hatte, klaubte den Sweater auf und lief mit dem Stoffbündel unter dem Arm den von Farn und Bodendeckern überwachsenen Pfad zurück zum Forstweg.

Wenn er sich nach rechts wandte, kam er zurück zum Ort, ging er nach links, würde er zu einem alten, leer stehenden Holzhäuschen kommen, das am Waldweg auf halber Strecke nach Tieschen stand. Er wollte noch nicht zurück zum Ort, noch nicht nach Hause. Er dachte kurz daran, zurückzugehen und sich auf seinem Zimmer einzusperren. War er der Hysterie nahe? Vielleicht. Als er sich dazu entschied, nach links zu gehen, fand er, dass die Begegnung zwar überaus seltsam, keineswegs aber bedrohlich gewesen war. Eigentlich, fand er, nachdem der See außer Sichtweite war, hatte die Begegnung etwas geradezu Märchenhaftes.

Inzwischen war es dunkel. Martin kannte den Weg so gut wie das Treppenhaus der Pension - er kannte den Weg seit seiner Kindheit. Die Schmusestraße, beliebt bei allen Teenagerpärchen der Umgebung. Vor vier Jahren waren die Mittel bewilligt worden, Kandelaber aufzustellen. Alle fünfzehn Meter einer, bei jedem vierten eine Bank. Die Natriumdampflampen gaben sanftes, rötliches Licht und verliehen dem Wald zu jeder Jahreszeit einen Hauch von geheimnisvoller Romantik. Sein Bruder Tom hatte hier rumgemacht, und auch Martin hatte hier zum ersten Mal ein Mädchen geküsst. Sie hieß Regina, war zwölf Jahre alt gewesen, so wie er.

Der Kuss war so gut gewesen, so rein und naiv, dass er ihn noch immer auf den Lippen spürte, wenn er sich konzentrierte.

Und eben diese Reinheit, an die er sich jetzt erinnerte, während er von Lichtinsel zu Lichtinsel ging, ließ ihn das Erlebnis am See anders bewerten.

Die Frage, ob er gekommen sei, um zu sterben, war mit Sicherheit höchst beunruhigend, zumindest aber sehr befremdlich, vor allem, weil sie völlig ernst klang. Gleichzeitig fehlte jede Art von Ironie, Gehässigkeit, kurz, jene Färbungen, die man im Kino erwartete, wenn ein Schauspieler eine solche Frage stellte. Die Stimme, heiser und sanft, drückte noch am ehesten höfliches Interesse aus. Wie beim Bäcker: „Darf's sonst noch was sein?" Und dann die seltsame Aussage: „Dann bin ich nicht wegen dir gekommen." *Das* war komisch. Welcher Mensch kommt zu einem See und weiß, dass er sterben wird? Na? Haben wir's? Martin grinste bitter. Selbstmörder wissen das. Oder Leute, die aus irgendeinem Grund dazu bereit sind, den Tod in Kauf zu nehmen. Sehe ich aus wie ein Selbstmörder? Und wenn ja, wie sehen Selbstmörder denn aus? Oh ja, fuck. Natürlich wie Emopunks, die in Zimmerecken kauern und bitterlich weinen, während sie sich ihre emotionelle Punkmusik reinziehen und die Rasierklinge auf den bloßen Unterarmen tanzen lassen: Kids, it is down the road. Not across, fuck.

Er setzte sich auf eine Bank. Über den Weg hinweg und zwischen zwei Sträuchern hindurch sah man die erstarrten Wellen der weiten Weingärten, auf ein paar vereinzelte, warme und gelbe Lichter; und den Mond, der seine Sichel auf den Lichtkranz einer Wolkenbank gebettet hatte.

Und selbst wenn man diese Fragen zufriedenstellend klären könnte, was hatte das mit dem blassen Jungen zu tun, der bäuchlings im Wasser lag und auf eigentümliche Weise hübsch, blass und zerbrechlich aussah?

Martin fühlte einen unangenehmen Stich unter seinem Herz, als ihm bewusst wurde, dass er diesen merkwürdigen Jungen tatsächlich hübsch fand. Und diese seltsamen Tätowierungen, die auf der Haut herumwanderten, wuchsen und wieder schrumpften? Was war das denn? Die Haare? Nun, die konnte man färben. Aber sie passten perfekt zu den hellgrünen Augen und den schwarzen Augenbrauen. Bevor Martin bewusst wurde, was er tat, stand er auf und ging nach rechts. Zurück zum Ort? Zurück zum Elternhaus?

Während er in den Sweater schlüpfte, überlegte er wirklich für einen Augenblick, zum See zurückzugehen, um sich Gewissheit zu verschaffen, ihn vielleicht noch einmal zu sehen und ihn zu fragen: Was bist du? Wer bist du? Warum bist du hier?

Aber für dieses Mal ließ er es bleiben. Er schlenderte am Pfad vorbei, kam aus dem Wald und lief die abschüssige Forststraße hinunter zum Ort. Ein paarmal blieb er stehen, die Hände in den Taschen des Kapuzensweaters, und sah hinauf zum Wald. Er fragte sich, ob er das alles nur geträumt hatte. Vielleicht für ein paar Minuten eingeschlafen? Hatte sich die Hoffnung auf ein Wunder, die Sehnsucht nach einer viel größeren Wahrheit aus seinem Herzen geschält, um ihm etwas mitzuteilen? Die umfassende Wahrheit, dass der Tod nichts Nebensächliches war, nicht so banal und vorübergehend wie ihm der Tod jetzt - ein Jahr nachdem sein Bruder ertrunken war - erschien? Diesen Gedanken fand Martin durchweg tröstlich. Allein schon deshalb, weil der Auslöser für diese Gedanken nicht eine gruselige Begegnung beim Wasser gewesen war, sondern ein geradezu elfenhaftes Wesen im See.

Später am Abend saßen Kais Eltern vor dem Fernseher, teilten Bier und gesalzene Erdnüsse mit zwei Ehepaaren, die für fünf Tage abgestiegen waren, um sich mit Nordic Walking (wie sie lachend hinzufügten: im Regenmantel) den Stadtmief aus den Seelen zu waschen. Die beiden Paare waren früher schon hier gewesen. Drei Sommer lang waren sie im Königsberghof abgestiegen - ein grimmiger Erfolg für Rüdiger Brenner, der ihn allerdings nicht wirklich glücklich machte. Sie gaben kaum etwas aus. Die kamen ins Hotel, aßen zu Abend und zogen sich zurück. Vielleicht um Partnersharing zu betreiben. Trotzdem bemühte er sich als Gastgeber und versuchte, den Eindruck kleinbürgerlicher Idylle aufrecht zu erhalten. Dazu würde gehören, dass sein Sohn Kai hier mit ihnen am Tisch saß. Die Gäste hatten schon nach dem adretten Sohn gefragt, dessen handwerkliches Geschick man überall im Haus bewundern konnte. Kai hatte eine ausgesprochen gute Hand für Holzschnitzereien. Rüdiger Brenner stellte all die kleinen Holzfigürchen in diversen Glasvitrinen aus, hielt aber Kais Talent für entbehrlich und sah seine „künstlerische“ Tätigkeit als reine Zeitverschwendung.

Aber Kai hatte sich in sein Zimmer zurückgezogen, um am PC zu chatten.

Nachdem sie ihre Arbeit erledigt hatten, hatte sich Kai geduscht und sich in Boxershorts an den PC gesetzt. Das Fenster hinter dem PC war offen, und er konnte die leisen Abendgeräusche hören. Die Pension seiner Eltern lag am westlichen Ende der Gemeinde, direkt an der schmalen Straße, über die der Bus kam, die Gemeinden abklapperte. Eine richtige Ortsstraße gab es in Königsberg nicht; es gab eine Umgehungsstraße, die unten am Marktplatz vorbeiführte. In die eine Richtung führte die Straße durch ein weites Waldstück zur slowenischen Grenze, in die andere Richtung nach Bad Gleichenberg, wo man in diverse lokale Busse oder zu den Steirischen Landesbahnen umsteigen konnte.

Die abendlichen Geräusche: Selten ein vorbeifahrender Wagen, dessen Lichter im nahen Wald flirrten, ehe er über die flachen Hügel hinunter und am Haus vorbei fuhr, ab und zu der Ruf eines Käuzchens, das Kreischen einer rolligen Katze da und dort. Ein Kuckuck, das schläfrige Rascheln der Tauben unter dem Dach.

Kai chattete nicht. Er ließ den Chat auf einem Tab des Firefox Browsers vor sich hinlaufen, auf einem anderen Tab sah er sich die Logfiles älterer Chats an. Er suchte nach etwas, wusste aber nicht genau, wonach. Eine Hand an der Maus, die andere müßig in der Boxershorts, scrollte er durch endlose Zeilen dümmlichen Geschwätzes. Obwohl die meisten Chatter in seinem Alter waren, war das, was er in den Chatlogs lesen konnte, für ihn doch nicht mehr als Kinderkram. Ein paar Minuten später fand er einen Chatlog, in dem Martin Stolz als Proud_Timmy gelistet war. Kai wusste, dass Martin zwei Benutzernamen für Chats und Diskussionsforen hatte: Proud_Timmy und Em01im. Kai benutzte die Suchfunktion des Browsers, um sich durch die als XML Dateien abgelegten Protokolle zu wühlen. Und schließlich, als er schon aufgeben wollte, fand er, wonach er gesucht hatte. Martin Stolz hatte sich recht wütend gegen einen strutzdummen Spießer zur Wehr gesetzt, der mit dem üblichen Schmus von wegen heulender, latent schwuler Emos dahergekommen war. Kai musste zugeben, dass Martin sehr punktgenau argumentieren konnte und wusste, wie man einem Streitgegner das Fell über die Ohren zog. Das Chatlog war teilweise ziemlich witzig, und Kai kicherte immer wieder, ärgerte sich aber auch, dass es ihn zum kichern brachte. Ziemlich weit unten, beinahe am Ende des Logfiles fand er dann Martins Versuch, seinem Kontrahenten, einem HTL Schüler namens MaXHeadr00m_17, virtuell die Hand zur Versöhnung zu reichen:

ProudTimmy: Du weißt aba eh, dass du nur scheiße laberst, alter...

MaXHeadr00m_17: sry, aba ich kann mit der scheißmucke nun mal nix anfangen, old em0 ... Du bist eh ned schwul, oder?

ProudTimmy: Wieso? Willst mirn blasen :-) schick dirn link, schau mal auf mein blog: http://proudtimmy.wordpress.com. Ich hab da ein paar Bands zusammengefasst. Schau dir die List mal an. ;-)

MaXHeadr00m_17: okidoki, downloadlinks auch?

ProudTimmy: si claro ;-)
MaXHeadr00m_17: kumm ma jetzta ned auf spanisch, du socken :D, sunst rauchts ... fg
ProudTimmy: ^^
MaXHeadr00m_17: cu em0
ProudTimmy: tschau mit au.

Kai flüsterte: „Na, da haben wir es ja.“ Er kopierte den Link zu Martins Blog in die Zwischenablage. Bevor er sich die Seite ansah, holte er sich aus dem Eiskasten, den er im Zimmer hatte, eine Dose Pepsi, knackte sie, setzte sich wieder vor den Schirm.

Er grinste: Martins Weblog, na sowas aber auch. Der letzte Eintrag stammte von gestern, ziemlich aktuell also. Kai nippte an der Pepsi und las Martins Artikel mit dem Titel: Begräbnis mit Steinen.

Bei der letzten Zeile angekommen, verzerrte sich sein Gesicht vor boshafter Freude. Und die Hand, in der er die Pepsi hielt, zitterte.

Kapitel 4

Nach der Schule war Martin etwas nervös. Es hatte heute keinen Stunk gegeben, nicht mal ansatzweise. Kai war heute fast nett gewesen, obwohl sein Lächeln einen etwas fiesen Unterton gehabt hatte. Die Schule kam Martin heute besonders absurd vor, und er führte das auf die merkwürdige Begegnung mit dem Jungen am See zurück.

Die Mädchen, die ihm sonst immer bei der Rückfahrt im Bus hofierten, hielten sich auch merkwürdig zurück, nickten und lächelten ihm zu, aber nicht mehr.

Zu Hause erfuhr er, dass der Holländer in der ersten Juliwoche anreisen würde. Martin erinnerte sich an den alten Herren mit seinem niederländisch, verschleppten Deutsch, als netten, belesenen Reiseliebhaber. Ein Mann, der sich oft, wenn nicht sogar bei jeder sich bietenden Gelegenheit, über schlechten Journalismus ausgelassen hatte. Das war sein Steckenpferd, und er betrieb es mit grimmiger Genugtuung. Gleichzeitig war er aber auch ein charmanter Plauderer; zumindest konnte er das sein, wenn es seine Frau zugelassen hatte. Denn Martin erinnerte sich auch daran, dass er beim Holländer immer das Gefühl gehabt hatte, er stünde unter der Knute seiner resoluten Frau. Gerade dieses Pantoffelheldentum hatte ihn viel von seiner körperlichen und menschlichen Größe einbüßen lassen. Jorden de Schuil, das war sein Name - ein nicht nur vom Alter gebeugter Mann.

Martin nahm sein verspätetes Mittagessen in der Gemeinschaftsküche ein, ehe er auf sein Zimmer ging, um sich umzuziehen. Er hatte vor, wieder zum Waldsee hochzugehen. Da gab es gar kein zaudern. In seinem Zimmer zog er sich bis auf die Socken und Boxershorts aus, schlüpfte in eine alte Jeans, und zog sich ein schwarzes, enges Tanktop an. Dazu die abgewetzten DocMartens, und er fühlte sich gerüstet für einen Nachmittag am See. Er steckte noch den iPOD in die Hosentasche, entwirrte das Kabel und stöpselte die Ohrhörer ein.

Sein Vater saß auf der großen Veranda, las die Kronenzeitung und schüttelte ununterbrochen den Kopf. Als er die Treppen knarren hörte, hob er den Kopf und lächelte seinem Sohn zu. Er faltete die Zeitung auf dem Schoß zusammen, nippte an seinem Kaffee und winkte Martin, zu ihm zu kommen.

Martin trottete mit nur halb gespielten Widerwillen den Flur hinunter zum Aufenthaltszimmer und hinaus auf die Veranda. Die Sonne heizte den Holzboden ordentlich auf. Er sah die Schweißtropfen auf dem Nacken seines Vaters. Martin setzte sich ihm gegenüber hin, signalisierte aber durch seine Haltung, dass er bei der nächsten Gelegenheit aufspringen und abhauen würde.

„Ich hab gehört, du hast gestern mit dem Freimuth geredet? Und dann habt ihr gelacht? Alles in Butter?“

„Mama quatscht zuviel.“

Sein Vater lachte schallend, wischte sich übers Gesicht. Martin lächelte still und fuhr fort: „Er hat sich geoutet, ja. Und er hat sich dafür entschuldigt, wie er mich angesehen hat. Du weißt schon, wie.“

„Ja. Unanständig.“

„Hungrig.“

Jetzt lachten beide.

„Und, was denkst du? Wird er aufhören, dich so anzusehen?“

Martin zuckte mit den Achseln: „Nachdem er mit mir darüber gesprochen hat, stört es mich nicht mehr. Und weil es mich nicht mehr stört, wird er mich auch nicht mehr so ansehen ... du weißt schon.“

„Ja, ich verstehe. Bist ein kluger Junge. Hast du noch Hausarbeiten, bevor du wieder verschwindest wie ein Furz unter einem Reiter?“

„Wie bitte, was?“ Martin prustete. „Nein, heute nichts mehr. Am Abend kann ich gerne helfen. Du hast ja noch die Bierfässer auf dem Jeep, oder?“

„Sind noch drauf. Ich mach’s nach dem Abendessen, wenn es nicht mehr so heiß ist.“

„Alles klar, Paps.“

„Gehst du zu Tom hoch?“

„Ja, ich gehe zum See rauf, tschüss dann.“ Martin stand auf, ging zur Verandatür und blieb stehen: „Ich gehe zu Tom, ja.“

Sein Vater flüsterte: „Grüß ihn schön von mir, hörst du?“ Martin nickte und ging.

Auf dem schmalen Pfad, der hinter der Kirche am Gemeindefriedhof vorbeiführte, traf er den alten Mann: Ernst Kratochwil. Martin wollte sich mit gesenktem Kopf und einer schnellen Drehung an ihm vorbei schummeln, doch da wurde nichts draus.

Ernst Kratochwil stieß seinen Spazierstock in die Luft, stand unsicher da und fixierte Martin mit seinem blutunterlaufenen Alkoholikerblick: „Sag mal, Stolz: Wann werdet ihr beiden Rotznasen endlich aufhören, euch gegenseitig das Leben schwer zu machen? Du und der Junge von den Deutschen? Das gibt's ja gar nicht, mit euch beiden. Gebt euch mal die Hand, trinkt 'nen Schnaps miteinander und wichst euch meinetwegen gegenseitig einen runter. Das kann ja gar nicht so weitergehen mit euch zwei Streithähnen!"

Gerade noch traurig und berührt vom Ansinnen seines Vaters, gluckste es in Martins Hals und er musste sich zusammenreißen, um nicht wild loszugrinsen. Hatte er schon jemals das Wort ‚wichsen' aus dem Mund eines Menschen gehört, der älter war als zwanzig? Sicher nicht. Und da stand der älteste Mann des Ortes, drohte ihm mit dem knorrigen Spazierstock und riet ihm, er und Kai sollten sich gegenseitig einen runterholen. Zur Konfliktbewältigung, sozusagen. Es sprudelte aus ihm heraus, ehe er darüber nachgedacht hatte: „Wichsen ist ein guter Plan."

Ernst Kratochwil strahlte ihn wild an. Er trat einen Schritt zur Seite und knurrte: „Vergesst aber nicht, euch vorher ordentlich einen anzusaufen. Wegen der Ausrede. Und jetzt verschwinde, geh mir aus dem Weg, du rotziger Hund!"

Später, als er auf den Steinen saß und das Sonnenlicht durch das Blätterdach des Waldes flirrte, zog sich Martin das Tanktop aus, um sich ein wenig zu sonnen. Wobei es ihm nicht um die Bräune ging, sondern weil er nachvollziehen wollte, warum Thomas das so sehr geliebt hatte: In der Sonne liegen, in den Himmel blinzeln und auf das Klirren der Eiswürfel im Glas zu lauschen, das er in der Hand hin und her drehte.

Seine Vernunft sagte ihm, dass der Junge, den er gestern hier getroffen hatte, vermutlich nur ein drogensüchtiger Halbstarker war, der sich irgendeine dramatische Inszenierung erlaubt hatte. Der Träumer in ihm hoffte, dass sich seine Vernunft irrte. Der Wald um ihn schwieg. Kein Lufthauch rührte sich. Am See war es erträglich, und Martin überlegte, ob er sich nicht nackt ausziehen und ins Wasser springen sollte. Hier gab es eh nie jemand außer ihm (und Tom), also konnte er es ja riskieren. Im Sitzen schnürte er die Doc Martens auf, trat sie von den Füßen, stand auf, knöpfte die Jeans auf und zog sie aus. Socken und Boxershorts landeten auf dem Haufen, und als er ins Wasser sprang, dröhnte die heisere Stimme des Jungen in seinem Kopf:

„Bist du gekommen, um zu sterben?"

Wenn er gekonnt hätte, wäre er in der Luft einfach hängen geblieben, erstarrt wie eine Zeichentrickfigur, nachdem sie über die Klippe gerast war. Aber er platschte unbeholfen ins Wasser, das kühle Blau schlug über ihm zusammen. Er kämpfte sich zurück ans Licht, und noch nie waren ihm Sekundenbruchteile so lange vorgekommen wie jetzt, als sein Kopf aus dem Wasser schnellte, das Wasser aus seinen Haaren spritzte und er keuchend nach Luft schnappte. Er trat Wasser und bewegte sich auf das Ufer zu, bis er wieder Boden unter den Füßen spürte. Es war bekannt, dass gerade bei der Stelle, wo der Schotterstrand war, der Boden nach wenigen Metern zur Mitte hin stark abfiel. Als er halb aus dem Wasser war, fühlte Martin sich sicherer und rief, nicht zu laut: „Bist du da?“

Hinter ihm, kaum spürbar, eine sachte Bewegung - schnell und elegant.

„Du?“

Martin schnellte herum, fühlte sich für einen Moment benommen. Er nickte. „Ja, ich. Ich äh, ich wollte dich wieder sehen.“

„Das wolltest du? Mich wieder sehen?“

Martin nickte und zog sich noch etwas weiter aus dem Wasser zurück.

Der grünhaarige Junge lächelte und sagte leise: „Du brauchst mich nicht zu fürchten. Ich bin ein Elemental.“ Dem letzten Wort gab er eine besondere Betonung, wie ein Kind, das etwas erklären darf.

Martin setzte sich ins knietiefe Wasser und schlang die Arme um die angezogenen Beine: „*Was* bist du?“

Der Junge glitt ohne sichtbare Schwimmbewegung auf ihn zu und blieb knapp einen halben Meter von Martin entfernt im Wasser liegen: „Ich bin ein Elemental. Ein Begleiter. Ich bin seit drei Tagen hier. Und ich kann nicht zurück. Ich habe Angst - du brauchst mich nicht zu fürchten, aber ich fürchte mein eigenes Schicksal.“

Martin erkannte im Gesichtsausdruck des Elementals echte und unverfälschte Besorgnis. Er unterdrückte den Impuls, sich vorzubeugen und dem Jungen durchs Haar zu fahren, so wie das sein Bruder bei ihm gemacht hatte, als er noch klein gewesen war und Angst vor den wandernden Schatten im nächtlichen Kinderzimmer gehabt hatte. Seine Hand blieb in der Luft hängen. Er sah sie verwirrt an und zog sie zurück.

Der Elemental lächelte fröhlich und flüsterte: „Du wolltest mich trösten. Das ist schön.“

„Du nennst dich Abris und bist ein Elemental, ja? Und wo wohnst du, wenn du nicht gerade hier im See Leute erschreckst?“

Abris zog sich ein paar Meter in den See zurück, als ob er vor Martin zurückweichen würde: „Ich erschrecke niemanden. Das hab ich noch nie. Ich bin nicht böse!“

Martin nickte. „Leute erschrecken ist etwas Böses, ja. Vor allem, wenn man es absichtlich macht und sich freut, wenn sich einer in die Hose scheißt.“

„In die Hose scheißt? Was ist das nun wieder?“

„Angst hat.“

„Ach ja. Angst. Angst kenne ich gut. Ich esse Angst und Schmerz, bis die, die mit mir gehen und von mir geführt werden, ohne Angst und ohne Schmerz sind. Du wolltest wissen, wo ich wohne? Schau her. Da!“

Martin folgte der Bewegung mit der Hand und sah hinaus auf den See: „Ja?“

„Na da. Da unten. Wenn man tief genug taucht, wird es wieder hell. Bis dorthin kann ich sie begleiten. Ich wohne in dem blauen Licht. Und ich tauche auf, wenn ich Angst und Schmerzen spüre. Reue und Trauer, alle mit Todesangst verwandten Gefühle. Ich bin ein Elemental, ich muss das spüren. Um die Seelen aus dem Korridor aus Angst und Schmerz zu ziehen, damit sie hinüber gehen können.“

Martin schüttelte langsam den Kopf und ein Lächeln stahl sich in sein Gesicht. „Du bist ein Engel, das ist es, was du bist.“

„Was ist ein Engel? Ich hab dieses Wort schon oft aus den Angstgedanken der mir Anvertrauten herausgelesen. Irgendwas mit Flügel, oder? Ich hab aber keine Flügel.“

Martin nickte, beugte sich vor und plätscherte mit der Hand im Wasser. Er fragte: „Darf ich dich berühren?“

Abris machte ein nachdenkliches Gesicht, zuckte aber mit den Schultern. „Ich wurde noch nie von einem Menschen berührt, der nicht stirbt. Du bist der erste.“

Abris kam noch weiter aus dem Wasser, kniete sich vor Martin hin, bis zu den Hüften im See. Das Wasser perlte von seiner glatten, weißen Haut ab, und das merkwürdig lebendige Tribaltatoo (dunkelrot und dunkelgrün) wanderte über seine Oberarme, hinauf zu den Schultern, schickte silbrige Bahnen aus, um dann über den Rücken nach unten zu verschwinden. Abris hatte einen schlanken, aber sehnigen Körper, gut entwickelte Brustmuskeln, wie ein Schwimmer, aber etwas zierlicher.

Martin legte einem Impuls folgend seine Hand auf Abris linke Brust. Die Haut war warm. Das Herz schlug.

Und dann fuhr ein Blitz aus Güte und Heiterkeit von seiner Hand die Schulter hinauf, und füllte seinen Kopf mit Klarheit und Freude. Er starrte Abris verwirrt an. So hatte er sich noch nie gefühlt. Alles um ihn herum war mit Leben erfüllt, mit Lebensfreude in jedem Baumblatt, sogar in der Luft zwischen den Bäumen. Martin ließ sich nach hinten fallen und lächelte zuerst Abris, und dann die Bäume an. Er holte Luft und sagte: „Komm doch raus, etwas Luft und Sonne könnten dir wirklich nicht schaden."

Abris glitt ein Stück weiter hinaus und schüttelte den Kopf: „Das kann ich nicht. Das Wasser ist mein Element, und ich muss immer mit Wasser in Verbindung bleiben. Ich war noch nie so lange über dem Wasser wie in den letzten Tagen. In der ersten Nacht habe ich versucht, ganz an Land zu gehen. Ich meine, ich kann aufstehen, aber ich kann nicht das Wasser verlassen. Ein Teil meines Körpers muss immer mit Wasser bedeckt sein. Ich war nur eine Sekunde ohne Berührung mit Wasser. Meine Haut hat gebrannt wie Feuer. Aber so wie jetzt, so geht's. Für mich ist die Luft so, wie das Wasser für dich, nur andersrum. Ich liebe die trockene Berührung, den Wind, und wie die Sonne die Haut berührt. Das ist wirklich schön. Aber wahrscheinlich nur deshalb, weil es für mich so selten ist. Ich könnte dir zeigen, wie ich das Wasser erlebe. Was ist? Hast du Lust mit mir eine Runde zu schwimmen, na?"

Abris war aufgeregt. Er gestikulierte beim Reden mit den Händen und seine Mundwinkel zuckten, als ob er im nächsten Moment über seine Worte stolpern könnte.

Die ängstliche Vernunft sagte Martin: Der ist nicht koscher. Der zieht Seelen aus Leibern, die ertrinken, um sie poltergeistmäßig ins Licht zu schicken. Und jetzt kann er nicht zurück, weil er keine Seele hat, die er als Pfand oder was weiß ich abliefern kann. Und jetzt will er mit dir schwimmen? Bist du noch dicht, überhaupt daran zu denken? Die Vernunft, fand Martin, war sowieso schon immer ein Luder gewesen. Die Unvernunft war viel lustiger. Unvernünftige Leute kamen überall hin. Er nickte trotz hartnäckiger Bedenken und fragte Abris: „Was soll ich tun?"

Der Elemental bewegte sich auf ihn zu, tauchte kurz unter und spuckte grinsend Wasser in Martins Gesicht. Dann sagte er heiser, und, wie Martin fand, mit ziemlich verführerischer Stimme: „Komm erst mal ins Wasser, ja? Beweg dich so wie du es gewohnt bist. Ich geb dir dann ein Zeichen, du schwimmst zu mir und klammerst dich von hinten an mich, legst deine Arme um meine Schultern. Den Rest mach ich. Wenn wir untertauchen und du Luft holen musst, dann zeigst du einfach mit dem Daumen nach oben, ja?“

Martin nickte, obwohl ihm der Gedanke, sich nackt an einen Jungen zu klammern, etwas seltsam vorkam. Andererseits erschien ihm Abris voll und ganz jungfräulich. Er war sehr schön, aber auch rein. Er hatte nichts Sexuelles an sich, nichts Erotisches, außer seiner merkwürdigen Stimme. Und seine irritierend grünen Augen.

Eine ihm wenig bekannte Stimme in ihm flüsterte: Du hast nicht das Problem, dass er etwas an der Situation missverstehen,. sondern, dass es dir gefallen könnte, ihn zu berühren. Gib’s zu; er lässt dich ganz und gar nicht kalt!

Martin ignorierte das Geschwätz in seinem Kopf, ließ sich nach vorne ins Wasser gleiten, und kraulte zügig auf den See hinaus. Das Wasser war angenehm kühl und unter den Bäumen schattig und grün. Am rechten Ufer war eine Seerosenkolonie, die sich unter einer weiten Öffnung im Blätterdach des Waldes sonnte. Abris glitt neben ihm durchs Wasser und Martin, der sich sonst so viel auf seine Beweglichkeit einbildete, kam sich so ungelenk vor wie ein alter Krüppel.

Schmetterlinge tanzten in den Sonnenstrahlen, die es durch die Bäume bis zur Wasseroberfläche schafften. Weiter weg, eine unberührte Wiese voller Blumen und tiefgrünem Gras. Martin drehte sich auf den Rücken, tauchte seine Haare ins Wasser und dachte: Meine Güte, ist das schön, Scheiße. Wenn ich das gewusst hätte ... Er tauchte auf, ließ das Wasser abtropfen und drehte sich wieder herum.

Abris war keinen halben Meter von ihm entfernt und nickte ihm zu: „Bereit?“

Martin nickte. Er gab sich einen Ruck, überwand die Distanz mit zwei Kraulbewegungen und tat das, was ihm Abris gesagt hatte: Er schmiegte sich von hinten an ihn und schlang die Arme um seinen Hals.

Er fühlte sich unerhört klar und wach, alles um ihn herum war intensiver und transparenter, sozusagen die Cinemascope Version der Wirklichkeit. Er hörte sogar das Schlagen der Schmetterlingsflügel, wie die Seerosenblätter aneinanderrieben. Dennoch war nichts übermäßig laut oder erschreckend. Er presste sich enger an Abris, der über die Schulter zurück sah, lächelte und sagte: „Luft anhalten.“

Martin hatte von einem Gast, der vor drei Jahren hier gewesen war, gelernt, dass man nicht zu tief einatmen sollte, wenn man tauchen will. Drei oder vier Mal ordentlich durchatmen, und beim letzten Mal einatmen die Luft anhalten und runter. So machte er auch jetzt, als er sich auf Abris' Rücken wie auf einem Motorrad fühlte, das plötzlich abging wie eine Rakete. Nur ging es in diesem Fall nicht nur vorwärts, sondern auch hinab ins tiefe Blau.

Ihm war, als würde er Chöre hören, und schnell schlagende Glocken, Glöckchen, Zimbeln. Das Wasser um ihn herum war beinahe so klar wie Luft - ein Gefühl, das dem Schweben in Träumen sehr nahe kam. Abris bewegte sich leicht und schnell, die Geschwindigkeit, mit der sie durch das Wasser zogen, stand in keiner Relation zu Abris' Schwimmbewegungen. Martin, der es gewohnt war, unter Wasser die Augen zu schließen, blinzelte, verblüfft, dass das leicht drückende Brennen vollkommen verschwunden war. Sie glitten am Stengelwald der Seerosen vorbei und im fünfundvierzig Grad Winkel nach unten. Der Boden war etwa zwanzig Meter entfernt und felsig, weiter oben zur Wasseroberfläche hin mit Schlamm bedeckt. Martin dachte, dass er wahrscheinlich im letzten Jahr kein einziges Mal so glücklich gewesen war wie gerade jetzt. Es war nicht nur das Wasser, das Wunder der Klarheit und Klänge; er spürte sehr wohl, dass das Wohlgefühl und die Freude aus Abris strömten wie Körpergeruch.

Ihm wurde die Luft knapp. Er streckte den rechten Arm aus, deutete mit dem Daumen nach oben und fürchtete im gleichen Moment, Abris würde tiefer gehen und noch tiefer, bis er irgendwo, noch tiefer als der Grund des Sees, ein Licht sehen würde. Ein hinterhältiges Sirenenmanöver, ein bezirzender Tod. Aber Abris nickte, schwang herum und glitt mit wenigen, kräftigen Stößen nach oben. Sie durchbrachen die Wasseroberfläche, Wasser spritzte, Sonnenlicht perlte. Ihm war, als ob er vor lauter Glück schreien müsste.

Abris sah ihn besorgt an. „Wie geht's dir? Hast du genug?"

Martin schüttelte wild den Kopf und keuchte: „Mir geht's super. Können wir das bitte noch mal machen?"

Abris grinste übermütig wie ein jemand, das seinem besten Freund eine besonders tolle Überraschung bot und nickte: „Jederzeit."

Martin nickte ebenfalls, presste sich an Abris, legte wieder die Arme um seinen Hals und flüsterte ihm ins Ohr: „Danke, danke, danke." Noch leiser: „Ich mag dich."

Abris lächelte über die Schulter und antwortete: „Halt die Luft an." Er tauchte unter, und Martin, der sich wieder wie auf einem äußerst zugkräftigen Motorrad vorkam, vergaß beinahe Luft anzuhalten, weil er versucht war, laut loszulachen.

Und schon glitten sie zwischen tanzenden Sonnenstrahlen in die Tiefe des Sees, wo alles reine Ekstase war.

Später und außer Atem, lag Martin auf den tagwarmen Schottersteinen und genoss, wie das Wasser von der Haut tropfte und perlte. Abris plätscherte in der Mitte des Sees müßig vor sich hin. Er bewegte sich auf das Ufer zu, und lag ein paar Augenblicke später im flachen Wasser vor Martin. Er sah ihm in die Augen, ließ den Blick über Martin schweifen. Dann sagte er: „Ich bin hier ziemlich allein. Würde mich freuen, wenn du öfters Zeit hättest, mich zu besuchen. Du könntest mir vom Leben erzählen, mehr, als ich von den Sterbenden erfahre, wenn ich sie begleite. Und noch etwas. Ich glaube, ich brauche deine Hilfe, Martin."

Martin setzte sich auf und sah Abris misstrauisch an. „Hilfe? Wie denn? Wobei?"

Abris kaute auf der Unterlippe und runzelte die Stirn, so als wüsste er nicht, wie er benennen sollte, was ihn bewegte. Dann sagte er heiser: „Es ist schwer für mich, das auszudrücken. Pass auf: Ich bin es nicht gewohnt, so lange in diesem oder einem anderen Körper zu sein, egal ob Frau oder Mann, Mädchen oder Junge, als Unterwasserschmetterling oder Geist. Wir Elementals können jedes Aussehen annehmen, männlich oder weiblich, alt oder jung. Unser Aussehen hängt in erster Linie davon ab, was wir im Herzen des Sterbenden vorfinden. Jedenfalls habe ich einen Körper nie länger als höchstens eine Minute - der Zeitraum eben, den ich brauche, um einen Menschen aus seinem Körper zu lösen, ihm Angst und Schmerz zu nehmen und ins Große Blau zu führen. Jetzt habe ich aber diesen Körper schon seit über drei Tagen. Es strengt mich an, ich glaube, das ist das richtige Wort. Und ich habe ein merkwürdiges Gefühl - da. Als ob da ein Loch wäre." Er deutete mit dem Daumen auf seinen flachen Bauch.

Martin grinste. „Du hast Hunger."

Abris nickte. „Kann sein. Ich weiß nicht, wie ich das unangenehme Gefühl loswerden kann. Ich glaube, dass ich es einmal gewusst habe, aber das ist zu lange her ..."

„Hast du nicht die Instinkte, die dir sagen, was du tun musst, wenn du dieses Gefühl, also Hunger, hast?"

Abris schüttelte den Kopf. „Ich hatte nie Hunger. Oder etwas anderes – und nachts fühlt sich meine Haut, wenn ich zwischen Büschen im Wasser treibe und zu rasten versuche, so komisch an."

„Wie komisch?"

„Na komisch eben. Uneben, meine ich. Die Härchen auf den Unterarmen richten sich auf und ..."

„Scheiße, dir ist kalt? Das nennt man Gänsehaut."

„Gänsehaut? Komisches Wort. Kalt kenne ich. Das denken manche Menschen, wenn sie beim Ertrinken das erste Mal Wasser einatmen. Kalt, eiskalt; das denken sie, ehe ich sie berühre."

„Du hast Hunger und dir ist kalt. Wenn das so ist, warum kehrst du dann nicht einfach in deine blaue Geisterwelt zurück? Lös den Körper auf, oder wie du das auch sonst machst. Du bist ein Geist, das sagst du ja selbst. Geistern ist doch nicht kalt!"

Abris zog sich etwas weiter an Land. Martin sah, dass er ganz leicht zitterte. Und dass seine Haut auf den Schultern gerötet war - Sonnenbrand?

Abris flüsterte: „Ich komme nur herüber, wenn ich nahen Tod spüre. Wie alle Elementals nehme ich meine endgültige Form erst an, wenn ich weiß, wen ich zu begleiten habe. Also habe ich zunächst die Form angenommen, die ich in dir sah. Als ich vor drei Tagen hier im See auftauchte, spürte ich so intensive Trauer, dass ich dachte, es wäre Todesangst. Es war niemand da, nur du. Und du willst nicht sterben. Du bist nicht gekommen, um zu sterben. Es ist niemand da, der stirbt. Und solange ich keine Seele habe, die ich hinüberbegleiten kann, solange muss ich hier ausharren. Verstehst du? Ich kann hier nicht weg!"

„Scheiße."

„Was auch immer."

Martin stand auf und ging zu seinen Sachen, zog sich an. Als er fertig war, ging er noch einmal zu Abris, der ihn die ganze Zeit nicht aus den Augen gelassen hatte und sagte zu ihm: „Gegen den Hunger, gegen den Durst und die Kälte kann man etwas tun, da kann ich dir helfen."

Abris sah ihn erstaunt an. „Das würdest du tun?"

Martin nickte. Sie schwiegen kurz. In diesem Schweigen fuhr ein Auto auf der Forststraße - nahm wahrscheinlich die Abkürzung zum nächsten Ort. Es hörte sich an wie ein Geländewagen mit Allradantrieb. Martin wandte sich zu Abris und sah, dass er in den wenigen Augenblicken zur anderen Seite und zurückgeschwommen war. Die Geschwindigkeit, mit der er sich durch das Wasser bewegte, war geradezu unheimlich.

„Ja", wiederholte Martin. „Da werde ich dir helfen. Ich komme heute Abend noch einmal hierher, wenn's dunkel ist. Ich bringe dir was zum zudecken. Und eine alte Jacke von mir. Und ich mach dir etwas zu essen."

„Essen?"

„Essen. Wegen deinem komischen Gefühl im Bauch, wegen dem Loch."

Abris nickte und grinste glücklich. „Das wäre wirklich schön."

„Wo wirst du sein, wenn ich komme?"

„Weiß ich nicht. Zum Augenschließen schwimme ich immer weiter, wo der See nach dorthin weitergeht, und suche mir eine Stelle zwischen Schilf und Bäumen. Da fühle ich mich sicher. Schlag dreimal mit der flachen Hand auf das Wasser, wenn du kommst. Ich werde dich hören."

Martin nickte und sah, dass Abris soweit es ihm möglich war, aus dem Wasser kam, und sich ihm entgegenstreckte. Er ging zu ihm hin, streichelte ihm sanft über die Schultern und registrierte das sanfte Zittern. Das konnte die ungewohnte Anstrengung sein: Abris stützte sich auf seine durchgestreckten Arme. Es konnte aber auch sein, dass ihm die Berührung Schmerzen verursachte. Die Rötung der fast milchweißen Haut war nicht zu übersehen.

Wind kam auf und griff sanft in die Baumkronen. Stärker als das Rascheln der Blätter hörte Martin das Knarren der alten Bäume.

Abris sah zu ihm, und sagte: „Ich mag diese Geräusche hören, klingt schön, klingt alt und weise."

Martin nickte, lächelte sanft und flüsterte: „Du hast recht."

Abris nickte und ließ sich ins tiefere Wasser gleiten. Bevor Martin sich abwandte und zum Trampelpfad zurückging, sagte er: „Schön, dass es dich gibt. Etwas in dir erscheint mir bekannt."

Und da war es.

Martin blieb wie erstarrt stehen, mit dem Rücken zum See, zu Abris. Er wandte sich langsam um und starrte den Elemental feindselig an. „Wann hast du zum letzten Mal einen Menschen auf die andere Seite, oder wie du es nennst, ins große Blau gebracht? Wann war das?"

Abris kam wieder näher und sagte ohne nachzudenken: „Vor einem Jahr. Ein junger Mann. Er war dir sehr ähnlich. Etwas größer und stärker, durchaus. Aber seine Seele sah aus wie du."

„Du hast meinen Bruder hinübergebracht?"

„Jetzt sehe ich es! Die gleichen Farben, die gleichen harmonischen Bewegungen der Farben über den Köpfen! Ihr habt dieselben Eltern!"

Martin wusste nicht mehr, was er fühlen sollte. Das Leben um ihn und in ihm war wie betäubt. Er flüsterte: „Du hast mir meinen Bruder genommen. Warum hast du das getan?"

Abris riss die Augen auf und starrte ihn entsetzt an. Er öffnete mehrmals den Mund, um etwas zu entgegnen, konnte aber nicht. Er holte tief Luft und sagte mit zitternder Stimme: „Ich habe ihn nicht ... geholt. Und ich habe ihn dir nicht genommen. Es liegt nicht in meiner Macht über Leben und Tod zu entscheiden. Ich habe gar keine Macht; ich bin nur hier, um etwas Bestimmtes zu tun, wenn der Tod unausweichlich ist."

„Ja?"

„Ja. Ich nehme mir die Form, die ich in ihren Träumen sehe. Und dann nehme ich ihnen Angst und Schmerz, damit sie frei hinübergehen können. Oder schwimmen, tauchen, wenn dir das lieber ist. Ich töte nicht. Ich begleite. Bitte hasse mich nicht dafür." Seine Stimme war zu einem Flüstern geworden.

Martin starrte Abris an, aber er konnte ihn nicht sehen, weil ihm die Tränen kamen. Sein Hals war wie zugeschnürt, als er fragte: „Hat er gelitten?"

Abris schüttelte den Kopf, hob eine Hand und zeigte auf Martin: „Jetzt verstehe ich. Deshalb bin ich hier. Deine Trauer ist wie Todesangst. Martin, er hat nicht gelitten. Als er auf das blaue Schimmern traf, lachte er mit den Augen. Ohne Angst und ohne Leid. Du solltest nie vergessen, dass dies vielleicht der glücklichste Moment seines Lebens war. Und wenn du mit diesem Wissen noch weinst, solltest du dich fragen, um wen du wirklich weinst: Um ihn oder um dich?"

Martin wischte sich mit dem Ärmel übers Gesicht und zog sich mit einer kindisch-trotzigen Bewegung die Kapuze des Sweaters über den Kopf, umklammerte die Unterkante der Ärmel mit den Fingern und ging. Er wollte eigentlich gar nicht antworten, tat es aber trotzdem: „Um meine Eltern und um mich. Es ist so schwer, das Loch zu füllen. Und es ist so schrecklich mit anzusehen, wie die stärksten und besten Menschen, die man kennt ... einfach zusammenbrechen. Und ich kann gar nichts tun, nichts. Wo ich doch selbst so ..."

Er drehte sich nicht noch einmal zu Abris um, wusste aber, dass er nickte. Er hörte ein leises Plätschern, zwei sanfte, schlürfende Geräusche. Dann war es wieder still um ihn. Er schüttelte den Kopf und ging heim.

Kapitel 5

Später, nach dem Abendessen, saß er auf dem Bett in seinem Zimmer und kaute Fingernägel. Er hatte Abris ein Versprechen gegeben und die Tragweite des Versprechens wurde ihm erst jetzt wirklich bewusst. Ihm eine alte Jacke, ein Shirt und eine kurze Hose zu bringen, würde nicht das Problem sein. Wohl aber, an seinen Eltern vorbei Lebensmittel aus der Küche zu schleusen. Und was aß denn ein Geist, der in einem fast menschlichen Körper steckte? Seinen ersten Gedanken, ihm zu bringen, was ihm selbst auch schmeckte, verwarf er schnell wieder. Wenn Abris kalt war, würde er vielleicht auch krank werden können. Und wenn er krank werden konnte, brauchte er dringend gesunde Sachen. Obst, Gemüse, Mineralwasser. Das Mineralwasser war kein Problem. Das gab's im Keller kistenweise. Das Obst? Bananen, steirische Äpfel, Orangen, Kiwis, Zeugs mit viel Vitamin C. Dann gekochte Kartoffel mit Salz. Er stand auf, ging zum PC und rief die Seite der Tourismusschule auf. Er setzte sich mit angewinkeltem Bein auf den Drehsessel, loggte sich als Schüler ein und suchte die Seite mit den Ernährungstabellen. Gut, Abris brauchte Kalorien, Vitamine, Nahrungsmittel mit guten Brennwerten, Eiweiß, Eisen, Mineralstoffen. Als er anfing, ein Menü zusammenzustellen, lachte er auf und dachte laut: „Das ist ja der reinste Diätplan, Scheiße." Als er die Liste später ausdruckte und zusammenfaltete, dachte er, dass es so funktionieren konnte. Gemüse und Obst gab es im Haus in rauen Mengen, das würde nicht auffallen. Mineralwasser in Plastikflaschen ebenfalls. Er konnte Karotten reiben und Gurkenscheiben hobeln, Kartoffel kochen und pürieren - alles kein Problem. Nur wann und mit welcher Begründung sollte er das machen, falls ihn seine Eltern fragen sollten?

Für die Schule. Punkt.

Damit wäre auch dieses Problem aus der Welt. Zum ersten Mal empfand er seinen Besuch bei der Tourismusschule als wirklich nützlich. Nicht nur, um gemeinsam mit seinen Eltern das Gästehaus zu betreiben, sondern jetzt auch, um einem Wesen das Leben zu retten, das seine letzte Verbindung zu Thomas darstellte.

Er ging zweimal über den Flur zum Klo, um zu lauschen, ob seine Eltern schon im Wohnzimmer waren, ob der Fernseher lief. Max Freimuth war vor einer halben Stunde an seiner Tür gewesen und hatte ihn gefragt, ob er Lust hätte, mit ihm gemeinsam ein paar Flaschen dieses herrlichen Kürbiskernbiers zu trinken. Martin hatte höflich abgelehnt und Schularbeiten vorgeschoben.

Der Abend kam in herrlichen Farben, Vogelschwärme rauschten aus dem Blätterdach des Waldes und flatterten nach Osten. Dann dachte Martin kurz an Kai. An die Gehässigkeit, mit der er ihm begegnete, aber auch an die professionelle Höflichkeit, mit der sie sich im Unterricht gegenseitig unterstützten. Und war da nicht - bei mehr als einer dieser Gelegenheiten ein zaghaftes Lächeln in Kais Gesicht gewesen; tiefer und ehrlicher als all seine anderen Grimassen? Martin kannte Kais Vater, Rüdiger Brenner, und er wusste wie der kleine und harte Mann mit Kai umging. Und wäre Kai nicht so ein gehässiger, aufgeblasener, weißblondierter Edelprolet, er könnte sogar Mitleid mit ihm haben. Martin ertappte sich dabei, wie er flüsterte: „Deine Mutter liebt dich." Als ihm klar wurde, dass dieser Satz Kai gegolten hatte, lief ihm ein Schauer über den Rücken, und die Härchen auf den Unterarmen stellten sich auf. Nicht nur wegen der Aussage allein. Sondern auch wegen der Zärtlichkeit, mit der er das gedacht hatte. Martin sprang auf, lief im Zimmer auf und ab und murmelte: „Ich hasse diesen aufgeblasenen Wichser, Scheißkerl!"

Der Abend war nur noch ein rotes Blinzeln im Westen, von seinem Fenster aus gut zu sehen. Er zog sich schwarze Sachen an. Dann wühlte er in seinem Kleiderschrank nach alten Klamotten und fand eine dreiviertel lange Militärhose in Wood Camouflage, die er vorigen Sommer mit der Schere (und nach zwei Joints) ruiniert hatte, zwei alte, nicht mehr ganz weiße T-Shirts, die hoffnungslos verwaschen waren, und eine alte Parka Jacke, die ihm sein Bruder zum vierzehnten Geburtstag geschenkt hatte. Er betrachtete sie, roch an ihr und spürte wieder das Brennen in den Augen. Er blinzelte es weg, gab die Sachen in einen schwarzen Müllsack und stellte ihn auf den Flur.

Er schloss leise hinter sich zu und ging zum Wohnzimmer, machte die Tür einen Spalt auf. Beide waren da. Er sagte mit einem Lächeln, dass ihm selbst ziemlich gezwungen vorkam: „Ich gehe noch auf "ne Cola runter zu Ronnies Bar. Treffe mich mit ein paar Jungs von der Schule."

Sein Vater ließ die Zeitung in den Schoß fallen und sah ihn über den oberen Rand seiner Lesebrille an: „Nur Jungs?"

„Nein, na gut, sind auch ein paar Mädchen dabei. Die üblichen Verdächtigen." Er lachte. Seine Mutter sah nur kurz zu ihm, dann widmete sie sich wieder mit Hingabe Dr. House, der im Fernsehen gerade wieder einmal eine fürchterlich zynische Diagnose stellte und irgendeinem Patienten leichtfertig sagte, dass er wohl sterben müsse. Der Chefarztgrantler vom Dienst.

„Bis später."

„Tschüss, Timmi." sagten seine Eltern unisono.

Er klappte die Tür zu und wunderte, wie leicht es ihm gefallen war, seine Eltern zu beschwindeln. Andererseits fragte er sich, ob er sich darüber freuen sollte, dass es ihm so leicht fiel. Auf dem Flur griff er sich den Müllsack und brachte ihn hinunter in die Küche. Dort machte er nur das kleine Arbeitslicht über der dicken, aus massivem Holz gefertigten Arbeitsfläche an. Durch das Milchglas der Durchreiche zum Speiseraum (Saal wäre eine maßlose Übertreibung) kam auch ein wenig Licht. Das genügte ihm. Im Kühlschrank fand er Radieschen, Gurken und einen Topf mit gekochten Kartoffeln. Aus dem Obstkorb nahm er Äpfel, Orangen und zwei Kiwis, wie geplant.

Als er nach zwanzig Minuten fertig war, hatte er ein mit Muskatnuss verfeinertes Kartoffelpüree angerichtet, drei Scheiben Holzofenbrot dick mit Butter bestrichen und gesalzen, die Äpfel, die Kiwis und Bananen. Er packte das Essen in verschließbare Plastikbehälter und verstaute sie in dem Plastiksack. Er schulterte ihn und schlich sich aus dem Haus. Obwohl er der Überzeugung war, das Richtige zu tun, kam er sich vor wie ein Dieb bei Nacht.

Es war eine Sache, den Unterricht zu schwänzen oder heimlich Joints zu rauchen, aber es war eine ganz andere Sache, bewusst die Eltern zu hintergehen. Martin dachte, dass Thomas das nie getan hätte und auch nie getan hatte.

Über ihm war der Himmel noch klar, der Mond ruhte in einem Lichthof, der schlechtes Wetter ankündigte. Oben, in Richtung Wald, war der Himmel ebenfalls klar, im Westen jedoch stauten sich Wolken am Horizont und löschten den Rest des Abendrots aus. Er beeilte sich, ohne zu laufen. Auf dem Kiesweg neben dem Ortsfriedhof hinter der Kirche befürchtete er kurz, dem alten Kratochwil in die Hände zu laufen, doch der Weg war frei. Was Martin nicht sah, war, dass Max Freimuth unten auf dem Platz vor der Kirche stand und ihm verwundert nachsah. Er wirkte für einen Moment unschlüssig, dann zuckte er mit den Schultern und folgte Martin in etwa fünfhundert Metern Abstand.

Martin fand den Weg zum Schotterstrand auch blind. Dennoch war er etwas unsicher bei der Dunkelheit und Stille, die ihn umgab. Er fühlte sich ein wenig desorientiert und tastete so oft es ging mit der Hand, um sich nicht zu stoßen. Jede Berührung mit Bodenfarn oder tiefen Ästen und Büschen erschreckte ihn - als er endlich auf die Lichtung trat und den Sack auf den Schotter fallen ließ, atmete er erleichtert auf und hockte sich auf die Hacken. Wie Abris vorgeschlagen hatte, platschte er dreimal sachte mit der flachen Hand aufs Wasser. Dann wartete er. Und er brauchte nicht lange zu warten.

Abris war im See wie gewölbtes Mondlicht, hellweiß, strahlend und schnell. Er schlitterte mit Schwung halb aus dem Wasser und grinste Martin wild an: „Da bist du ja wieder. Ich freue mich!"

Abris' Freude steckte Martin an. Er grinste zurück und wuschelte ihm das grüne Haar. Es war flauschig und nass. Es war dicht, und es erinnerte Martin an die Vogelnestfrisur von Vaan aus dem Spiel Final Fantasy 12. Die Frisur gab ihm etwas mädchenhaft-niedliches, was Martin seltsam anziehend fand. Er riss sich von Abris' Anblick los und pusselte den Sack auf: „Ich hab dir was mitgebracht. Schau mal: Da ist eine Jacke, Shirts, eine Hose. Sachen zum anziehen, wenn du ... also wenn du irgendwie an Land bist, halb oder ganz oder wie auch immer. Die Hose solltest du anziehen, damit du dir nicht den Hintern verkühlst."

„Hintern verkühlst?"

„Ja. Schau mal, du hast da auch einen Schwanz ... ich meine, einen Penis, ok? Du hast auch ... also du hast auch Eier. Und wer Eier hat, der hat auch eine Prostata, das ist so ein nussgroßes Ding, irgendwo hinter der Wurzel vom Schwanz, also Penis, jedenfalls kann sich die entzünden. Und das tut höllisch weh. Ich meine, ich hatte noch nie so 'ne Entzündung, aber man hört die Leute drüber reden. Im Bus, in der Schule, und im Krankenhaus. Jedenfalls ist es besser, wenn du die Hose anziehst, wenn du außerhalb des Wassers bist, klar? Im Wasser hilft sie dir nichts. Du solltest auch darauf achten, dass die Sachen immer trocken bleiben. Nur so können sie dich wärmen, klar?"

Abris nickte und sah Martin an wie ein Wunder. Er berührte die Kleidung, sah sie an, roch an den T-Shirts. Er schnupperte in Martins Richtung und sagte: „Wenn ich diese Kleidung trage, bin ich in deinem Geruch. Das ist gut. Das gefällt mir. Willst du mich küssen?"

Martin starrte Abris verdattert an und kam sich gleichermaßen dämlich wie überfordert vor. Küssen? Er antwortete: „Ich bin nicht schwul.“

Abris legte den Kopf schief, sah ihn an und fragte: „Was heißt das? Schwul? Muss ich das verstehen?“

„Naja, schwul sein heißt, dass man ein Mann ist und mit Männern Sex macht.“

„Aha. Ich dachte, man küsst sich, weil man sich mag. Nicht weil man schwul ist? Seitdem ich Menschen begleite, war das Küssen für diese Menschen immer eine der schönsten Erinnerungen. Die Küsse von Eltern, von Freunden und Geliebten. Ich möchte mich auch an einen Kuss erinnern können. Das wäre sehr schön.“

Martin dachte, dass noch niemand einen Kuss so präzise beschrieben hatte, wie eben Abris. Gefühle für ihn gab es eindeutig, auch wenn er sich nicht völlig darüber im Klaren war, wie er damit umgehen sollte. Aber sowohl die Frage wie auch die Antwort nahm ihm sein Körper ab: Er beugte sich zu Abris vor, fasste in sein Haar und zog ihn sanft höher. Abris fixierte ihn mit seinen zum verrückt werden hell-grünen Augen, und öffnete den Mund ein wenig. Martin schnupperte. Abris roch kühl, nach Wasser irgendwie, und nach Moos, nach grünen Bäumen, und nach etwas anderem - einem weit entfernt Aroma. Als sich ihre Lippen berührten, war Martin verblüfft, wie warm Abris' Atem war. Und wie sehr ihn dieser keusche Kuss berührte. Ihre Zungen berührten sich einen Lidschlag lang, wie ein nervöses Flattern im Mund. Dann lösten sie sich voneinander. Martin wusste nicht, was er sagen, wie er sich verhalten sollte. Atemlos war er jedenfalls. Der Moment hatte die Qualität einer stillen Weihe, und er hatte Angst, eben diesen Moment durch irgendetwas zu zerstören. Durch Trivialität zum Beispiel.

Abris leckte sich über die blass-grünlichen Lippen. Und dann sagte er so, als ob Martin ihm ein Bonbon geschenkt hätte: „Ich danke dir. Ich fühle mich großartig. Können wir das bitte noch mal machen?“

Martin prustete los, sah sich selbst an Abris' Rücken geklammert in die Tiefe des Sees gleiten. Ein Gefühl wie ein euphorischer Orgasmus, wenn es je einen gegeben hatte. Er brachte sein Gesicht auf Augenhöhe zu Abris. Ihr Nasen berührten sich. Sie spürten den Atem des anderen. Martin flüsterte heiser: „Ok. Aber halt die Luft an.“

Und verstand Abris die Anspielung in Martins Worten. Denn er lächelte, als sie sich erneut küssten. Und diesmal wurde aus dem Flattern ihrer Zungen ein langsamer und geradezu würdevoller Tanz.

Ein paar Augenblicke später kramte Martin die Lebensmittel aus dem Müllsack und reihte die Sachen auf dem Schotter vor Abris auf. Er zog die Deckel von den Plastikbehältern und erklärte ihm, wie man das Obst schälen musste, um es genießen zu können. Er kam sich dabei etwas überdreht vor, als würde er einem weit fortschrittlichen Außerirdischen erklären, wie er sich hier auf der Erde ernähren konnte. Er schälte die Orangen und Bananen für Abris Das Kartoffelpüree war noch warm und er brauchte Abris nicht zu zeigen, wie er das ohne Besteck essen konnte: Er fuhr einfach mit zwei Fingern in den Brei und schaufelte es sich in den Mund. Martin legte ihm die Butterbrote hin und machte eine Geste, wie man sie zum Mund führte und abbiss. Abris' Gesicht drückte pure Freude und Lust aus.

„Iss langsamer. Wenn du zu schnell isst, wirst du schnell satt, und das hält nicht lange. Du musst oft kauen, hörst du?"

Abris, mit vollem Mund: „Kauen, was is'n das?"

Martin lachte hell auf, nahm sich ein Butterbrot, biss ab und zeigte Abris, wie man richtig kaute. Der Elemental sah ihm begeistert zu, schaufelte aber gleichzeitig Püree und mampfte wie ein Kleinkind. Martin hatte noch nie so viel Freude empfunden, jemand zu bewirten. Er hatte allerdings auch noch nie soviel unverhüllte Dankbarkeit erlebt wie eben jetzt.

Nachdem Abris die Butterbrote und das Pürec verdrückt hatte, ließ er sich rücklings ins Wasser platschen und schnaufte zufrieden.

Martin schälte die letzte Banane und schnitt die Kiwis auf. „Komm raus, Abris! Du musst noch Früchte essen. Früchte sind gesund, komm jetzt!"

Abris schlidderte mit einer fischartigen Bewegung an Land, grabschte nach Martins Hand und küsste seine Handinnenfläche. Martin zog die Hand zurück und rief heiser: „Hey, lass das. Du machst mich verlegen!"

„Verlegen? Was ist das?"

„Das ist so, als ob du mich um einen Kuss bitten würdest und ich würde ihn dir nicht geben, obwohl du fest damit gerechnet hättest."

Abris nickte, erweckte aber nicht den Eindruck, als ob er verstand. Ohne weiter darüber nachzudenken, machte er sich über das Obst her. Martin sah ihm zu und spürte, dass das Lächeln auf seinem Gesicht tief in ihn hineinreichte und möglicherweise in seinem Herz wurzelte. Er fand das Bild etwas kitschig, ließ es sich aber nicht nehmen, Gefallen daran zu finden.

Als Abris alles gegessen hatte, packte Martin die Plastikbehälter in den Plastiksack.

Abris sah ihn an: „Musst du schon gehen, Martin?“

Er nickte und strich sanft über Abris’ Wange. „Ja, ich muss nach Hause. Schlafen gehen. Ich bin müde. Und ich möchte nicht, dass sich meine Eltern fragen, wo ich so lange bleibe. Es ist besser so. So lange niemand Verdacht schöpft, dass ich aus einem bestimmten Grund immer wieder hierher komme, kann ich dich auch ohne Schwierigkeiten versorgen.“

„Es darf niemand wissen? Wieso?“

„Wenn wir hier eine Gemeinschaft hätten, und wenn ich den Leuten vertrauen könnte, dann würde ich den Leuten von dir erzählen. Aber wir haben keine Gemeinschaft. Seitdem das Wetter so schlecht ist, bleiben die Touristen im Sommer aus. Und seitdem die ausbleiben, kämpft jeder ums Überleben. Und dazu kommt auch noch, dass du nicht einfach ein obdachloser Junge bist, der hier am See kampiert oder so. Du bist ein Geist, ein ... wie nennst du das?“

„Ich bin ein Elemental.“

„Ja, du bist ein Elemental. Also noch ärger als ein Geist, ein Zombie oder ein Vampir. Oder was weiß ich, ein Dämon oder Engel. Du bist wirklich. Ich kapiere nicht, wie ich das so wegstecken kann. Aber ich bin sicher, dass viele andere das nicht könnten. Es dürfte dich gar nicht geben. Wenn ich mir die Religionen so anschaue, so etwas wie dich gibt’s weder in Märchenbüchern noch in der Bibel - glaub ich jedenfalls. Weder im Koran noch in der Bibel. Du bist selbst für Leute wie mich, die an was Übersinnliches glauben können und wollen, ziemlich exotisch - ehrlich: mich wundert, dass ich nicht schreiend davon laufe.“

„Warum solltest du das? Ich bin hier um zu helfen, wenn niemand anderer mehr helfen kann. Ich habe eine Aufgabe, die mich normalerweise immer in Bewegung hält. Ich war schon in allen Seen und Meeren der Welt, oft mit hunderten von meiner Art, um Ertrinkende zu begleiten. An uns, an mir ist nichts Böses, kein schlechter Wille ...“

„Das ist nicht das Problem, Abris.“

„Was dann?“

„Du bist der Beweis dafür, dass es ein Jenseits gibt. Und wahrscheinlich dafür, dass es Gott gibt - glaube ich halt. Und ich weiß nicht, ob wir Menschen schon weit genug sind, um aus Glauben Wissen werden zu lassen, ohne dabei im Fundamentalismus zu versinken. Das hab ich aus einer Fernsehsendung über Weltreligionen. Der Gläubige glaubt. Und der Fundamentalist weiß, und setzt dieses Wissen auch ein. Ich glaube nicht, dass das gut wäre. Ich muss los, Abris. Zieh dir die Sachen an, wenn du mit dem Oberkörper im Freien schlafen möchtest. Versteck dich gut und pass auf, dass dich niemand sieht, ja?"

Abris nickte und sah Martin verwirrt an. Er rollte die Hose und die T-Shirts geschickt in die Parkajacke ein, und legte sich das Bündel auf die rechte Schulter. Er wandte sich ab und sagte: „Ich kenne die flachen Stellen, wo ich gehen kann, ohne zu weit aus dem Wasser zu kommen. Vielleicht hast du recht, Martin. Und vielleicht ist es besser, wenn es so bleibt wie es ist. Dass die Menschen erst von uns erfahren, wenn sie sterben. Das war seit Anbeginn der Zeit so. Also warum sollte es sich ändern?"

Martin spürte die Betroffenheit in Abris' Stimme körperlich als Ziehen in der Magengrube. Er räusperte sich und sagte: „Ich komme morgen wieder. Ich bringe dir auch etwas mit. Dann können wir wieder reden, ja?"

Abris ging vorsichtig bis zu der Hüfte im Wasser am Seeufer entlang und verschwand in den Schatten der Bäume. Martin blieb noch kurz stehen, um den Abend abzuschließen, dann wandte er sich ab und ging zurück.

Er brachte den Müllsack ohne Zwischenfälle nach Hause, nahm die Plastikbehälter heraus und trug sie in die große Küche im Erdgeschoß, um sie zu waschen. Inzwischen war es kurz nach elf Uhr nachts. Während er schrubbte und wusch, lauschte er immer wieder, ob er Schritte im Haus knarren hörte. Es wäre nicht besonders schlimm, wenn ihn sein Vater oder seine Mutter hier beim Abwasch sehen würden, lieber war es ihm jedoch, nicht gesehen zu werden: Was keiner sieht, wirft keine Fragen auf, dachte er.

Die Geheimniskrämerei belebte ihn mehr, als er es sich eingestehen wollte - lediglich die Aussicht auf einen weiteren Tag in der Schule, knallvoll mit Prüfungen und Kais Sticheleien, machte ihn müde. Er wusste, dass er in dieser Nacht wegen seinem rasenden Herz kaum Schlaf finden würde.

Keine Schritte, keine sich quietschend öffnende Tür, gut. Er schlich zurück ins Zimmer, kam sich dabei vor wie ein Verräter und Held zugleich - er gestand sich ein, dass ihm diese Mischung recht gut gefiel.

Kurz vor halb zwölf lag er im Bett. Diesmal nackt. Seine Kleider schliefen ordentlich zusammengelegt auf dem Lehnstuhl. Die Spannung ließ nicht nach. Er fühlte sich wie eine aufgezogene Uhrfeder. Mit der linken Hand strich er über seine Brustwarzen, dann tiefer und an den Innenseiten der unbehaarten Schenkel entlang, seine rechte Hand wanderte tiefer und blieb dort, bis ihn die Spannung milchweiß verließ. Er säuberte sich, seufzte, drehte sich zur Seite und schlief lächelnd im milden Licht des hohen Mondes ein.

Stille.

Das war das Wort, mit dem Martin den nächsten Morgen umschrieb. Stille. Das Frühstück verlief wie immer ohne viele Worte - ein paar Fragen von Seiten seiner Mutter bezüglich der anstehenden Prüfungen, sonst nichts. Was ihm gleich auffiel, war, dass die wenigen Worte kein Leben hatten. Die Art, wie ihn seine Mutter ansah, als er seine Ovomaltine trank, war verwirrend. Als ob sie sich überlegen würde, ihn etwas zu fragen, aber nicht wusste, wie.

Und als er ging, die etwas harte Umarmung, ihre Worte: „Wenn du nachts noch Hunger hast, wäre es schön, wenn du die Sachen in den Kühlschrank zurückgeben würdest, ja?“ Sie sagte das so, als ob sie wüsste, dass nicht Martin Hunger gehabt hatte, sondern irgendjemand anderer.

Als er schon aus dem Haus war und mit mulmigen Gefühl die Straße betrat, sagte sie noch: „Gestern gegen zehn Uhr nachts kam der Holzer Robert hier vorbei. Er war unten bei Rigos Kiosk.“

Er drehte sich halb um, hatte ein flaues Gefühl im Magen. „Ja?“

„Nichts ‚ja‘. Denk einfach drüber nach. Versprichst du mir das?“

„Ich, äh, Mama ...“

„Nichts: Ich, äh, Mama. Versprichst du mir das?“

Er sah zerknirscht zu Boden und flüsterte: „Ja, mach ich.“

Sie sah ihn etwas milder an und sagte: „Wenn das, was du tust, keinem schadet sondern hilft, werde ich nichts dagegen sagen. Du weißt, was dein Vater und ich dir immer gesagt haben - über das Helfen. Ich möchte aber nicht, dass du dich in Schwierigkeiten bringst, egal welcher Art, verstanden?“

Er rang sich ein trockenes Lächeln ab, das in den Mundwinkel unangenehm zog: „Ja, Madam."

„Schau, dass du in die Schule kommst. Abmarsch."

Martin trottete los, verunsichert, bleich unter der Frühlingsbräune, die auch einen Emopunk heimsuchen konnte.

Im Bus: Die nächste Stille. Kai Brenner saß wie immer ganz hinten im Bus. Aber diesmal kam weder von ihm noch von einem der Jungs, die um ihn herum saßen, irgendein Mucks. Kein Bild, kein Ton, wie sein Vater immer sagte, wenn er über die Erreichbarkeit mancher Ämter lästerte.

Kein Bild, kein Ton, fuck.

Martin hatte keine Angst. Die Stille um Kai kam ihm vor wie etwas, das unendlich weit weg war. Die spannungsgeladene Ruhe in den Worten seiner Mutter allerdings ging ihm gehörig an die Nieren. Ok, sie hatte etwas mitgekriegt. Sie wusste, dass er nachts in der Küche gewesen war und sich im Kühlschrank bedient hatte.

Zwei Mädchen, die vor ihm saßen, sprachen ihn viel zu nervös an, wollten etwas über die österreichische Band wissen - über Ephen Rian. Martin schaltete auf Autopilot, ließ seinen Mund quatschen und starrte ohne Lidschlag zum Fenster raus. Da waren so gegensätzliche Dinge, die plötzlich sein Leben in Aufruhr versetzen. Mit Abris tauchen, dass es ihn überhaupt gab - und dass er es war, der als Erster von ihm wusste. Ihm half. Das Misstrauen seiner Mutter, beinahe so starr wie eine Wand. Das tat weh. Denn sie hatte ihm bisher immer blind und voller Zuversicht vertraut. Er fragte sich, wie und wann er ihr erklären wollte, für wen die Lebensmittel abgezweigt worden waren: 'Mama, da wohnt ein Geist im Waldsee, dem friert und er hat Hunger. Er hat Thomas ins große Blau geführt, und er hat mir gesagt, dass Thomas am Ende glücklich war, und dass seine Augen gelacht haben, als er hinüberging.'

Er wusste, was sie antworten würde: 'Nimmst du Drogen, Martin?'

Bisher war seine 'einmal pro Woche' Kifferei unentdeckt geblieben, aber er konnte nicht davon ausgehen, dass das immer so bleiben würde. Wenn er jetzt anfing, regelmäßig den Kühlschrank zu plündern, würden seine Eltern wirklich einmal misstrauisch werden und gegen ihre Gepflogenheiten sein Zimmer auf den Kopf stellen. Und wenn sie das machten, dann gute Nacht.

Und jetzt diese merkwürdige Spannung im Bus. Beinahe so intensiv wie das Sirren einer Stechmücke im dunklen Zimmer.

Bis zur 10 Uhr Pause war alles ruhig, beinahe zu ruhig. Die Prüfungen entlockten Martin ein mildes Lächeln, die erledigte er mit links. Aber dann kam die 10 Uhr Pause. Er stand mit ein paar Mädchen und einem Jungen aus einer anderen Klasse am rückwärtigen Schulhof, wo die Raucherecke war. Es war den Schülern streng verboten, in den Pausen vor der Schule beim Schlosspark zu rauchen. Was wäre denn das für ein Anblick, bitte? Das war eine der ersten Direktiven des Direktors. Also gab es hinten im Park eine Raucherecke. Kiesboden, Bänke und riesige Bäume rundum. Martin unterhielt sich mit einem Jungen über die neuesten Rockfeste in Wien, als Kai mit seinen Anhängern die Bühne betrat. Er sah geradezu aufgeräumt und fröhlich aus: „Servus Timmi."

Martin nickte. Kai zündete sich eine Zigarette an und blies den Rauch hoch in die Luft. Irgendjemand kicherte. Martins Nackenhaare sträubten sich. Ein paar andere Schüler aus den unteren Schulstufen gesellten sich dazu. Kai sagte leichthin zu einem der Jungs, die mit ihm gekommen waren: „Martin wirft Steine ins Wasser. Oben beim Waldsee."

Der Junge, artig wie aus dem Drehbuch: „Achja? Wieso?"

Martin erstarrte. Seine Lippen fühlten sich kalt an. Kai fuhr fröhlich im Plauderton fort: „Na um seinen Bruder zu beerdigen. Der ist dort im vorigen Sommer stockbesoffen in den See gefallen und ertrunken."

Ein Mädchen mischte sich ein: „Findest du das witzig, Brenner?"

„Um Gotteswillen, nein. Echt nicht. Aber ist es nicht komisch, dass Martin ihn mit Steinen im See beerdigen will? Timmi? Was hat er dir angetan?"

Martin presste hervor: „Halt deine versiffte Scheißfresse. Das war mein Bruder. Und ich habe meinen Bruder geliebt, ich ..., ich ..."

„Das kann ich mir schon vorstellen, dass du ihn geliebt hast. Aber die Frage ist, wie sehr hast du ihn geliebt? Und er dich?"

Wieder, wie aus dem Drehbuch, der Stichwortgeber: „Kai, wie meinst'n das? Sag bloß ..."

„Naja, wenn einer seinen Bruder verliert, ist es dann normal, dass er ihn quasi dort, wo er gestorben ist, mit Steinen bewirft? Dein Bruder war dein Held, Stolz, was? Aber was hatte das für einen Preis? Hä? Du hast ihn geliebt, und du hast ihn gehasst! Wieso? Hat er dich manchmal in der Nacht besucht?"

Martin stöhnte. Er fühlte sich schwach, zerbrechlich und in die Ecke getrieben: „Kai. Hör auf. Bitte!" Seine Stimme wurde hoch und klang gepresst. Das Wort 'Bitte' aus Martins Mund ließ das Geflüster verstummen. Es war beinahe völlig still. Kai hatte rote Flecken auf den Wangen. Sein Gesicht war starr wie eine Maske. Ein anderes Mädchen flüsterte in die Stille: „Martin, komm. Der Hurensohn ist ja nicht ganz zurechnungsfähig. Kai, haben sie dir ins Hirn geschissen? Wie kannst du nur so etwas ..."

„Was ist Martin? Sag's uns endlich! Hat dich dein großer und starker Bruder ab und zu in den Arsch gefickt, damit er dich beschützt?"

Martins Mundwinkel zitterten, zogen sich nach unten. Kai wich zurück. Zwei perlengroße Tränen liefen über Martins Wangen, er stöhnte heiser auf. Er stand starr da, Schweiß lief ihm unter der Kleidung an der Haut hinab, sein ganzer Körper war ein einziger, verkrampfter Muskel.

Martin wusste, wie man Trauer einsperren konnte. Er wusste aber auch, dass Trauer manchmal so stark werden konnte, dass sie sich einfach ihren Weg bahnte.

Kai bekam seinen Willen, und fühlte sich elend und krank als er sah, wie Martin Stolz vor ihm und all den anderen Schülern auseinanderbrach, und von Weinkrämpfen geschüttelt wurde. Sein Weinen klang wie das Heulen eines sterbenden Tieres, zu jung, um zu sterben, und fürchterlich einsam.

Ein Junge und ein Mädchen hockten sich neben Martin, irgendjemand reichte ein Taschentuch. Die Schulglocke schrillte. Die anderen Schüler sahen Kai Brenner an, als ob er gerade eines Gewaltverbrechens überführt worden wäre. Er versuchte, die Situation mit einem Scherz zu überspielen: „Ach, was habt ihr denn? Ein bisschen ficken unter Brüdern, es bleibt doch alles in der Familie, versteht ihr? Alles bleibt in der *Familie*!"

Kais kleiner Stichwortgeber wandte sich unsicher ab, sah noch einmal zu Martin, wirkte unentschlossen, ob er ihm helfen sollte, oder einfach verschwinden. Dann beschloss er, ohne ein weiteres Wort zu gehen.

„Aber ..."

Auch die anderen wandten sich demonstrativ von ihm ab. Er drehte sich mit ausgebreiteten Armen im Kreis. Der Junge und das Mädchen, die Martin geholfen hatten, waren ein paar Schritte zurückgewichen, Martin stand direkt vor ihm. Er weinte nach wie vor, jetzt aber gefasster und stiller. Er schnappte nach Luft, eine Träne glitzerte auf seiner Unterlippe. Sie löste sich und fiel in die Hitze des

Tages. Martin flüsterte heiser: „Ich bring dich um, du Sau. Das war zu viel. Ich habe meinen Bruder geliebt, das ist mehr, als du je in deinem verschissenen Leben bekommen wirst. Du wirst immer die Lacher auf deiner Seite haben, aber es wird dich nie irgendjemand lieben. Nicht einmal dein Vater liebt dich. Und ich hab so was von genug von dir. Ich will das ein für alle mal klären, Kai. Heute Abend um sieben bei der Schotterlichtung am Waldsee. Ich fordere dich heraus. Ich prügle dir die gottverdammte Scheiße aus dem Schädel, du verschissene Missgeburt."

Damit wandte er sich ab und ging, kerzengerade.

Kai kam zehn Minuten zu spät in den Unterricht. Und nur, wenn man ganz genau hinsah, konnte man sehen, dass seine Augen rot waren. Und seine Fingernägel bis zur Fingerkuppe abgeknabbert. Seine Hände zitterten. Inzwischen hatte sich in der Klasse herumgesprochen, was er Martin unterstellt hatte, und Kai tappte unsicher durch eisige Ablehnung.

Nach der letzten Unterrichtsstunde, als die Schüler die Klasse verließen und ihre Prüfungsbögen auf den Lehrertisch legten, sagte der Englischlehrer zu Martin: „Bleib noch kurz hier, bitte."

„Jetzt?"

„Ja, jetzt. Wann denn sonst?"

Martin verdrehte die Augen und stellte sich neben die Tafel. Als die Schüler gingen, hatte er das Gefühl, als würde er eine Parade abnehmen, stille Sympathiebezeugungen. Ein leichtes Nicken da, ein schüchternes Lächeln dort. Das tat gut, war aber nicht mehr als tröpfchenweise Balsam auf ein verheertes Herz. Als alle gegangen waren und es still wurde im Klassenzimmer, stand der Lehrer auf, nahm Martin am Arm und sah ihm geradewegs ins Gesicht:

„Du hast rote Augen, total verschwollen. So kannst du übermorgen unmöglich bei der Fachprüfung antreten. Was ist passiert? Willst du darüber reden? Kai Brenner sah heute auch ziemlich ... na, verwirrt aus. Was geht da zwischen euch beiden ab?"

Martin machte ein trotziges Gesicht, knabberte er an einem Fingernagel. „Nichts. Gar nichts ist los. Ich war gestern mit einem Freund auf dem Motorrad unterwegs. Zuerst nach Tieschen, dann nach Radkersburg. Ich hatte das Visier vom Helm offen. Vielleicht hab ich 'ne Augenentzündung oder so."

„Aha."

„Wie, aha?"

„Wundert mich, dass die Augenentzündung erst nach der zehn Uhr Pause zu sehen war, oder glaubst du, ich bin auf der Nudelsuppe daher geschwommen? Ok, ich denke, du bist alt genug, um entscheiden zu können, wie du damit umgehst. Du und Kai, ihr seid beide zu gute Schüler, und ich würde es nur sehr ungern sehen, wenn ihr beide irgendwie die Prüfung vergeigt, weil ihr euch nicht ausstehen könnt ...“

„Aber da war nichts mit Kai, und überhaupt ...“

„Schon gut, Stolz, schon gut. Ich hab da eine Salbe. Ich hab nämlich selbst manchmal entzündete Augenlider. Nimm sie und gib sie abends drauf, bevor du ins Bett gehst, ja. Du willst nicht drüber reden, das kann ich akzeptieren. Aber ich kann dir zumindest mit der Salbe helfen. Ist das ok für dich?“

Martin nickte mit verkniffenen Lippen und nahm die kleine Tube, die ihm der Lehrer reichte. Den väterlichen Schulterreiber spürte er fast nicht mehr, als er ging. Was er empfand, war stille Dankbarkeit für die Rücksichtnahme. Diese Dankbarkeit war aber auch nicht mehr als ein Schaumfilm in einem brodelndem Vulkankrater.

Er ließ einen Bus sausen, um ja nicht mit Kai fahren zu müssen. Er wollte keinen versöhnlichen Gesichtsausdruck in seinem Gesicht erwidern müssen. Oder gar seine offene Verachtung für den verheulten Emo einstecken. Martin dachte: Ich will dich hassen, bis du an deiner eigenen Scheiße verreckst. Wird eh keiner um dich heulen.

Dann dachte er an das, was ihm Abris über sich und seine Gebundenheit erzählt hatte. Unter welchen Umständen er in seine Zwischenwelt zurückkehren konnte.

Das bittere Lächeln in Martins Gesicht war kalt und erschreckend.

Im Bus setzte er sich in die letzte Reihe, verknotete die Finger ineinander und schabte sich mit den abgebissenen, scharfkantigen Fingernägeln hauchdünne Wunden in die Haut.

Kapitel 6

Rudolf und Maria Stolz standen gegen vier Uhr nachmittags im stillen Zimmer ihres verstorbenen Sohnes. Der Raum war so eingerichtet, als ob Thomas Stolz jeden Moment zur Tür hereinkommen könnte. Das Bett war frisch überzogen, die Fenster geputzt, die Tischplatte poliert. An der Wand hingen noch die Wimpel der Fußballmannschaft, in der Thomas gespielt hatte, auf zwei Regalen standen die abgestaubten Pokale und Statuen. Nur auf dem Fenstersims war Staub. Und zwei tote Fliegen.

Maria Stolz setzte sich auf das Bett und klopfte sanft mit der flachen Hand auf die Decke. „Setz dich zu mir, bitte." Rudolf Stolz, erhitzt von der Arbeit am Pool hinter dem Haus, setzte sich zu ihr, nahm ihre Hand und knetete sie sanft.

„Was ist? Was hast du? Stimmt etwas nicht?"

„Nach Tommis Tod, weißt du, wer uns eigentlich gerettet und zusammengehalten hat? Ja, ich weiß, dass du es weißt. Timmi."

Er nickte.

„Timmi hat so darunter gelitten, ich mag mir das gar nicht vorstellen. Mir hat es jedes Mal im Herz so fürchterlich wehgetan, wenn ich mal nachts an seinem Zimmer vorbeiging und hörte, wie er sich bemühte, leise zu weinen. Es war für mich schön zu sehen, wie er Verantwortung übernahm und wie er versuchte, uns keinen Kummer zu machen. Und wie er dadurch wuchs. Du weißt das ebenso gut wie ich. Ich hab auch immer vermutet, dass er manchmal hinauf zum See geht, um mit Tom zu reden. Und seitdem ihr Beiden da runtergekommen seid, mit den feuchten Hosen, da wusste ich es. Es war für mich so schön, dass ich Timmi so blind vertrauen konnte. Und wenn er mir morgens im Speiseraum hilft, schafft er es manchmal mit seinem Lächeln, dass ich Tom ... nicht vergesse - aber das es nicht mehr so wehtut. Timmi kann das, hast du das noch nie gemerkt?"

Rudolf Stolz nahm seine Frau in den Arm und küsste sie auf die graue Strähne an der Schläfe. Er flüsterte: „Ich weiß, dass er das kann. Trotz all diesem Punkzeugs, den schwarzen Stiefeln und den Nietenbändern. Er kann das. Der Junge hat soviel Feuer und Liebe in sich - manchmal zerreißt es mich fast vor Stolz."

Sie nickte. „Er hat gestern Nacht Lebensmittel aus der Küche genommen. Es wäre mir nicht aufgefallen, wenn es nicht so untypische Sachen gewesen wären. Wenn er wirklich nachts mal Hunger hat, dann macht er sich ein Wurstbrot. Mit viel Mayonnaise und Ketchup."

Rudolf Stolz lachte leise. „Ja. Und trinkt einen halben Liter Milch dazu."

Sie nickte. „Ja, genau. Gestern Nacht hat er Sachen aus der Küche geholt, die einem Ernährungsexperten die Freudentränen in die Augen treiben würden. Eine ausgewogene Mischung von Obst, Gemüse und Brot. Beinahe wie aus dem Lehrbuch. Ich bin sicher, dass er das nicht für sich geholt hat. Er hat uns angelogen, als er gestern sagte, er würde zu Rigo gehen. Und er verschweigt uns etwas wegen dieser Lebensmittel. Seit wann er so etwas tut, kann ich nicht sagen, nur, dass es mir erst seit gestern bewusst ist …"

„Aber …"

„Du meinst, er unterstützt irgendjemand?"

„Das weiß ich nicht. Was ich weiß, ist, dass ich ihm nicht mehr so … was weiß ich … vertrauen kann. Heute Morgen war er das schlechte Gewissen in Person. Und das macht mich ganz verrückt." Ihre Stimme klang gepresst und um Fassung bemüht. Sie starrte ihren Mann an und ihre Hand krallte sich an seinen Oberarm: „Ich weiß nicht, was los ist, Rudi. Es ist wie eine biblische Strafe oder so. Wir haben einen Sohn verloren, und ich weiß, dass du Thomas immer vorgezogen hast und dass du mit Timmis seltsamen Anwandlungen nichts anfangen konntest, bis du draufgekommen bist, dass du zumindest die Liebe eines Sohnes brauchst …"

„Aber das ist doch Unsinn, was redest du denn da für einen Blödsinn?"

„Unterbrich mich nicht! Ich hab von Anfang an zu Timmi gehalten, weil ich … ich weiß nicht, vielleicht weil er einfach ein Junge ist, der die Vertrautheit seiner Mutter braucht, Scheiße. Und jetzt? Jetzt zerbricht er das alles leichtfertig und belügt uns? Er belügt *mich*!"

Sie ließ den Arm ihres Mannes los und rückte ein Stück von ihm ab. Auf ihren Wangen waren hektische rote Flecken erschienen, ihre Lippen waren zusammengepresst und bleich.

Rudolf Stolz stand auf, machte ein paar Schritte vom Bett weg und sagte Richtung Fenster: „Er hat Geheimnisse, und? Hat die nicht jeder Teenager? Hatte die nicht auch Thomas?" Er sah sie an. „Er wird bald achtzehn Jahre alt. Er beginnt sich zu lösen, wie auch immer – wenn wir uns etwas vorzuwerfen haben, dann wird es jetzt wohl etwas zu spät sein, um da noch etwas zurechtzubiegen!“

Sie stand ebenfalls auf und ging zur Tür. Rudolf sah, dass sie fuchsteufelswild war. Sie sagte heiser: „Vielleicht würde er uns nicht belügen und hintergehen, wenn er nach Thomas' Tod mehr auf die Liebe seines Vaters hätte bauen können. Aber du warst ja zu sehr damit beschäftigt, deine eigenen Wunden zu lecken!“

Rudolf Stolz öffnete den Mund, um ihr etwas zu entgegnen. Aber es fiel ihm nichts ein. Sie sah ihn noch einmal abschätzig und kalt an, dann öffnete sie die Tür, verließ den Raum und beendete das Gespräch mit einem hölzernen Knall.

Martin war nach der Schule direkt vom Bus zum See hochgegangen. Er ließ den schwarzen Stoffrucksack auf den Waldboden plumpsen und sah sich um. Während der Fahrt, und während er seine Hände geknetet und malträtiert hatte, bis sie sich verkrampften, hatte er einen kleinen Plan entwickelt. Weniger als einen Plan - ein Szenario vielleicht. Was sein Zusammentreffen mit Kai Brenner betraf, gab es zwei mögliche Szenarien: Entweder Kai kniff den Schwanz ein und kam nicht. Das wäre unbefriedigend, aber auch irgendwie ok. Wenn er kam, gab es zwei weitere Szenarien: Entweder er steckte eine Tracht Prügel von Kai ein, der zugegebenermaßen um einiges stärker und agiler war als er, oder er bereitete sich auf den Kampf vor. Und genau um das zu tun, war er jetzt hier. Um Vorbereitungen zu treffen.

Wenn man vom Schotterstrand etwa zehn Meter Richtung Wald ging, gab es dort eine kleine wilde Wiese, verschwenderisch mit Wildblumen bewachsen. Allerdings auch mit Disteln und stacheligen Sträuchern. Rechter Hand gab es einen gegabelten Baum, verkrüppelt und alt. Martin hielt den Blick gesenkt und suchte sorgfältig den Boden ab, bis er fand, was er suchte: Einen gut einen Meter langen Holzprügel - ausgetrocknet und hart. Er hob ihn auf, wog ihn in der Hand und brachte ihn zu dem gegabelten Baum, lehnte ihn auf der Rückseite an den Stamm. Er ging schnell zurück zum Strand und holte sich einen faustgroßen Speckstein. Auch ihn wog er mit der Hand und prüfte, wie er sich fassen ließ. In seinem Gesicht war ein gehässiges Grinsen. Gleichzeitig kaute er auf der Wange. Seine Hände zitterten, das Shirt klebte ihm nass am Rücken. Er deponierte den Stein ebenfalls auf der Rückseite des gegabelten Baumes. Dann wischte er sich die Hände an der Hose ab und ging nach Hause.

Kai stand in seinem Zimmer, ausgezogen bis auf die Boss Unterhose. Er stand am Fenster und zitterte. Sehr langsam ballte er die Hände zu Fäusten, entspannte sie wieder, ballte sie. Sein Gesicht drückte grimmige Freude aus - aber nur auf den ersten Blick. Tiefer darunter ruhte umfassende Bedrückung; ein Gefühl, das er nicht an die Oberfläche lassen wollte. Er war fest davon überzeugt, dass er Martin mit ein paar Hieben erledigen konnte. Nicht, um ihn wirklich zu verletzen, sondern nur, um seinen Kampfgeist zu brechen. Um ihn dann vielleicht endlich in die Arme nehmen zu können und zu trösten. Und vielleicht endlich die Chance zu finden, sich bei ihm zu entschuldigen, um ihm zu sagen, was er wirklich wollte, was tief im staubigsten Keller seiner Seele darauf wartete, das Tageslicht zu sehen.

„Was willst du?“, fragte ihn eine innere Stimme. „Was ist er wirklich für dich?“

Kai schüttelte wild den Kopf, presste die Lippen aufeinander. Er riss sich vom Fenster los und ging zu seinem Kleiderschrank, wühlte herum, bis er fand, was er suchte: Eine alte, olivfarbene Militärhose. Alte Socken. Ein ausgeleiertes T-Shirt, ebenfalls olivfarben. Dazu zog er sich die verstaubten Militärstiefeln an - alles Sachen, die er nicht mehr getragen hatte, seitdem sie München verlassen hatten.

Ein wenig später, etwa zwanzig Minuten vor sieben Uhr abends, polterte er die Treppe hinunter, grüßte gedankenverloren zwei Gäste - ein Ehepaar aus Wien - stürmte hinaus und wurde in seinem Schwung von der heiseren Stimme seines Vaters gebremst: „Kai? Wohin? Und warum bist du so komisch angezogen? Was soll der Aufzug?“

Er blieb stehen und starrte seinen Vater mit mühsam unterdrückter Wut an, dachte: Wenn es dich nicht gäbe, dann gäbe es auch keinen Zorn in meinem Leben. Aber er antwortete: „Ich gehe joggen – ich brauch Bewegung.“

Sein Vater kam hinter dem Auto hervor, wo er gerade Kisten mit altem Brot für das Bad Radkersburger Hilfswerk eingeladen hatte und musterte abfällig: „Joggen, ja? Du drückst dich einfach vor der Arbeit, das ist alles, du bist ein faules Stück Scheiße. Aber meinetwegen. Geh joggen. Tschüss.“

Kai nickte und dachte: Ich hasse dich. Und ich verachte meine

Mutter. Ich verabscheue das Leben hier. Was kann mir eigentlich noch passieren?

Kai drängte sich an seinem Vater vorbei, angespannt wie ein einziger, kraftvoller Muskel.

Er ging den Rosenweg hinter dem Haus hinauf zur Landstraße. Dort ging er am Straßenrand entlang, bis rechts ein unbenutzter Forstweg in den Wald abzweigte. Der aus zwei Fahrrinnen bestehende, unkrautüberwachsene Weg führte etwa zwei Kilometer in den Wald und endete auf einer kleinen Lichtung bei einer verrotteten Futterkrippe. Linker Hand war eine ebenso verrottete Tafel aus morschem Holz, auf der Wald- und Wanderwege eingezeichnet waren, die es hier vielleicht einmal gegeben hatte; die aber seit Jahrzehnten nicht mehr gepflegt wurden. Zumindest seit der großen Zeckenplage von 2007. Da hatte man die Touristen schubkarrenweise ins Krankenhaus von Bad Radkersburg eingeliefert. Waldwanderungen waren out. Nordic Walking und Langlauf war eigentlich nur noch auf den weitläufigen Wegen zwischen den Weinbergen in. Im Sommer und im Herbst konnte man fast zu jeder Tageszeit die Leute sehen, die mit ihren modernen Sportausrüstungen die Feldwege entlang hoppelten.

Kai näherte sich dem See von der anderen Seite. So wie wohl jeder in Königsberg und aus Tieschen, war er zumindest schon einmal hier gewesen - quasi wie um ein Geheimnis zu erfahren, das bis auf die Tatsache, dass es ein Geheimnis war, nichts von Interesse zu bieten hatte. Ein unwichtiges Gewässer in einem banalen Wald.

Heute sah Kai dies ein wenig anders: Der Wald war dunkler und saftiger, seine Schritte schmatzten lauter in der feuchten Erde, es roch intensiver nach Moos und Fäulnis. Und es war stiller, als es seiner Meinung normalerweise in einem Wald war. Er erreichte den See dort, wo er den Knick nach Norden machte und folgte einem von Bodendeckern und Farnen zugewachsenen Pfad. Von hier aus konnte er schon die Lichtung sehen, die mit hohem Gras überwachsen war, und am Ufer in den Schotterstrand überging. Er hatte noch nie daran gedacht, hier einmal baden zu gehen. Abgesehen davon, dass er Nichtschwimmer war; es war einfach nicht schick genug. Wenn Kai sich in der Sonne aalen wollte, dann vor Publikum im Freibad von Tieschen oder drüben in Bad Radkersburg. Bad Radkersburg war da sogar besser, da gab es nämlich Freitag- und Samstagnacht ab 19:00 - 23:00 Open Air

Disco. Und was konnte es besseres geben, als sich nach einem heißen Tag im Bad in der Abenddämmerung zum Sound von Gigi D´Agostino durch bewundernde Blicke zu schieben, einen Drink in der Hand und ein unwiderstehliches Läch...

„Ich bring dich um!“

Die Stimme war ebenso schnell wie die weiße, matte Bewegung. Kai betrat die Lichtung und rannte direkt in den Holzprügel, den Martin schwang. Linker Hand ruhte der See in Stille, und ein greller Schmerz explodierte auf Kais rechtem Oberschenkel. Er stürzte mit einem verblüfften Schrei um. Er stützte sich auf beide Hände und versuchte, die Benommenheit abzuschütteln. Er kämpfte sich hoch, sah Martins wildes, zu allem entschlossenes Gesicht, und bekam Angst. Martin hob das Bein, winkelte es ab und trat ihm mit dem Fuß ins Gesicht. Es wäre ein fast perfekter Karatetritt geworden, aber Martin hatte Kais Benommenheit überschätzt - Kai konnte den Kopf zur Seite wenden. Hätte ihn Martin getroffen wie er es geplant hatte, wäre Kais Nase und Oberkiefer jetzt gebrochen gewesen. So radierte die Sohle des Arbeiterstiefels mit der Stahlkappe über Kais rechte Wange und haute ihn um. Kai lag rücklings auf dem Boden und Martin verschwendete keine Zeit. Er trat ihm mit Wucht in den Unterleib - Kai rollte sich mit einem heiseren Aufschrei zusammen, zog die Beine an und stöhnte.

Martin stand mit einem wilden, geradezu animalischen Keuchen über ihm, spuckte ihn an und fauchte: „Ich bring dich um, du Bastard. Was weißt du von meinem Bruder, ha? Was weißt du von Liebe? Gar nichts weißt du, nichts, außer wo man Schnöselklamotten kaufen kann und wie man aus seinen Eltern Schuldgefühle rauspresst. Du bist Dreck, du bist nur Dreck. Mein Bruder hat mich geliebt. Aber das wirst du nie verstehen, weil du noch nie geliebt wurdest, du Stück Scheiße. Und du wirst es auch nie erfahren ...“ Er nahm den Speckstein, umklammerte ihn, sein ganzer Arm zitterte vor Anspannung, „... weil ich jetzt deinen verdammten Schädel zertrümmern werde!“

„Timmi, bitte nicht!“

Martin holte aus. Er sah Kai vor sich liegen, vor Schmerzen zusammengekrümmt. Das T-Shirt war hochgerutscht und gab ein Stück gebräunte Haut frei. Kai drehte sich herum und Martin sah die dünne Haarlinie, die vom Bauchnabel hinunter zum Gürtel der Militärhose ging. Er erstarrte in der Bewegung. Weil er sich fragte: Was mache ich denn da, um Gottes Willen?

Und weil ein einsames Heulen über den See und durch den Wald hallte. Aber der Arm war in Schwung, das Gewicht des Steins tat das Übrige - Kai starrte Martin voller Entsetzen und Todesangst ins Gesicht, öffnete und schloss den Mund, er wandte den Blick ab; einem Reflex folgend drehte er den Kopf zur Seite und die scharfe Kante des Steins touchierte seine Schläfe, hinterließ eine aufplatzende Wunde, aus der Blut spritzte. Martin fühlte die feuchte Wärme im Gesicht, holte noch einmal aus, obwohl nichts mehr in ihm war, dass den Tod von Kai wünschte, und seine Hand erstarrte in der Luft, er erstarrte komplett, als er Kai wimmern hörte:

„Hör auf, Kem. Ich liebe dich, ich liebe dich, ich liebe dich!"

Kai rollte sich mit einem kraftlosen Schrei zur Seite, Martin fiel der Stein aus der Hand. Kai zuckte zusammen, als er eine schnelle Bewegung sah. Und so blieben sie für Sekunden, wie eine Skulptur: Kai, der sich auf dem Boden zusammengerollt hatte und ängstlich nach oben starrte, und Martin, der entsetzt seine eigene Hand anstarrte, die in der Luft hängen geblieben war. Sie atmeten heftig. Langsam löste Martin seinen Blick von der verkrampften Hand, in der kein Stein mehr war, und ließ seinen Blick über Kai wandern. Die Starre löste sich, Kai drehte sich zur Seite und schluchzte verkrampft.

Wieder dieser schmerzerfüllte Schrei, der über den See hallte und sich zwischen den Bäumen und Sträuchern verfing und starb. Blut pumpte aus Kais Schläfe und färbte seine rechte Gesichtshälfte rot.

„Was? Was hast du gesagt?" Martin fiel erschöpft neben Kai auf die Knie. Im stillen See breiteten sich Wellenringe aus und schlugen sanft ans Ufer.

Kai keuchte, vom Schluckauf unterbrochen.

Martin rappelte sich hoch, zog sich mit einer raschen Bewegung das T-Shirt aus und knäuelte es zusammen. Mit einer schnellen Bewegung wollte er es an Kais Schläfe pressen, denn etwas anderes fiel ihm im Moment nicht ein. Kai zuckte zurück. Martin machte: „Scht, scht. Du blutest wie ‘ne abgestochene Sau. Was hast du eben gesagt? Was?"

Als er Kai den Stoffballen an die Schläfe drückte und er sah, wie passiv sich Kai diese Berührung gefallen ließ, begriff er ansatzweise die Tiefe dessen, was Kai geschrien hatte. Kai lag da wie ein verletztes und trotzdem anmutiges Tier, bereit, hinzunehmen, was auch immer ihn erwartete. Er sah an Martins Arm entlang nach oben, fing seinen durch und durch verwirrten Blick auf und flüsterte, von Schluckauf unterbrochen:

„Ich liebe dich. Ich hab dich vom ersten Tag an geliebt, als ich dich gesehen hatte. Aber ich darf dich nicht lieben, weil mich mein Vater sonst noch mehr hassen würde. Und ich habe Angst davor, ich habe Angst vor meinem Vater und ich habe Angst davor, dass irgendwer weiß, wie ich empfinde, weil die Welt Leute wie mich nicht mag - ich weiß das. Ich wäre ... ach, ich weiß nicht. Der Oberlooser vielleicht."

„Du ... du liebst mich? Du bist schwul?"

Kai wandte den Blick ab und blinzelte Tränen weg.

„So behandelst du Menschen, die du liebst?"

Kai mühte sich auf, starrte auf den Boden zwischen seinen angezogenen Beinen: „Ich hatte immer Angst davor, dich zu lieben. Ich hatte Angst davor, dass du mich magst, denn dann hätte ich dir, was weiß ich, in der Schule einmal gesagt, dass ich dich gerne mag, dass ich dein Freund sein will. Und davor hatte ich immer Angst. Dass es die anderen Schüler erfahren, die Leute im Ort. Mein Vater. Alle irgendwie. Ich hatte Angst, in diesem kleinen Ort zum Außenseiter zu werden, auf den die Leute mit dem Finger zeigen und dass sie hinter meinem Rücken tuscheln. Und ich hatte Angst, so eine Scheißangst ..." Er verstummte, presste die Hand seitlich ans Kinn, ließ es knacken und kämpfte gegen seine Tränen.

Martin legte ihm den Arm um die Schulter und zog ihn ein wenig zu sich: „Was? Was für eine Angst hattest du, hast du?"

Kais Tränen zerbrachen jeden Hass in Martin, rührten ihn zutiefst.

„Dass du mich nicht willst, dass du mich verachtest. Das wäre noch schlimmer gewesen als dein Feind zu sein."

Mit einer Hand hielt Martin Kais Schulter, zog ihn enger zu sich, mit der anderen Hand drückte er ihm sein blutgetränktes Shirt an die Schläfe. Er flüsterte: „Du bist ein Trottel, Kai, aber echt. Kennst du nicht die Gerüchte, wonach wir Emos alle zumindest bi sind und dass wir, wenn uns die Sehnsucht überfällt, gerne mal mit Jungs knutschen? Ich hab noch nie mit einem Jungen geknutscht. Sorry, ich bin hier weit und breit der einzige Emopunk. Ich hab schon oft daran gedacht wie es wäre. Aber mit wem soll ich hier knutschen? Mit meinem Spiegelbild?"

Kai lächelte unter Tränen.

Martin nahm kurz das T-Shirt weg und betrachtete die Platzwunde.

„Wir müssen ins Krankenhaus. Am besten nach Bad Radkersburg. Du blutest wie ein Schwein, aber echt. Komm jetzt, kannst du aufstehen?"

„Ich hab Kopfschmerzen, und mir ist schlecht. Ich glaub, ich muss kotzen."

Kai befreite sich mit einer sanften Drehung aus Martins Umarmung und übergab sich.

Martin starrte verzweifelt den angespannten Rücken Kais an und unterdrückte den Impuls, ihn zu streicheln, Schuld abzubauen. Vor weniger als zwei Minuten wollte er ihn noch umbringen. Und zwar ohne wenn und aber. Ihn bewusstlos schlagen und dann in den See zerren, um ihn dort ertrinken zu lassen. Das war sein Plan gewesen. Abris hätte die Chance gehabt, heimzukehren, und er wäre diesen Scheißkerl für immer los gewesen. Aber schon, als er mit dem Holzprügel auf Kais Oberschenkel eindrosch, hatte er geahnt, dass er das nie und nimmer konnte. Der Zorn war da, und die kraftspendende Wut. Aber tief darunter war die Sehnsucht nach Frieden und Ruhe.

Und vielleicht sogar ein Funken Hoffnung, von Kai besiegt zu werden. Er riss entsetzt die Augen auf, als ihm klar wurde, dass er da jetzt liegen könnte. Ging es ihm so wie Kai? War irgendetwas in ihm, das hoffte, Kais Freund zu sein? Martin schüttelte den Kopf und wandte sich den akuten Problemen zu. Kai blutete, ihm war schlecht und er hatte Kopfschmerzen. „Ist dir auch schwindlig?"

„Mhm."

Kai wischte sich über den Mund und starrte mit angeekeltem Entsetzen sein Erbrochenes an.

Martin stand auf und zog Kai am Arm hoch. „Komm, wir gehen zu meinen Eltern. Wir müssen dich ins Krankenhaus bringen. Ich glaub, du hast eine Gehirnerschütterung. Damit ist nicht zu spaßen. Ich stütze dich, komm."

Eine große, weiße Bewegung erhob sich aus dem See und glitt still ins Wasser zurück. Kai deutete auf die Stelle am See, wo sich die Wellen ausbreiteten. „Was war das?"

„Was?"

„Na da draußen, im See."

„Ich hab nichts gesehen."

„Siehst du die Wellen nicht?"

„Doch. War wahrscheinlich ein Fisch."

„Zu groß. Zu ... ich weiß nicht, zu … was weiß ich."

„Kannst du gehen? Leg deinen Arm auf meine Schulter, komm

jetzt.“

Zwei Minuten später traten sie aus dem Dunkel des Waldes in die Abenddämmerung, die die Weinberge golden leuchten ließ. Sie sahen aus wie zwei Frontsoldaten. Martin schmunzelte, als ihm ein Gedanke kam.

Kai sah das von der Seite und flüsterte schmerzverzerrt: „Was ist so komisch?“

Martin dachte noch kurz nach, dann sagte er mit mühsam unterdrücktem Kichern: „Man sagt, der Wald habe magische Kräfte. Wir gingen als Feinde hinein, und kehren als ...“

„ ... Liebende zurück?“

„Ich weiß nicht, ob ich dich liebe, Kai. Aber ich verstehe dich. Und ich kann dich nicht mehr hassen. Ich muss das erst mal verdauen, ok? Das alles überfordert mich gerade ganz schön.“

Kai nickte und schwieg.

Sie gingen, nein, sie schleppten sich auf dem Feldweg zum Ort hinunter, am Friedhof vorbei, wurden gesehen. Martin war es egal. Sollten sie starren. Die Leute wichen ihnen aus, blieben am Straßenrand stehen, sahen ihnen nach, flüsterten.

Martin sah seine Mutter am Gartenzaun des Hauses. Sie riss die Augen auf und rief: „Oh mein Gott, was ist mit euch los?“

Martin keuchte: „Wir haben uns geprügelt. Kai ist verletzt, Mama, wir müssen ins Krankenhaus.“

„Oh Gott, Kai, du blutest ja wie verrückt. Fehlt dir was Martin, bist du verletzt?“

Martin schwieg und dachte: Irgendwie schon. Wahrscheinlich von meiner Blödheit.

„Lass mich mal die Wunde sehen, gib das T-Shirt weg, mach schon.“

Kai lehnte sich an den gußeisernen Zaun, Martin nahm das blutgetränkte T-Shirt weg. Die Blutung war beinahe gestillt. Blut klebte in Kais Haaren und an der Schläfe. „Bring ihn ins Haus, wir müssen Erste Hilfe leisten, zumindest das können wir tun. Und dann fahre ich euch ins Krankenhaus. Kommt rein, kommt jetzt endlich. Bring Kai in die Küche, ich hole das Verbandszeug.“

Martins Mutter sah ihnen nach, wie sie ins Haus stolperten, dann drehte sie sich um, musterte die Leute auf der Straße, die stehen geblieben waren, als ob sie gerade zwei Außerirdische entdeckt hatten und sagte freundlich: „Das sind zwei Jungs, und die haben sich gerade geprügelt. Das ist ja wohl hier auf dem Land nichts wirklich Neues, oder?“ Damit wandte sie sich ab, ging ins Haus und klappte die Tür zu.

Martin blickte Kai an und versuchte zu lächeln. Es gelang nicht so recht.

„Ich hol mir ein frisches T-Shirt. Du könntest auch eins vertragen. Zieh’s aus, ich hau es in die Waschmaschine.“

Kai zog sich umständlich sein Shirt aus und gab es Martin. Ohne es zu wollen, blieb Martins Blick um etwa eine Sekunde zu lang auf Kais Oberkörper haften - ein durchaus wohlwollender Blick. Kai war kräftig, aber nicht muskelbepackt. Sein Oberkörper war bis auf die dünne Haarlinie unterhalb des Nabels unbehaart. Martin senkte verwirrt den Blick und stürmte aus der Küche, um wenige Momente später mit frisch duftende, aber ungebügelte T-Shirts zurückzukommen. Sie hörten Martins Mutter rufen:

„Was ist? Soll ich mit dem Auto in die Küche kommen, um euch abzuholen?“

Ein paar Minuten später preschte sie am Steuer des kleinen Toyotas aus der Garage. Im Fond saßen Kai und Martin, die Köpfe gesenkt.

Als sie das Ortsschild von Bad Radkersburg passierten, schaute sie in den Rückspiegel, fing Martins Blick und fragte: „Und? Habt ihr beiden Idioten endlich alle Unklarheiten beseitigt? Geht’s euch jetzt besser?“

Kai sagte leise: „Danke für ihre Hilfe, Frau Stolz.“

„Du brauchst nicht glauben, dass das damit erledigt ist, Kai. Du hast eine ziemlich üble Verletzung, und du wirst vielleicht über Nacht im Krankenhaus bleiben müssen. Ich werde deine Eltern später anrufen und ihnen sagen, wo du bist. Die machen sich bestimmt Sorgen.“

Kai sagte: „Ich weiß, dass es damit nicht zu Ende ist. Es fängt erst an. Mein Vater? Der macht sich keine Sorgen. Der ist zu wütend, um sich Sorgen zu machen.“ Der letzte Satz kam gepresst und um eine Stimmlage zu hoch.

Martin blinzelte ihn mitfühlend an, legte wieder seinen Arm um Kais Schulter und flüsterte: „Deine Mutter liebt dich, Kai. Deine Mutter liebt dich.“

Martins Mutter warf einen Seitenblick in den Rückspiegel und war erschüttert: Kai legte seinen Kopf auf Martins Schulter und weinte.

Martins Mutter kannte den Chefarzt des Bad Radkersburger Krankenhauses seit über zwanzig Jahren, genau genommen seit ihrer gemeinsamen Schulzeit. Das brachte natürlich gewisse Vorteile. Und da Maria Stolz diese Vorteile nur äußerst selten in Anspruch nahm, wurden sie ihr umso lieber gewährt. Diesmal bestand der große Vorteil darin, dass Kai Brenner in ein Einzelzimmer gelegt wurde. Es gab kaum eine Wartezeit, Kai wurde gleich untersucht, und wie erwartet wurde eine leichte Gehirnerschütterung diagnostiziert. Die Wunde an der Schläfe sah dramatischer aus, als es in Wirklichkeit war. Sie wurde gesäubert, desinfiziert und mit einem Spraypflaster versorgt. Während Kai im Behandlungsraum saß und dachte, er würde ohnmächtig werden, als die Wunde mit einem Gazeetuch gereinigt wurde, rief Martins Mutter bei der Familie Brenner an, bekam Kais Mutter ans Telefon und erzählte ihr, wo Kai war, dass alles nicht so schlimm sei und dass er gut versorgt wurde. Die beiden Frauen kamen nach einer kurzen Schrecksekunde gut miteinander aus und verabschiedeten sich herzlich. Kais Mutter versprach, sofort nach Ende des Telefonats in den Wagen zu springen, um ihren Sohn zu besuchen. Dann sagte sie noch leise, sie wüsste nicht, wie sie das ihrem Mann erklären könne. Natürlich würde es keine Anzeige geben, und am besten wäre es wohl, wenn man sich auf eine Geschichte einigen könnte, in der es keine Rauferei gegeben hatte. Sie könne jetzt nicht weitersprechen, weil ... *klick*.

Maria Stolz starrte verdutzt den Hörer an. Martin hatte sich inzwischen einen Kaffee aus dem Automaten gezogen und stand bei der Tür zur Notaufnahme.

Eine halbe Stunde später stürzte die personifizierte Besorgnis ins Krankenhaus, erkundigte sich danach, in welchem Zimmer Kai Brenner untergebracht war, und stürmte in den ersten Stock. Sie grüßte im Vorbeilaufen freundlich Martin und seine Mutter. Sie nickten sich zu, und vielleicht war da auch so etwas wie Telepathie zwischen Müttern fast erwachsener Söhne: *Haben sich die beiden Streithähne endlich die Köpfe eingeschlagen? Haben sie, haben sie, ist aber zum Glück nichts passiert. Gott sei dank, ich danke Ihnen. Kein Problem. Kurz bevor sie erwachsen werden, haben sie meistens Ameisen im Arsch. Wollen noch mal mit dem Kopf durch die Wand.*

Anneliese Brenner kam ins Zimmer, sah ihren Sohn blass, aber gefasst auf dem Bett liegen und umarmte ihn. Und sie nahm seine

Erleichterung wahr, als er begriff, dass sie allein gekommen war.

Diese Erleichterung war für sie verständlich, obwohl es ihr im Herzen wehtat. Später ging sie aus dem Zimmer, schloss die Tür leise hinter sich und stellte sich zu Martin und seine Mutter. Sie sah Martin an: „Wenn du willst, geh rein zu ihm. Deine Mutter und ich haben etwas zu besprechen. Na los, mach schon. Ihr müsst euch jetzt klar werden, wie es weitergeht."

„Was meinen Sie?", fragte Martin. Sie zwinkerte ihn mit einem nicht deutbaren Schmunzeln an und sagte verschwörerisch: „Ich weiß aus Erfahrung, und einfach, weil ich Mutter bin, dass zwei Jungs in eurem Alter genau zwei Möglichkeiten haben, nach so einem Affentanz weiterzumachen. Entweder, ihr bleibt für immer Feinde. Oder ihr werdet Freunde. Ich würde mir letzteres wünschen, ganz ehrlich."

Martins Mutter nickte: „Geh rein und kümmere dich um ihn. Also ich glaube, Kai mag dich."

Martin gab seiner Mutter einen dankbaren Kuss auf die Wange. Er reichte Kais Mutter die Hand und sah ihr in die Augen: „Ich glaube, die Entscheidung ist schon gefallen, Frau Brenner. Feinde können wir nicht mehr sein." Er drehte sich um, ging auf die geschlossene Zimmertür zu und spürte ihre Blicke in seinem Rücken. Er streckte das Kreuz durch, öffnete die Tür und trat ins milde Licht des Krankenzimmers.

Martin: „Na?"

Kai: „Na? Was, na?"

Martin setzte sich auf die Bettkante und musterte Kai: „Wie fühlst du dich?"

„Besser. Ist echt klasse von deiner Mutter, wie sie sich um mich kümmert."

„Nachdem ich deine Mutter kennengelernt habe, glaube ich, sie würde das Gleiche für mich tun."

„Mhm."

Martin kaute an einer Frage herum, und Kai sah das. „Was? Was geht dir durch den Kopf, Timmi?"

Martin lächelte, weil ihm sein Spitzname aus Kais Mund in der momentanen Situation ausgesprochen gut gefiel. Er holte Luft. „Ok. Wer ist Kem, oder was ist Kem?"

„Wie kommst du auf den Namen?"

„Du hast am See gesagt: 'Ich liebe dich, Kem'. Und jetzt frage ich mich, ob du wirklich mich gemeint hast. Verstehst du? Also, wer ist Kem?"

Kai seufzte und rutschte ein Stück weiter nach oben, um sich etwas aufzusetzen. „OK. Kem. Ich werde dir von ihm erzählen, ok?"

„Ok."

„Kem war mein bester Freund in München. Kem ist Türke und so alt wie wir. Der dritte in unserem Bund war Angelo. Der war früher mal Kems bester Freund, aber zwischen den beiden haute das nicht so hin, weil Angelo immer öfters mit irgendwelchen Jungs aus Türkengangs abhing und nur noch Unsinn im Kopf hatte. Was weiß ich: Kinder erpressen, Autos knacken, kiffen, na lauter Scheiße im Kopf. Kem hat einen strengen Vater. Deshalb verstand Kem, ohne dass ich ihm sagen musste, wie es mir ging, wie ich mich fühlte. Kem hatte dazu noch das Problem, dass ihn sein Vater regelmäßig verdrosch. Eines Tages erzählte er mir, hätte ihn sein Vater beim wichsen auf dem Klo erwischt und ihn mit dem Gürtel geschlagen. Und zwar mehrmals und mit voller Absicht zwischen die Beine. Kem ist inzwischen von zu Hause ausgezogen. Er schrieb mir vor ein paar Wochen eine Mail, dass er jetzt mit einer Freundin in einer kleinen Zweizimmerwohnung leben würde.

Ok, Kem ist nicht schwul. Aber wir beide hatten uns in der Zeit, in der wir immer gemeinsam unterwegs waren, so oft getröstet, wenn er oder ich mal wieder Stunk zu Hause gehabt hatten, dass ihm einmal, als er heulte, rausgerutscht war, dass er mich liebe und ich sein bester Freund sei. Und das er sich schon lange umgebracht hätte, wenn es mich nicht gäbe. Ich war voll fertig. Ich dachte damals, wie oft ich es mir verkniffen hatte, ihm das gleiche zu sagen. Ich liebte Kem. Wir hatten uns dann und wann mal in irgendeiner Ecke oder was weiß ich, auf meinem Zimmer einen runtergeholt - gegenseitig und so, ja? Und ein paar Mal haben wir geschmust. Ungefähr zwei Monate, bevor wir hierherzogen, kam Kem immer häufiger mit einem Mädchen an. Ich kam mir vor wie übrig gelassen, verstehst du?"

Martin nickte. „Weiter."

„Am Abend, bevor wir uns ins Auto setzten, um endgültig hierherzukommen, war ich noch einmal mit Kem unterwegs. Wir tranken Bier und haben geflennt wie die Weltmeister. Wir schworen uns, für immer Freunde zu bleiben, und alles. Ich hatte Angst davor, ihn wirklich zu lieben. Denn das hieße, dass ich schwul bin. Kem und ich haben nie übers Schwulsein geredet. Wenn wir uns küssten oder uns einen abwichsten, hatte das für uns nichts mit Schwulsein zu tun. Sondern damit, dass wir beste Freunde waren.

Als wir hier ankamen, war ich total fertig. Denn als wir hier ankamen, merkte ich erst, dass ich Kem wirklich liebte. Und dass er mir für immer fehlen würde, auch wenn ich nun wusste, dass er mit einem Mädchen zusammen war, und ich mit der Zeit aus seinem Leben verschwinden würde, so oder so.

Als ich dich zum ersten Mal sah, kriegte ich einen halben Schlaganfall. Weißt du, du siehst nämlich nicht nur genau so aus wie Kem, ein bisschen weniger südländisch, aber trotzdem. Du bewegst dich wie er, du lächelst wie er, und du hast sogar so eine große Klappe wie er. Am Anfang, also in der ersten Woche, wollte ich dein Freund sein, mich mit dir anfreunden. Aber da kam mir wohl der Zorn meines Vaters in die Quere. Zuerst ging es ihm nur um den Namen der Hotelpension deiner Eltern - das machte ihn völlig wahnsinnig. Und seit dieser ersten Woche steigerte er sich immer mehr rein. Ich glaube, wenn er könnte, würde er deinen Eltern und dir sogar die Schuld daran geben, dass es eine gottverdammte Klimaerwärmung gibt. Ich musste mich irgendwie mit meinem Vater arrangieren. Wenn er mir schon nicht ein guter Vater oder Kumpel sein konnte, dann wollte ich wenigstens einen dauerhaften Waffenstillstand, verstehst du? Ich hatte von Anfang an Angst davor, meinen Vater gegen mich aufzubringen, ich hatte Angst davor, dich wirklich gern zu haben. Und ich hasste diese Scheißangst, ich hasse es, Angst zu haben."

„Und deshalb hast du mich wie ein Arschloch behandelt?"

Kai bewegte den Kopf und machte ein Gesicht wie ein kleiner Junge, der mit der Hand in der Zuckerdose erwischt worden war, und nickte langsam.

Martin stand auf und sah Kai misstrauisch an. „Ich weiß nicht, ob ich damit umgehen kann - ich meine, dass du mich liebst, dass ich so was wie ein Ersatz für Kem bin."

„Du bist kein Ersatz für Kem - es war für mich nur so überwältigend, dich zu sehen, dich mit ihm zu vergleichen."

„Jedenfalls hab ich keine Ahnung, wie ich mich jetzt fühlen soll. Kannst du mir das sagen? Du hast mir in der Schule so wehgetan, als du das über mich und meinen Bruder gesagt hast. Ich hab mich seit dem Tod von Thomas nie mehr so elend gefühlt wie heute Vormittag. Wie soll ich dir das je vergessen? Verzeihen? Könntest du das?"

Zu Martins Überraschung schüttelte Kai den Kopf. „Ich hatte nie einen Bruder. Aber wenn ich einen hätte, und er wäre gestorben, und wenn du so etwas gesagt hättest, ich glaube nicht, dass ich dir das je verzeihen könnte."

„Du weißt also, was du von mir verlangst, ja?"

Kai kniff die Lippen zusammen, schloss die Augen und senkte den Kopf. Martins letzter Zorn verrauchte bei diesem Anblick. Er beugte sich über Kai, stütze sich links und rechts neben ihm auf und flüsterte: „Mein Bruder sagte immer: Timmi, wenn wir Menschen uns mögen, dann mag uns das Leben. Hass ist voll für'n Arsch, das kann ich dir amtlich geben. Ich habe von meinem Bruder viel gelernt. Wahrscheinlich auch, wie man verzeiht. Es wird nicht von heute auf morgen gehen. Aber es wird gehen."

Kai nickte wieder. Dann sah er Martin mit einem herzzerreißenden Blick an und fragte: „Wirst du mich jetzt fertig machen, weil ich dir gesagt habe, dass ich schwul bin? Ich hab so 'ne Scheißangst, echt."

Martin stieß sich vom Bett ab und ging zur Tür. Bevor er sie öffnete, drehte er sich noch einmal um und sagte grinsend: „Klar. Ich mach dich fertig. Morgen erzähle ich jedem in der Schule, der es hören will, dass du mir an die Wäsche wolltest. Und dass ich dir deswegen die Scheiße aus dem Leib geprügelt habe. Das wird ein Spaß."

Kai sah Martin so entsetzt an, als hätte der gerade sein Todesurteil unterzeichnet: „Gott nein, bitte."

Martin kam zurück, lächelte Kai an und sagte grinsend: „Trottel. Ich hab dir gerade gesagt, was ich von meinem Bruder gelernt habe. Ok, du sagst, du liebst mich?"

Kai nickte, wischte sich über die Augen. Martin beugte sich so nahe zu ihm, dass sich ihre Nasen beinahe berührten. Er flüsterte heiser und mit einem fast stimmbrüchigen Tremolo: „Dann schau mal, wie du damit umgehst."

Kai sah ihn fragend an. Er konnte nichts mehr erwidern, weil Martins Lippen so heiß waren, so weich, und weil sie sich so sanft öffneten, wie ein Blumenkelch. Er roch nach Wiese und etwas Süßem, vielleicht Vanille. Kai verspannte sich, öffnete den Mund, erwiderte den Kuss. Er krallte seine Finger in das reinweiße Laken, das ihn bedeckte. Martin löste sich langsam, beinahe bedächtig und blinzelte ihm zu. Er stieß sich vom Bett ab und keuchte: „Wow."

Kai starrte die Decke an und bekam das glückliche Grinsen nicht mehr aus seinem Gesicht.

Draußen auf dem Gang erkannte Martins Mutter sofort, dass Martin durch und durch aus dem Häuschen war. Er hatte hektische, rote Flecken im Gesicht und schien als ganzes zu zittern.

„Was ist los mit dir, Martin? Alles in Ordnung?"

Martin nickte, lächelte, sagte: „Ja. Alles ist bestens. Besser als je zuvor."

Die beiden Frauen sahen sich ratlos an.

Während der Fahrt nach Hause, und später draußen auf der Veranda, als sie Eistee tranken, wich Martin den Fragen seiner Mutter aus. Auch, als sein Vater nach Hause kam, blieb er wortkarg und sagte nur in etwa, dass Kai und er sich heute geprügelt hätten, und sie wüssten beide nicht wie, während der Rauferei draufgekommen wären, dass sie mehr gemeinsam hätten, als sie dachten. Dass Martin Kai sozusagen besiegt hatte, zumindest aber unverletzt geblieben war, stellte Martin als Zufall hin.

Seine Mutter weihte ihren Mann in die Geschichte ein, die sie sich im Spital gemeinsam mit Kais Mutter zurechtgelegt hatte, um einerseits zu verhindern, dass es zu Polizeiermittlungen kommen würde, und andererseits, um Kais von Natur aus wütenden Vater still zu halten. Eine Rauferei, bei der sein Kai vom weichlichen Emo spitalsreif geprügelt wurde, konnte und durfte nicht sein - nicht, dass eine der beiden Frauen Martin als weichen Emo oder Punk oder Alternativen bezeichnet hätte, aber es lief darauf hinaus.

Eine einfache und möglicherweise glaubhafte Geschichte: Kai war im Wald joggen gewesen. Das war nicht abwegig, weil er das sowieso öfters machte. Und diesmal sei er beim Joggen tiefer in den Wald gelaufen als sonst, war auf einer nassen Stelle ausgerutscht, und in der Nähe des Waldsees gestürzt. An einem aus dem Boden ragenden Stein hatte er sich den Kopf angeschlagen, die Verletzung am Schenkel, kam vom Unterholz. Martin war im Wald unterwegs, um allein zu sein (Die Einsamkeitsgeschichte konnte man leicht einem als Emopunk verrufenen Jungen unterjubeln), als er einen Schmerzensschrei hörte, Kai fand, und ihn zu seiner Mutter brachte, weil das einfach näher war. Der Rest war eine Kleinigkeit, weil man nur die wahren Begebenheiten nacherzählen musste.

Martins Vater versprach, soweit es nötig war, diese Geschichte zu unterstützen, obwohl er ein todunglückliches Gesicht bei dem Gedanken machte, lügen zu müssen. Martin hatte seinen Vater im Verdacht, dass er sich Kais Vater moralisch überlegen fühlte, und dies nicht durch Lügen, egal wie verzeihbar sie waren, untergraben wollte.

Das Gespräch endete, und sie blieben noch eine Weile still sitzen, betrachteten die im Mondlicht silbern glänzenden Weinberge.

Martin ging gegen Mitternacht ins Bett.

Er zog sich aus, legte sich nackt ins Bett und dachte an das, was er heute in Wirklichkeit vorgehabt hatte. Er dachte an Abris, und wie es mit ihm weitergehen sollte; wie man ihm helfen könnte. Er dachte natürlich an Kai, und wie er ihn jetzt sah. Er dachte mit einem Hauch von Lächeln, dass dies ein scheißverrückter Tag gewesen war. Das Lächeln verging ihm, als er daran dachte, dass er heute, zumindest für den Bruchteil einer Sekunde, wirklich und allen Ernstes vorgehabt hatte, einen Mensch zu töten. Diese Tatsache verwirrte ihn mehr als alles andere. Gut, es war nichts geschehen, und schließlich war die Sache besser ausgegangen, als er es sich in seinen wildesten Träumen hätte ausmalen können. Er flüsterte, ohne es bewusst mitzubekommen: „Ich hätte um ein Haar Kai erschlagen. Was ist nur mit mir los?"

Ganz zum Schluss, bevor er auf dem Rücken liegend einschlief, dachte er an den Kuss im Krankenhaus.

Er schlief mit einem stillen Lächeln ein.

Kais Mutter erschien am nächsten Morgen gegen sechs Uhr im Königsberghof und traf Martins Mutter im Garten vor dem Haus an. Sie goss die Rosenbeete, aber das war wohl nur eine Alibihandlung, um das Morgenlicht zu genießen, das sich flach in die Gasse fläzte. Sie grüßten sich freundlich. Kais Mutter gab Martins Mutter ein Kuvert: „Da ist der Befund vom Krankenhaus drin, für die Fehlstunden. Ich hoffe, die entlassen Kai heute aus dem Krankenhaus. Jetzt sind ja die letzten Prüfungen. Ich hoffe, Kai ist dann fit. Könnten sie Martin bitten, die Papiere in die Schule mitzunehmen?"

Martin trat in diesem Moment aus dem Haus, hauchte seiner Mutter einen Kuss auf die Wange und warf ein verschwörerisches Lächeln Richtung Frau Brenner. Er nahm seiner Mutter das Kuvert aus der Hand und sagte: „Ich geb's im Sekretariat ab. Nach der Schule möchte ich dann mit dem Motorrad zu Kai ins Krankenhaus fahren, Ma, darf ich, bitte?“

Sie blickte ihn mit gerunzelter Stirn an und musterte ihn: Heute war er beinahe zivilisiert angezogen: Schwarzer Kapuzensweater mit Reißverschluss, dunkelblaue Levis und die grauen Nike Cortez.

Martin zauberte sich einen Schmollmund ins Gesicht und sagte mit Kinderstimme: „Bitte, bitte.“

Frau Brenner warf Martins Mutter einen bedeutungsvollen Blick zu und sagte schmunzelnd: „Kai kann das auch ganz gut.“

„Geht klar. Willst du gleich jetzt mit dem Motorrad in die Schule fahren? Dein Vater hat's aufgetankt und gereinigt. Nimm dir einen Helm und fahr vorsichtig. Nicht, dass du am Ende noch im Zimmer neben Kai landest.“

Martin lächelte, flüsterte ihr ein „Danke“ ins Ohr und winkte Frau Brenner übermütig zu. Er schritt federnd rechts am Haus vorbei zu der weiter hinten gelegenen Garage und fragte sich, woher das plötzliche Vertrauen seiner Mutter kam. Immerhin hatte er fast seit März darum gebettelt, auf dem Motorrad fahren zu dürfen und war jedes Mal vertröstet worden.

Es war Tommis Maschine; ein Kleinmotorrad mit 125 ccm Hubraum.

Er sattelte auf, kickte den Ständer hoch und zog die Riemen des Rucksacks enger. Dann startete er die Maschine. Der satte Klang ging ihm durch und durch.

Sein Vater kam durch die Hintertür herein, griff rechts ins Regal und angelte den Sturzhelm hervor. „Guten Morgen, Martin.“

„Morgen, Paps.“

„Hat deine Mutter dir das erlaubt? Hier, nimm den Helm und pass auf beim Fahren, ja?“

Martin nickte und stülpte den Helm über. Er schob das Visier hoch und als sein Vater den Mund öffnen wollte, um etwas zu sagen, fiel er ihm ins Wort: „Bei der Ortseinfahrt von Gleichenberg haben die ein Vorfahrtsschild aufgestellt und eine Geschwindigkeitsbegrenzung von dreißig Stundenkilometer. Ich halt mich dran, Ehrenwort.“

Rudolf Stolz nickte zufrieden, gab Martin einen Klaps auf die Schulter und sah ihm, die Fäuste in die Hüften gestemmt, nach, als er davonbrauste.

Martin zog bei der Einmündung auf die Landstraße den Motor

hoch und bildete sich ein, für eine Sekunde seinen Vater schreien zuhören: „Martin! Geh vom Gas, du Rowdie!"
Er grinste wild und gab Gas.

Rudolf stellte sich neben seine Frau und flüsterte: „Du hast ihm erlaubt, mit dem Motorrad zu fahren?"
Sie nickte und zog die Nase kraus.
„Ich dachte, du kannst ihm nicht mehr vertrauen. Und jetzt lässt du ihn mit dem Motorrad fahren?"
„Wenn's dir nicht passt, hättest du ja sagen können, er soll den verdammten Bus nehmen."
„Oh nein, für mich ist das schon ok. Es ist ok so."
„Dann ist es ja gut. Mein Vertrauen muss er sich erst wieder verdienen. Ich will ihm ja vertrauen. Wirklich. Du solltest mal mit ihm reden, und nicht dauernd den väterlichen Kumpel für ihn geben. Fahr ihn mal an. Leg die Tatsachen auf den Tisch. Und frag ihn wegen der verdammten Joints, die er hinter der Heizung in seinem Zimmer gebunkert hat!"
„Joints?"
„Oh ja, Joints. Timmi kifft."
„Scheiße."
„Sehe ich auch so!"
„Du meinst also, ein Gespräch von Mann zu Mann? Ich soll ihn …"
„Nein, ich meine ein Gespräch von Vater zu Sohn. Über die Bedeutung des Wortes Vertrauen. Wirst du das machen, oder soll ich ihm den Marsch blasen?"
Rudolf Stolz starrte an seiner Frau die Gasse hinunter und sagte leise: „Das bring ich schon zusammen. Und jetzt entkrampf dich mal wieder. Du bist seit zwei Tagen so was von unausstehlich. Vielleicht solltest du eine von Timmis Tüten rauchen."
Sie lachte rau. Aber sie lachte. Rudolf Stolz machte ein erleichtertes Gesicht und folgte seiner Frau ins Haus.

Im Sekretariat der Tourismusschule wurde Martins freundlicher Botendienst mit hochgezogenen Augenbrauen und Getuschel honoriert. Scheinbar hatte sich sein Weinkrampf von gestern herumgesprochen. Martin, der an sich keine Probleme damit hatte, zu seinen Gefühlen zu stehen, war unangenehm berührt, als ihm wildfremde Schülerinnen und Schüler mitleidvolle und betroffene Blicke zuwarfen. Später gab er dem Lehrer die Augensalbe zurück. Der begutachtete Martins Gesicht und nickte zufrieden: „Schaut wieder ganz passabel aus. Alles Gute für die Prüfung morgen.“

„Danke.“

Die Prüfungsvorbereitung selbst war für Martin ein Spaziergang. Ein durchaus interessanter, aber nicht sonderlich aufregender Spaziergang. Vieles von dem, was er für die Prüfung brauchte, hatte er von seiner Mutter gelernt, die Absolventin der gleichen Tourismusschule war. Martin kam sich in den letzten Monaten wie ein Lernsklave vor, aber all die schönen Tage, die er an der Seite seiner Mutter beim lernen verbracht hatte, lohnten es ihm nun mit einem Gefühl von Glück und Erleichterung.

Es glich wirklich einem Spaziergang! Und er hatte keine Zweifel, dass er wegen morgen keine Sorgen zu haben brauchte.

Am frühen Nachmittag stahl Martin zum ersten Mal Schuleigentum. Es war nichts Dramatisches. Zwei Bananen, ein paar Scheiben Brot, ein Achtel Butter und mageren Schinken. Dazu eine kleine Flasche Mineralwasser. Er verstaute die Sachen nach der letzten Unterrichtsstunde, als sich das Stimmgewirr und Schuhgetrappel aufgelöst hatte, in seinem Rucksack. Er kam unbehelligt bis zum Motorrad, sattelte auf und gab Sporen. Er hatte vor, zuerst wollte er zu Kai ins Krankenhaus, und ihn, wenn es ging, gleich mitnehmen und zu Hause abliefern. Dann zu Abris, ihm die Lebensmittel bringen. Er fragte sich nicht, ob vielleicht Kais Vater einen Aufstand machen würde - das kam ihm gar nicht in den Sinn. Er sah sich nur mit Kai auf dem Motorrad bei diesem herrlichen Wetter über die Landstraßen zwischen den Weinbergen rasen.

Im Krankenhaus herrschte zwischen den beiden eine Art atemlose Stille, die keiner durchbrechen wollte. Sie sprachen einsilbig miteinander, ohne dabei unhöflich zu sein. Kai teilte Martin mit, dass er aus der Beobachtung entlassen werden konnte - er hatte keine Kopfschmerzen mehr, sein Sichtfeld war nicht eingeschränkt, seine Bewegungen koordiniert. Er fühlte sich nicht nur fit genug, mit Martin auf dem Motorrad nach Hause zu fahren, sondern auch morgen zur Abschlussprüfung anzutreten.

Und erst, als sie auf den Parkplatz traten und zum Motorrad schlenderten, wechselten sie ein befreites Grinsen. Aber nur kurz. Denn auf dem Parkplatz parkte der knallgelbe Hummer von Kais Vater. Rüdiger Brenner stand neben seinem Auto, aschte auf den Boden und starrte die beiden Jugendlichen an. Kais Lächeln fror ein, und Martin spürte, wie sein eigenes Lächeln in den Mundwinkeln unecht wurde.

„Hallo, Vater. Kommst du mich abholen?“

Martin hob die Hand zu einem fast lässigen Gruß und sagte leichthin: „Guten Tag, Herr Brenner.“

„Sicher bin ich hier, um dich abzuholen. Deine Mutter wurde vom Krankenhaus aus angerufen, dass du wieder nach Hause kannst. Du willst doch nicht mit dem da nach Hause fahren, oder?“

Martin rückte etwas aus dem Fokus von Rüdiger Brenner und beobachtete den Blickwechsel zwischen Kai und seinem Vater. Rüdiger Brenner erwartete augenscheinlich, dass sein Sohn keine Widerrede gab, sondern den Blick niederschlug und in den Wagen stieg.

Aber Kai hielt dem Blick ungerührt stand und sagte heiser: „Das hatte ich eigentlich vorgehabt, ja. Er hat mich im Wald gefunden. Und er hat mich bis zum Haus seiner Eltern gestützt. Ohne ihn würde ich wahrscheinlich noch immer dort liegen - was weiß ich, und du hättest mich erst gesucht, wenn du irgendeine Arbeit für mich gehabt hättest!“

Martin blinzelte erstaunt und machte einen Schritt zurück.

Rüdiger Brenner fixierte seinen Sohn mit den Augen, wie man einen Schmetterling mit einer Nadel aufpinnt, und versuchte allen Ernstes, ihn niederzustarren: „Sei nicht so frech, steig in den Wagen. Wir fahren nach Hause. Danke Martin, das war korrekt von dir. Aber näher brauchst du unserer Familie nicht kommen. Also schwing dich auf dein Motorrad und fahr nach Hause.“

Martin fühlte sich, als ob Rüdiger Brenner ihn geohrfeigt hätte. Kai sah ihn verletzt an und Rüdiger Brenner machte einen Schritt auf Kai zu, packte ihn am Arm: „Los, steig ein. Jetzt!“

„Lass mich los. Martin ist gekommen, um mich abzuholen. Ich will mich nicht länger von deinem idiotischen Zorn anstecken lassen. Martin ist nett, also lass ihn in Ruhe ...“

„Du kleiner Scheißer wagst es, mir zu widersprechen? Wer glaubst du denn, was du bist? Gar nichts bist du, überhaupt nichts bist du. Du kannst nichts, du hast nichts, außer deiner verflucht großen Fresse. Soll ich dir mal wieder meinen Standpunkt ordentlich näherbringen?"

Unglaublicherweise nestelte Rüdiger Brenner seinen Hosengürtel auf, um anzudeuten, was er mit Standpunkt näherbringen meinte. In der schockierten Stille klang das Klirren der Gürtelschnalle erschreckend laut.

Von Kais freundlichem Lächeln war nichts mehr über. Sein Gesicht war eine Maske der Verzagtheit und Trauer.

Martin flüsterte: „Ist schon gut, Kai. Fahr mit deinem Vater. Wir sehen uns morgen in der Schule. Steig in den Wagen."

Kai ballte seine Hände zu Fäusten, bis an den Unterarmen die Adern pochten. Er senkte zuerst den Blick, dann den Kopf und stieg auf der Beifahrerseite in den Wagen.

Rüdiger Brenner wandte sich von Martin ab, ohne ein weiteres Wort zu verlieren, knüppelte den Gang rein und preschte kiesstaubaufwirbelnd vom Parkplatz.

Martin blieb in der Staubwolke stehen, nicht in der Lage, sich zu bewegen oder zu erfassen, was da eben geschehen war. Er ging ein paar Augenblicke später wie ferngesteuert zum Motorrad, setzte den Helm auf, kickte den Seitenständer ein, drückte den Anlasser und rollte langsam zur Ausfahrt. Er klappte das Visier nach oben, um den Fahrtwind im Gesicht zu spüren.

Die Strecke von Bad Radkersburg über Tieschen nach Königsberg war kurvenreich, aber übersichtlich. Unterhalb der Baumlinie ging es zwischen Weinbergen entlang, die Kurven waren weitläufig, das Fahren angenehm. Martin dachte, er hätte vielleicht Lust, ins Freibad von Tieschen zu fahren, um sich etwas unter die Lebenden zu mischen. Die letzten Tage, also eigentlich, seitdem er Abris kennengelernt hatte, waren anstrengend gewesen - vor allem emotional. Abris, der seinen Bruder Thomas hinüberbegleitet hatte. Abris, der ihn gebeten hatte, ihn zu küssen, (und was war das für ein Kuss gewesen), jetzt Kai, der sich aus seiner Rolle als Erzfeind freigespielt hat, in dem er Martin seine Liebe gestand. Und schlussendlich der Einblick in Kais Seelenleben, den Martin heute erhalten hatte.

Martin setzte den Blinker und rollte kurz vor Tieschen rechts ab auf den Schotterparkplatz eines Kiosks Er kaufte eine kleine Flasche Mineralwasser und setzte sich auf ein Holzgerüst. Hinter ihm gurgelte ein schmaler Bach mit klarem Wasser, Autos fuhren vorbei.

Martin dachte über Kai nach. Waren all die Gehässigkeiten in den letzten Jahren, vor allem in der Schule und wenn sie sich irgendwo auf einem Fest getroffen hatten, nichts anderes, als Zeichen der Hilflosigkeit? Ein herrschsüchtiger, wütender Vater, der seinen Sohn sogar vor fremden Leuten gängelte und demütigte - war das die Ursache des ganzen Hickhacks? Die Sonne prallte vom Himmel und verbreitete windstille, blassblaue Hitze. Martin dachte: Wenn ich an Kais Stelle wäre, wie würde ich mich verhalten? Oder, was wäre ich geworden?

Die Antwort tat ihm weh: Ich hätte kein Vertrauen. Zu niemanden. Wenn einen der eigene Vater nur als unangenehmes Anhängsel betrachtet, und würde mich mein Vater das spüren lassen, wenn meine Mutter nichts dagegen tun würde, nicht Partei ergreifen - und so muss es wohl sein - wie könnte ich da Vertrauen haben? Wenn Kai wirklich schwul ist, und nicht nur aus einer tiefen Verzweiflung heraus verliebt in einen, der seinem besten Freund aus anderen, vielleicht besseren Zeiten ähnlich sieht, wie sehr muss er sich da vor dem Zorn seines Vaters fürchten? Kai ist an seine Familie gebunden wie ich an meine. Wir haben beide die Tourismusschule besucht, um im Betrieb der Eltern mitzuarbeiten und später einmal, wenn sie zu alt dafür geworden sind, den Betrieb zu übernehmen. Kai sitzt in der Falle. Und wie.

Martin erhob sich ächzend, putzte vorsichtig ein paar Ameisen von seinen bloßen Oberarmen, zerknüllte die leere Plastikflasche und warf sie in den Müllbehälter für Kunststoffe, ohne darüber nachzudenken. Erst als er sich auf den brennheißen Motorradsattel setzte und durch die Zähne pfiff, dachte er amüsiert: Bin ich gar ein Ökofuzzi, verdammt noch mal?

Martin fällte eine Entscheidung: Er würde für eine Stunde oder zwei ins Bad fahren und von dort schnurstracks hinauf zu Abris, um ihm die Lebensmittel zu bringen. Und bei der Gelegenheit würde er auch darüber nachdenken müssen, wie er seine quasi Vormundschaft für den Elemental in Zukunft handhaben wollte. Denn er war sich bewusst, dass er nicht für unbegrenzt lange Zeit für ihn sorgen konnte, ohne irgendeine Form von Aufmerksamkeit zu wecken. In einem kleinen Dorf wie Königsberg, in dem fast um die Hälfte weniger Leute lebten wie in der Gemeinde Tieschen, kannte jeder jeden - und man wusste generell gut Bescheid, wer was wann mit wem und warum machte. Noch erregten Martins Pilgerausflüge hinauf zum Waldsee keine besorgniserregende Aufmerksamkeit. Aber die Sommerferien standen bevor. Und bis auf den geplanten Kurzurlaub in Kroatien an der istrischen Küste würde er in der Königsberger Auslage stehen. Irgendwer würde sich sicher eines Tages fragen, warum Martin Stolz, ein gerade mal achtzehnjähriger Junge, sooft allein zum Wald hochging. Und warum er immer einen Rucksack dabei hatte. Und Martin fand, dass Fragen neue Fragen aufwerfen würden. Das war nicht gut, gar nicht.

Im Freibad kaufte sich Martin eine Sonnenmilch mit Schutzfaktor 20. Die Bermudashorts hatte er seit über einer Woche in der Vordertasche seines Rucksacks, ebenso ein kleineres Badetuch. Auf der Wiese begrüßte er einige Mädchen und Jungs, die er aus Bad Gleichenberg und aus der Schule kannte, und setzte sich zu ihnen. In allen Freibädern der Welt bauen sich Jugendliche Badetuchinseln. Der Kern ist immer der oder die Erste, und im Verlauf des Tages wächst die Insel voller gackernder, lachender, trinkender und sich küssender Teenager auf eine Fläche bis zu zehn oder sogar fünfzehn Quadratmeter. Martin dockte sein Badetuch bei Lisa Ferencic an, einem dunklen und hübschen Mädchen von neunzehn Jahren, die sich Musik über ihren USB Stick reinzog. Er kannte sie von diversen Marktfesten in Tieschen. Sie grüßten sich nickend, lächelten. Als Martin die Badehose aus seinem Rucksack gekramt hatte (Einfarbig schwarz, wie es sich gehörte) und aufstand, um zu einer der Umkleidekabinen zu gehen, spürte er die Blicke der Jugendlichen in seinem Rücken wie krabbelnde Insekten. Die Härchen auf seinen Unterarmen stellten sich auf und er verdrehte kurz die Augen.

Später, nachdem er schon etwa zehn Minuten unter der Sonne dahin geköchelt hatte, sprang er auf, stupste Lisa an, deutete ihr, die Stecker aus den Ohren zu nehmen und rief: „Wasser?“

„Was?

„Springst du mit rein, ist sauheiß heute.“

Lisa warf den MP3 Player achtlos auf ihr Badetuch und lief an Martins Seite zum Pool. Später, als sie keuchend und lächelnd am Beckenrand anhielten, fixierte ihn Lisa mit unergründlich tiefen und dunklen Augen, und einem betörend schönen, weißen Lächeln. Alles an ihr strahlte Frische und Freundlichkeit aus. Und Martin fragte sich, wieso ihm Lisa bisher nie so wirklich aufgefallen war.

Gut, sie war aufgrund ihres zurückgenommenen Verhaltens eher unscheinbar. Sie donnerte sich nie auf, war mehr Jeans und T-Shirt Typ. Sie ging fast nie aus, und wenn, dann nur ins Freibad oder auf kleine Ortsfeste. Seitdem ihr Vater nach einem Schlaganfall halbseitig gelähmt war, und seine Frau ihn zwei Monate später mit einem slowenischen Fuhrwerksunternehmer verlassen hatte, hatte sich ihr Leben radikal verändert. Martin wusste nicht, warum er das sagte, und als er es sagte, kam er sich wie ein Volltrottel vor: „Du bist echt hübsch, Lisa. Wieso sehe ich das erst jetzt?“

Lisa prustete ihm ins Gesicht, nahm ihm am Oberarm und hauchte ihm einen zarten Kuss auf die Wange: „Weil du bisher zu sehr damit beschäftigt warst, dich mit Kai zu streiten? So wie ihr streitet, könnte man euch ja für ein altes Ehepaar halten.“

„Wie meinst du das?“ Martin spürte, dass er rot wurde.

Sie zog sich elegant aus dem Wasser und setzte sich auf die Poolkante, ließ die Füße ins Wasser hängen.

Martin sprang ebenfalls raus und genoss den Anblick, wie die Wassertropfen auf ihrer Haut perlten und in der Nachmittagssonne glitzerten wie Edelsteine. Für Bruchteile einer Sekunde spürte er, wie sie ihn mit neuer Aufmerksamkeit musterte.

Sie seufzte und antwortete: „So wie ihr streitet, ich meine, eure Streitereien gingen immer von Kai aus. Und gestern hat er ja wohl echt Scheiße gebaut. Ich meine, wenn man euch streiten sieht, hat man immer das Gefühl, dass ihr euch irgendwie ‘ne Option auf Waffenstillstand in petto haltet. Das sind keine Streitereien von Menschen, die sich wirklich hassen. Eher so ein pieksen und rangeln. Und gestern, was ich so gehört habe - also was Kai sagte, soll dich ziemlich hart getroffen haben.“

Martin reagierte scharf, sogar aus seiner eigenen Sicht: „Wenn du wissen willst, ob es wahr ist, das ich in der Zehn-Uhr-Pause geheult habe, ja. Das stimmt. Richtig dramatisch und alles. Ich hab Rotz und Wasser geheult, wolltest du das hören?“

Sie machte ein betroffenes Gesicht und wandte sich ab: „Entschuldige, so meinte ich das nicht. Tut mir leid.“ Sie wollte aufstehen und zum Platz zurückgehen, aber Martin griff nach ihrer Hand und sagte schnell:

„Bleib. Sorry, ich weiß auch nicht, was in letzter Zeit mit mir los ist.“

Sie setzte sich neben ihn, ein zaghaftes Lächeln in den Mundwinkeln. Sie nahm seine rechte Hand, drehte sie herum und fuhr mit dem Zeigefinger über die Innenseite seines Unterarms.

Martin sah sie verwundert an: „Was machst du?“

Sie kicherte: „Ich suche nach Narben. Es heißt doch, ihr Emos seid alle Ritzer."

Martin machte ein äußerst seriöses Gesicht, zog den Bund der nassen Bermudashort nach vorn und gewährte ihr Einblicke in seine Intimzone: „Ich bin Hardcore-Emo. Ich ritze nur da unten."

Lisa hakte ihren Zeigefinger neben Martins Hand in den Gummibund und lachte: „Wo? Zeig!"

Martin, äußerst leicht erregbar (besonders wenn sich ein hübsches dunkles Mädchen für seine Schattenzonen interessierte), spürte, wie ihm heißes Blut einem Lebenselixier gleich in die Eier schoss. Er ließ sich mit gespielter Tollpatschigkeit ins Wasser fallen.

Lisa hechtete ihm hinterher. Das Wasser im Pool war erfrischend kalt. Sie schwamm so auf Martin zu, dass er zur längsseitigen Poolkante zurückkehrte. Er stand im brusttiefen Wasser mit dem Rücken zur Wand. Lisa tauchte vor ihm auf, blinzelte sich Wasser aus den Augen und sah ihn mit neuer Ernsthaftigkeit an. Martin bildete sich ein, sein Blut in den Ohren rauschen zu hören. Lisa strich mit ihren Fingernägeln sanft über Martins Brust, schrammte zärtlich über seine kleinen harten Brustwarzen und tiefer, über den flachen und harten Bauch bis zum Gummibund der Shorts. Martin presste die Lippen zusammen - der letzte Rest Coolness des dunklen Jungen von Königsberg hatte sich ganz und gar verflüchtigt. In Lisas Händen war er zumindest hier und jetzt im perlenden Licht des späten Nachmittags konzentriert auf Reflexe, Lust und Erregung.

Lisa fuhr mit dem Zeigefinger über den Stoff der im Wasser wallenden Short und stupste Martins Steifen an. „Wow", sagte sie - inzwischen ebenfalls leicht außer Atem.

Martin spielte Echo: „Wow!"

Sie tänzelte ein paar Schritte von ihm weg und sagte ernst: „Wenn du rot wirst, bist du sogar noch hübscher, Martin."

Ihm fiel nichts Besseres ein als „Danke" zu hauchen.

Sie kam zu ihm zurück, streifte ihn und kletterte aus dem Pool. „Kommst du? Ich lad dich auf ein Eis ein."

Martin starrte sie an, verzog das Gesicht zu einem etwas zu atemlosen Lächeln: „Kann das vielleicht noch zwanzig Minuten oder so warten? Ich kann jetzt echt nicht aus dem Wasser, wirklich nicht."

Lisa lachte leise und antwortete glucksend: „Was für ein Eis magst du? Ich bring es dir natürlich - unter diesen Umständen."

Er nickte mit einem bitteren Lächeln und sagte: „Danke. Ein

Magnum Mandel wäre klasse."

Lisa nickte und lief davon. Sie brachte ihm sein Magnum - er liebte es, an der Schokoglasur herumzuknabbern - und sie hatte für sich ein Twinni gekauft. Sie setzte sich direkt vor ihn, brach das Twinni in zwei Teile, nahm den Orangeteil und knabberte sanft und zärtlich die obere Schokoglasur ab. Martin, der sich gerade etwas beruhigt hatte, sah sie verzweifelt an. Mindestens noch einmal zwanzig Minuten, bis er aus dem Wasser konnte. Sie lächelte und lutschte gleichzeitig an ihrem Eis. Martin verdrehte die Augen, streckte die Hände nach oben und tauchte ab.

Im gleichen Moment tauchte Abris auf, würgte Wasser aus und kraulte mit einigen lässigen Bewegungen zum Ufer. Er sah sich rasch um, ob irgendjemand in der Nähe war. Die Sonne stand schon tief im Westen. Der Schotterstrand lag etwa siebzig Meter links von ihm. Er wusste inzwischen, dass der Pfad nach dem Schotterstrand nach links führte, also wieder aus dem Wald hinaus. Der blonde Junge war von dort gekommen, bevor Martin ihn überfallen und beinahe getötet hatte.

Abris wusste, dass Martin bestenfalls zwei Gründe haben konnte, den Fremden zu ermorden. Und keiner davon war Hass. Martin hasste nicht - in seinem Herzen gab es dafür keinen Platz. Das hatte Abris in den Farben gesehen. Martins Farben waren Regenbogenfarben und sie waren sehr frei. Sie bewegten sich wie bunt beleuchtete Seidentücher in einem leichten Wind um Martins Kopf. Manche Lichtbahnen zog er hinter sich her - bis zu fünfzehn Meter. Den dunkelsten Lichtstreifen hatte Abris gesehen, als er zum ersten Mal aufgetaucht war. Ein dunkelblaues Band aus Farbe und verhaltenem Licht, das sich aus Martins Hinterkopf wand, ihn umschlang und im See zerfaserte.

Die Farben des anderen Jungen waren dunkler. Nicht aber, weil er mehr Zorn in sich hätte, sondern weil er gefangen war. In der Falle saß.

Abris pinkelte ans Ufer, schüttelte ab und wanderte im hüfttiefen Wasser am Ufer entlang, um sich eine sonnige Stelle zu suchen. Es war so unglaublich gut, die Sonne auf der Haut zu spüren.

Den Kampf zu beobachten, war für Abris erschreckend gewesen. Nicht nur die körperliche Gewalt, die von Martin ausgegangen war, sondern auch zu interpretieren, was die Farben sagten. Und wie sie sich verhielten. Martins Farben hatten sich ineinander verdrillt und am Hinterkopf konzentriert; sie wichen von dem zurück, was er tat.

Nur ein merkwürdig weißes Licht von besonders abscheulicher

Kälte war aus seinem Gesicht gekommen. Im Gesicht des anderen mischten sich rote und gelbe Farben, sie faserten jedoch nicht auf, sondern bildeten ein enges Nest über seinem Kopf. Als ob er Angst vor ihnen hätte. Als der blonde Junge dann auf dem Boden lag, sich zusammenkrümmte und schrie, explodierten die Farben nach außen; vor allem in Martins Gesicht. Und dann war etwas sehr schönes geschehen, fand Abris: Martins Farben waren nach vorne gekommen und hatten die Lichtexplosion um den Kopf des Blonden herum abgefangen. Seine Farbe war magenta. Martins Farbe war dunkelgrün. Und als Martin noch immer dachte, vor lauter Zorn beinahe verrückt zu werden, hatten sich die Farben der beiden schon umarmt, das kalte weiße Licht hatte sich zurückgezogen, die anderen Farben wallten wie Nordlichter um ihre Köpfe. Sie waren heller und heller geworden. Und friedlicher.

Abris setzte sich auf eine winzige, grasbedeckte Lichtung und ließ den Wald um sich herum rauschen. Wenn er sich konzentrierte, oder besser gesagt, wenn er fokussierte, konnte er von allem, was lebte, die Farben sehen. Jede noch so geringe Aura. Die von Käfern und Larven, von Schnecken und Ameisen, von Blüten und welkem Laub. Abris drehte sich im liegen auf den Bauch, immer darauf bedacht, bis zu den Hüften im Wasser zu bleiben. Das Atmen fiel ihm an Land schwerer. Er wusste nicht, worin genau der Unterschied zwischen der Atmung an Land und der Atmung unter Wasser bestand - wie sein Körper das handhabte. Jedenfalls fiel ihm das Wasseratmen leichter. Es war ihm unangenehm, Luft zu atmen. Dafür war es umso angenehmer, die Wärme zu spüren. Die Luft auf der Haut, trockene Haut. Er verschränkte die Arme und legte den Kopf darauf. Grashalme kitzelten seine Nase. Er lächelte. Es war nicht gut, hier und in diesem Körper gefangen zu sein. Aber gerade jetzt tat es doch gut: Licht, Wärme, Leben - alles um ihn herum verschwenderisch ausgebreitet. Mit diesem Gefühl schlief er ein. Nur für eine halbe Stunde. Und doch lang genug.

Später, als Martin auf dem Motorrad über Tieschen und unterhalb des Basaltabbaus auf der Rückseite des Königsbergs zum Waldsee fuhr, fragte er sich, ob er das alles wirklich erlebt hatte. Die Sache im Bad jetzt. Irgendwie hatte er mit einer Welle aus Mitleid und Empörung gerechnet, wobei er sich eher vor der Empörung gegenüber Kai fürchtete, da er noch nicht wusste, wie er dem entgegentreten sollte. Kai hatte seine Rolle in Martins Leben gründlich verändert, und Martin konnte nicht zulassen, dass Kais gekünstelte Boshaftigkeit ihre möglicherweise mehr als freundschaftliche Zukunft überschattete. Martin fand es unbequem und beinahe lästig, jetzt wirklich einmal Partei ergreifen zu müssen. Und zwar an denkbar unpopulärer Position.

Und die Sache mit Lisa. Wieso jetzt auf einmal? Sie kannten sich vom Sehen seit gut fünf Jahren. Tieschen war nur einen Steinwurf weit entfernt. Und mehr als sich freundlich zuzulächeln hatten sie bisher nicht drauf gehabt. Also warum gerade jetzt - ihr mehr als offensichtliches Interesse an ihm? Ihm kam es so vor, dass sie ihn heute mit neuen Augen wahrnahm, oder dass sie etwas an ihm oder in ihm entdeckt hatte, das ihn für sie äußerst reizvoll machte. Martin kannte Lisa gut genug um zu verstehen, dass ihre direkten Avancen heute am Pool des Bades absolut untypisch für sie waren, obwohl sie sich so verhielt, als wäre es für sie selbstverständlich, einem Jungen so deutlich zu zeigen, dass sie ihn mochte.

Und Herrgott, kam das ungelegen. Er spürte noch Kais Kuss auf seinen Lippen, roch noch seinen Atem, schmeckte noch seinen Geschmack; ein Kuss, der ihn über die Maßen verwirrte, und ihm die Möglichkeit, schwul zu sein, durchaus erstrebenswert erscheinen ließ. Und wenn schon nicht wirklich schwul, so doch offen für alles.

Beim Waldweg angekommen, nahm er die Füße von den Kufen und streckte sie durch, bremste und fuhr im Schritttempo bis zum Parkplatz. Dort stieg er vom Motorrad, stellte den Motor ab und lauschte auf die im ersten Moment ohrenbetäubende Stille. Er richtete sich die Träger des Rucksacks. Die feuchte Badeshose hatte er in das etwas weniger feuchte Badetuch eingewickelt. Durch seinen Besuch im Bad waren die Lebensmittel mehr als warm geworden – die Butter war fast flüssig und die Bananen hatten dunkle Flecken bekommen. Martin schalt sich einen Trottel, grinste aber wild dabei. Als er den See von der Nordseite erreichte, fiel ihm auf, dass er noch nie von dieser Seite zum See gekommen war. In diesem Teil des Mischwaldes dominierten Nadelhölzer, das Grün des Waldes war dunkler und der Geruch harziger. Er zog sich Schuhe und Socken aus, krempelte die Jeans hoch, stieg ins knietiefe Wasser und schlug dreimal mit der flachen Hand auf die Oberfläche: plitsch, platsch, plitsch.

Stille.

Noch einmal: plitsch, platsch, plitsch.

In der zum Schneiden dicken Stille: ein schmerzerfülltes Röcheln.

Martins Herz setzte einen Schlag lang aus und ihm wurde schlagartig kalt. Er rief: „Abris? Wo bist du? Bist du das?“ Als Antwort ein weiteres, langgezogenes Stöhnen, das in einem tierischen Heulen endete. Dieses Geheul echote durch den stillen Wald, fing sich in den Ästen und Zweigen, entschwand. Martin sah seine Hände an. Sie zitterten.

„Abris?“

Er bildete sich ein, dass das Stöhnen vom südöstlichen Ufer des Sees kam. Nicht vom Schotterstrand – näher. Ihm lief es kalt über den Rücken und die Härchen auf den Unterarmen richteten sich auf. Martin brach durch das Unterholz, riss sich die Haut an einem Wildrosenstrauch auf, und stürzte auf eine kleine, blumenübersäte Lichtung. Das Wimmern war leiser geworden, kam aber eindeutig von ganz nahe. Er stolperte zum Ufer und entdeckte Abris, der in einer winzigen Bucht hockte und sich an Wurzeln festhielt, die aus dem abgebrochenen Erdreich ragten.

„Abris! Was ist los mit dir?“

Aber er sah schon, was mit dem Wasserwesen los war, als er die Frage stellte. Abris’ Unterlippe zitterte, als er antwortete: „Das tut weh. Das brennt so. Was ist das?“

Sein Rücken war beinahe dunkelrot. Das, was Abris hatte, war schlicht und einfach ein mörderischer Sonnenbrand. Er hatte keine Blasen – noch nicht, und die Haut löste sich noch nicht ab – zumindest auf dem Rücken.

„Abris, auweia, das sieht echt beschissen aus.“

„Beschissen. Ja, aua *aua*!“

„Du musst zuerst mal raus aus der Sonne. Du hockst noch immer mit dem Rücken im Licht – geh da rüber, wo es dunkler ist.“

Jetzt erst sah Martin, dass Abris’ Oberarme ebenfalls rot waren, und dass sich die Haut in dünnen Fetzchen vom Bizeps abschälte. Abris mühte sich auf und taumelte an der Uferkante im knietiefen Wasser zu einer dunkleren Stelle, ließ sich dort nieder, bis er bis zur Brust im Wasser saß. Martin folgte ihm an Land und überlegte: Das schaut übel aus, fuck. Wie kann ich ihm jetzt helfen? Und wo bitte soll ich jetzt irgendeine Salbe oder ein Gel herbekommen, ohne mit Fragen rechnen zu müssen? Ma und Paps scheiden da von vornherein aus. Wen gibt’s noch? Ronny aus Tieschen? Gabi aus Radkersburg? Kai? Wen will, wen kann ich einweihen?

Kai?

„Mir ist kalt. Das ist komisch. Was ist denn los mit mir? Ich weiß, was kalt ist!“

In Martins Ohren klang Abris' Leid beinahe kindlich. Er antwortete: „Du warst zu lange in der Sonne. Das hat deine Haut verbrannt. Und wenn du sagst, dass dir kalt ist, hast du vermutlich auch Fieber. Du hast einen menschlichen Körper. Und zwar länger als die üblichen sechzig Sekunden, die du gewohnt bist – von denen du mir erzählt hast. Und so ein Körper kann verletzt und krank werden. Das ist mit dir los!“

„Martin? Ich hab Angst. Ich verstehe das nicht. Ich nehme Angst weg. Wieso hab *ich* jetzt Angst?“

„Wovor hast du Angst?“

„Vor ... ich weiß nicht. Vor den Schmerzen, weil es so wehtut; und ich hab Angst, dass es noch mehr wehtun könnte. Und ich habe Angst, dass ich aufhöre.“

„Aufhöre?“

„Aufhöre zu sein.“

Darauf wusste Martin im Moment keine Antwort. Und: „Du wirst nicht aufhören zu sein, nur weil du ''nen Sonnenbrand hast“, war auch keine Antwort. Trotzdem sagte er es und kam sich dabei hilflos und dämlich vor. Vor allem änderten solche Standardsätze nichts an der Tatsache, dass er Abris helfen musste. Ok, der Sonnenbrand war nicht so tragisch, dass man ihn in ein Krankenhaus bringen musste, was sowieso absurd wäre. Aber er litt darunter. Und wenn er wirklich das war, was er vorgab zu sein – und Martin war bereit, das uneingeschränkt zu glauben – dann hatte er es nicht verdient, zu leiden. Ganz und gar nicht.

Er nestelte das Mobiltelefon aus der Hosentasche, und tastete sich durchs Adressbuch. Er wusste, dass er Kais Nummer irgendwann einmal gespeichert hatte. Er wusste nicht mehr wieso, aber er war sicher.

Und da war sie auch schon: Kai Brenner, bingo. Statt tuut tuut hatte Kai erstaunlicherweise ‚Radar Love' von Golden Earing als Freizeichen. Es geschahen noch Zeichen und Wunder. Martin war verblüfft, dass er den Song kannte. Er hob ab: „Ja, Kai?

„Hi Kai, ich bin's, Martin. Wie geht es dir so?“

„Beschissen. Mein Alter hat ‘nen Mords-Tango gemacht, weil du auch beim Krankenhaus warst. Und wie es überhaupt dazu kommen konnte, dass ich beim Joggen stürze. Er glaubt die Geschichte nicht, da bin ich mir sicher. Ich sitze auf meinem Zimmer und langweile mich. Was machst du so?“

Martin holte Luft, fühlte sich wie ein Trapezkünstler ohne Netz und antwortete. „Ich brauch deine Hilfe, Kai. Und ich kann dir jetzt am Telefon nicht sagen, um was es geht. Ich sag dir nur, was ich brauche, ok?"

„Klingt abgefahren. Ok, was ist los?"

„Ok, folgendes: Ich brauche dich. Und ich brauche Naturjoghurt. Habt ihr so was in der Küche?"

„Naturjoghurt? Sicher! Aber für was brauchst du so was? Habt ihr keins mehr in der Küche?"

„Frag mich nicht. Ich kann mit der Sache nicht zu meinen Eltern gehen – noch nicht. Du musst es einfach selbst sehen."

„Du klingst urnervös, Alter. Was ist los? Wo bist du?"

„Ich bin, das ist nicht so leicht zu erklären ... Ich bin im Wald, beim See. Ungefähr dort, wo wir uns gestern geprügelt haben ..."

„Wir uns? Ha, du hast mir die Scheiße aus dem Schädel geprügelt!"

„Egal. Wenn es irgendwie geht, komm bitte her und bring zwei Becher Naturjoghurt mit. Und irgendetwas Fiebersenkendes. Frag nicht, komm einfach. Bitte."

„Du hast mich noch nie um etwas gebeten. Das macht mich jetzt doch etwas nervös."

„Es ist wichtig, Kai. Bitte. Wenn's sein muss, knie ich mich vor dich hin. Es ist verdammt wichtig. Bitte komm."

„Dich auf Knien zu sehen, wow. Scheiß drauf. Wenn's so wichtig ist, bin ich unterwegs."

„Danke. Und noch etwas: Egal, was du heute hier zu sehen bekommst, sag es bitte niemanden. Absolut niemanden, bitte."

„Ich bin unterwegs, quatsch mich jetzt nicht voll. Wo genau bist du?"

„Bei der kleinen Lichtung. Wenn du von deiner Seite kommst, siehst du eh mein Motorrad. Geh den Pfad einfach entlang und halte dich links am See. Dann kommst du direkt zu mir."

„Ok, bis gleich."

Abris machte: „Huh!"

Martin klappte das Handy zu, und stand knieknackend auf: „Ja?"

„Du hast mit dem Gerät gesprochen?"

„Ja, nun ja. Woher weißt du, dass das ein Gerät ... ach Scheiße, vergiss es. Ja, ich habe Kai angerufen um etwas zu bringen."

„Du hast gestern mit Kai gekämpft. Und du wolltest ihn töten, ja?"

Martin wurde rot und hockte sich auf die Hacken. „Das war so unendlich dumm von mir. Ich fühle mich auch schlecht. Aber, aber ich wollte …"

„Er hat dich verletzt, ich meine dort, wo es nicht blutet, ja?"

Martin nickte.

„Du wolltest es vor dir rechtfertigen. Auf dumme Weise. Ich sehe es an deinen Farben. Du wolltest es vor dir rechtfertigen, weil sein Tod bedeutet hätte, dass ich nach Hause gehen kann, ja?"

Martin presste die Lippen zusammen und nickte abermals.

Abris lächelte unter Schmerzen und flüsterte: „Gut, dass er lebt. Gut, dass du ihn magst. Gut, dass er dich mag."

„Woher weißt du das?"

„Ich sehe seine Farbe auf deinen Lippen. Nur wenn ich mich darauf konzentriere. Aber ich sehe sie. Ihr habt euch geküsst."

Martin wischte sich eine Träne von der Wange und nickte: „Und jetzt kenne ich mich nicht mehr aus. Alles ist so wirr und ... was weiß ich …"

„Lass es zu. Alles, was deinem Leben und dem Leben anderer Freude bringt. Martin, er hat dich gerne geküsst, ich sehe es an der Tönung seiner Farbe … Aber Moment, nein, es war anders. Du hast ihn geküsst. Es kam von dir. Oh. Du hast ihn geküsst. Schön."

„Vor dir kann man wohl nichts verheimlichen, was?"

„Ich begleite seit Anbeginn der Zeit die Menschen auf dem letzten Weg, wenn sie im Wasser ertrinken. Sie geben mir all ihre Ängste und Befürchtungen. Und die Ängste sind immer dort am stärksten, wo etwas Sicheres und Schönes verlorengehen kann. Ich nehme Angst und Schmerz in mich auf, all die Unsicherheit, und ich reinige sie. Ich kenne alles. Oder fast. Ich habe nichts erlebt. Und kenne doch alles. Ist das nicht verrückt? Und jetzt hocke ich hier wie ein Sünder oder ein Büßer, mein Rücken ist verbrannt und ich bitte um Hilfe. Und ich sehe dich an und ich weiß, dass mir die Hilfe gewährt wird. Wenn du da bist, hab ich fast keine Angst mehr. Das ist es, was du bist: Du bist ein Elemental der anderen Seite."

„Ein was?"

„Da kommt jemand!"

Schritte brachen durchs Unterholz.

„Martin?"

„Hier!"

Kai hatte eine alte Armeehose und ein graues Sweatshirt mit Kapuze an. Das war neu. Der modische Kai.

Martin grinste ihn übermütig an und rief: „Was ist, kann sich hier ein Hotelierssohn nichts besseres leisten als diese angepissten Army-hosen?“

„Leck mich!“

„Hättest du gerne.“

„Stimmt.“

Kai ließ sich schwerfällig neben Martin auf den Boden fallen. Und erst als er saß, spürte er die Anwesenheit einer weiteren Person. Er löste seinen Blick von Martin und drehte den Kopf wie in Zeitlupe zum Ufer des Sees. Vor ihm im Wasser hockte ein halbwüchsiger Junge mit dunkelgrünen Haaren, strahlend grünen Augen, einer beinahe weißen Haut und einer Tätowierung, die sich dehnte und zusammenzog, auf der Haut herumwanderte und dann und wann die Farbe wechselte. Als nächstes fiel ihm auf, dass der Junge nackt war, und seine Schultern dunkelrot waren. Er flüsterte: „Hallo.“

Abris lächelte schief: „Auch hallo. Du bist Kai, ja?“

Kai nickte wie unter Hypnose. „Und wer bist du?“

„Mein Name ist Abris. Ich bin ein Elemental.“

Kai sah Martin hilflos an und fragte: „Was ist er?“

Martin antwortete: „Er ist ein Elemental. Ich versuche es dir zu erklären. Lach nicht und hör gut zu. Es ist schwer zu glauben – und ich glaub’s selbst noch nicht ganz. Also, wo fange ich am besten an? Naja. Du hast mich verarscht wegen meinem Weblog Eintrag. Weil ich hier zum See raufgehe und Steine ins Wasser werfe, um meinen Bruder sozusagen zu beerdigen.“

„Das tut mir echt leid, glaub mir das bitte!“

„Schon gut, schon gut. Hör einfach zu, ja?“

Kai nickte, zog die Beine an und stützte das Kinn auf die Knie.

Martin erzählte ihm alles, was er über Abris wusste. Zwischendurch bat er Kai, die Joghurtbecher herauszuholen und aufzureißen. Kai holte die Becher und eine Medikamentenschachtel aus dem Plastiksack, den er mitgebracht hatte. Martin sah auf die Schachtel: Paracetamol. Er nickte: „Das ist gut. Hilft auch wegen der Schmerzen.“

Während Martin weitererzählte, verteilten sie Joghurt auf Abris’ Rücken, Schultern und Oberarmen. Manchmal zuckte er unter den vorsichtigen Berührungen zusammen und wimmerte leise.

Als Martin seine Geschichte beendete, saß Kai wieder im Gras und starrte Abris wie traumatisiert an.

Martin sagte: „Ich hab mir gedacht, als Abris mir sagte, was er ist – wir würden uns leichter tun, wenn er ein Vampir wäre, oder ein geflügelter Engel oder so etwas. Wenn er etwas wäre, das irgendwo in der Mythologie der Menschheit schon mal thematisiert worden wäre. Aber er ist etwas ganz anderes. Obwohl es die Elementals wirklich gibt, taucht nirgendwo ein Bericht auf, eine Theorie oder meinetwegen eine wüste Verschwörungstheorie. Nichts. Ich versteh's nicht."

Kai sagte trocken: „Ich schon."

„Wie, was? Was verstehst du?"

„Wenn die Menschen wüssten, dass man vor dem Tod keine Angst zu haben braucht, weil es die Elementals gibt, wenn die Menschen definitiv wissen würden, wie das Sterben vor sich geht – vorausgesetzt, es ist wirklich so, wie du es mir erzählt hast – welche Religion würde dann noch funktionieren? Vielleicht gibt's irgendwo in der Vatikanbibliothek ein was weiß ich wie altes Papier, auf dem alles über sie steht. Glaubst du, es wäre im Interesse von Religion und Politik, so etwas publik zu machen?"

Martin sah Kai verwundert an. Nicht nur, weil er dem Gedankengang problemlos folgen konnte, unterstützte er doch seine Abneigung gegen verwalteten Glauben und obrigkeitshörige Bürgerlichkeit, sondern auch, weil er gerade Kai solche Gedanken nie und nimmer zugetraut hätte. Aber augenscheinlich hatte er sich in Kai in mehr als nur einem Punkt ziemlich geirrt.

„Was ist? Was siehst du mich so blöd an? Hab ich was Falsches gesagt?"

„Nein, überhaupt nicht. Im Gegenteil. Das hat alles Hand und Fuß."

Abris sah immer wieder und langsam den Kopf bewegend von Martin zu Kai und von Kai zu Martin. Dann sagte er leise: „Die Menschen brauchen die Angst vor dem Tod, damit sie Angst vor Konsequenzen haben. Das ist ganz einfach. Und das ist auch der Grund, warum wir Elementals uns nicht zeigen. Ich weiß gar nicht, ob wir das überhaupt könnten, selbst wenn wir wollten. Wenn einer stirbt, hat er sein Leben hinter sich – es würde keinen Sinn mehr machen, dass er Angst vor dem Tod hat. Deswegen kommen wir, holen alles an Angst und Schmerz und Trauer aus den Seelen und Körpern und ermöglichen es, gereinigt hinüberzugehen. Heiterkeit ist rein, wenn sie nicht ihre Wurzeln in Boshaftigkeit hat. Angst ist immer wie Schmutz auf der Seele."

Abris sah Kai an und sagte: „Du hast sehr viel Angst. Und du merkst das erst jetzt so richtig, weil du Martin vertrauen möchtest, aber nicht weißt, ob du das überhaupt kannst ..."

„Martin vertrauen?"

„Nein. Überhaupt irgendeinem Mensch vertrauen. Ich habe das schon bei eurem Kampf gesehen: Die Bewegungen Deiner Farben sehen verkrampft aus. Jetzt ist es um einen Deut besser, ein paar Fäden tanzen zu Martin hinüber. Es gibt jemanden in deinem Leben, der dir beigebracht hat, dass Vertrauen schlecht ist."

Kai nickte langsam.

Inzwischen war es dunkel geworden. Martin sagte: „Ich schwitze wie 'ne Sau, ich glaube, ich springe noch mal hier ins Wasser. Kommst du auch?"

Kai schüttelte den Kopf: „Mach nur. Ich hab keine Badehose dabei."

Martin grinste: „Ist doch egal. Oder machst du auf einmal einen auf schüchtern?"

Kai schüttelte den Kopf, sah aber zu, wie sich Martin auszog. Martin war völlig unbefangen, und gerade deshalb waren seine Bewegungen selbstsicher und fließend. Einen Moment stand er nackt vor Kai, lächelte honigsüß auf ihn herab, dann hechtete er ins Wasser und genoss es, wie der kühle Waldsee ihn umfasste. Abris glitt neben ihm durchs Wasser, seine Bewegungen waren vorsichtiger und kraftloser.

Kai stand auf und sah ihnen zu. Er verzog den Mund seitlich und kratzte sich an den Schläfen.

Als sie zum Ufer schwammen, sagte er trocken: „Das war nicht schlau. Der ganze Joghurt ist von der Haut runter. Wir müssen's noch mal machen. Einen halben Becher haben wir noch."

„Sei nicht so verknöchert, Kai. Komm ins Wasser. Lass dich mal von Abris ziehen. Das ist irre."

Kai winkte ab: „Ich hab dir doch gesagt, ich habe keine Badehose."

„Na und? Du hast mich auch nackt gesehen. Wo ist das Problem, genierst du dich?"

„Ja – nein. Es ist, es ist weil ich ..."

Abris sagte leise: „Er kann nicht schwimmen."

Martin sah beinahe erschrocken zu Kai und fragte: „Stimmt das?"

„Scheiße ja. Lasst mich in Ruhe. Ich kann nicht schwimmen. Ich hab kein Vertrauen ins Wasser. Und ich hatte nie jemanden, der es mir beigebracht hätte. Mein Vater sagte immer, schwimmen sei so unnötig wie ein Kropf, wie ein Furunkel am Arsch. Kein zivilisierter Mensch, der im Landesinneren lebt, müsse schwimmen können. Und wenn Gott gewollt hätte, dass der Mensch schwimmt, dann hätte er uns Flossen gegeben, oder Schwimmhäute! Also lasst mich in Frieden. Ok?"

Martin kam aus dem Wasser, strich sich die triefenden Haare nach hinten und blieb geradezu herausfordernd vor Kai stehen. Er sah ihn an, sah, wo Kai hinsah und lächelte. Dann nahm er sein Kinn zwischen Daumen und Zeigefinger und zwang ihn, ihn anzuschauen: „Schwimmen ist cool. Und Gott hat damit wenig bis nichts zu tun. Je mehr man lernt, desto mehr Spaß macht es. Kai, es geht einfach nur um Spaß. Und auch Vertrauen zu jemand haben, kann Spaß machen. Ich würde mir wünschen, dass du mir vertraust. Ich weiß nicht, wie genau du es geschafft hast, dass ich so über dich denke, obwohl du die letzten Jahre ein richtig fieses Arschloch warst, aber es ist so. Es ist so, als wärst du gestern aus dem Schatten getreten. Sichtbar geworden."

„Da ist der halbe Becher Joghurt. Ich geh heim. Ich muss heim. Der Alte wartet sicher schon darauf, mir wieder irgendeinen moralischen Scheiß reinzuwürgen." Der letzte Satz klang verdächtig erstickt. Kai wandte sich ab und stürmte los.

Martin rief: „Kai, bitte."

Kai wandte sich im Laufen um und sagte mit verkrampfter Miene: „Wir sehen uns morgen in der Schule – oder im Bus. Wenn wir uns im Bus sehen, will ich neben dir sitzen. Ich hab einiges gutzumachen!"

Martin hob die Hand, winkte. Abris hockte im knietiefen Wasser und verfolgte aufmerksam die Szene. Martin sah zu Abris, fing seinen Blick auf und blinzelte ihm zu: „Was?"

Abris hob die Augenbrauen, lächelte und sagte: „Kais Farben. Sie blühen auf."

„Wann?"

„Als er sagte, er wolle morgen neben dir im Bus sitzen."

Martin nickte und flüsterte: „Ich pack's noch immer nicht, dass ich ihn auf einmal mag. Naja, komm ein bisschen weiter aus dem Wasser. Ich geb den Rest vom Joghurt drauf."

Abris kam im Entengang näher zum Ufer, Martin ging ins Wasser und verteilte Joghurt auf Abris' Rücken und Schultern. Dabei sagte er: „Schau, dass der Rücken in dieser Nacht trocken bleibt. Damit der Joghurt einziehen kann. Morgen sollte es ein wenig besser gehen. Ich komme gleich nach der Schule hierher und werde eine richtige Creme mitbringen." Er machte eine Pause, sah Abris an und flüsterte: „Du bist ein Wunder. Das ist es, was du bist."

Abris schüttelte den Kopf: „Nein, nein, das Wunder seid ihr Menschen. Ihr seid zu so wundervollen Träumen fähig, und habt gleichzeitig soviel Angst und Zorn. Und könnt trotz alledem so wunderbar lieben. Ich wünschte, ich könnte mich daran erinnern, ob ich je ein Mensch war. Manchmal glaube ich, dass es so ist. Aber meistens glaube ich, dass ich einfach schon immer das war, was ich bin."

„Was meinst du: Können wir Kai das Schwimmen beibringen?"

Abris grinste wild: „Aber sicher."

Martin ging über den Schotter aus dem Wasser, stand auf der Lichtung und sah kurz über den stillen See. Dann zog er sich an. Abris ging inzwischen an der Uferlinie ein Stück nach Norden, um sich einen Platz zum Schlafen zu suchen. Martin winkte ihm noch einmal und sagte: „Schlaf gut, Abris. Ich komme morgen am frühen Nachmittag. Iss das Obst, das ich dir mitgebracht habe. Und das Brot mit Butter. Obst ist gut für dich. Und warte mal, ich hab fast vergessen, dir die Medizin wegen deinem Fieber zu geben." Er pusselte eine Tablette aus der Verpackung.

Abris nickte. Er sah zu dem Säckchen auf der Lichtung. Martin sah, wohin Abris schaute und schalt sich einen Narren. Er hatte vergessen, dass Abris nicht vollständig aus dem Wasser kommen konnte. Er angelte sich das Säckchen, ging am Ufer entlang bis zu der Stelle, wo Abris im Wasser ruhte, und gab es ihm in die Hand. Dann sagte er: „Mund auf."

Abris kicherte. „Halt die Luft an."

Martin grinste und legte ihm die Tablette auf die Zunge: „Mit viel Wasser schlucken."

Abris nahm einen Schluck Seewasser und würgte die Tablette hinunter.

„Tschüss dann."

„Ja. Danke, Martin."

Später knatterte Martin langsam durch Königsberg, um sich das Haar vom Fahrtwind trocknen zu lassen. Dabei kam er zweimal am Hof der Brenners vorbei. Nach der zweiten Runde, beschloss er nach Hause zu fahren.

Kapitel 7

Gegen zwei Uhr früh ging im oberen Stock der Pension Brenner ein Licht an. Eigentlich weniger als ein Licht: ein weißliches Huschen. Es war das zur Taschenlampe zweckentfremdete Display eines Mobiltelefons. Kai stolperte von einem wüsten Traum aufgeschreckt in seinem Zimmer herum. Er war schweißnass und zitterte. Die Vernunft sagte ihm: Beruhige dich, geh zurück ins Bett, in ein paar Stunden machst du deine Abschlussprüfung. Vergeig das nicht! Aber sein Herz schlug wild. Ein Ausbruch, eine Überreaktion? Kai wollte jetzt nicht darüber nachdenken, obwohl er tief in sich wusste, dass die äußerst merkwürdige Begegnung mit Abris und seiner Liebe zu Martin miteinander zu tun hatten. Ohne zu wissen warum, zog er sich die Sachen vom Vortag an, machte sich aus dem Fenster und über das Garagendach aus dem Staub.

Es war nicht der Traum, der ihn aus dem Bett gewirbelt hatte; es war etwas in dem Traum gewesen. Eine Erkenntnis vielleicht, ein Satz, etwas von entsetzlicher Bedeutsamkeit. Kai lief leichtfüßig wie eine Katze den unbeleuchteten Weg zum Wald hoch, sah nur nach vorne.

Unten im Haus der Brenners ging die Haustür auf. Kais Vater trat heraus, nur mit einer grauen Jogginghose bekleidet. Er sah seinem Sohn eine Sekunde lange nach, mahlte mit den Kiefern. Dann lief er ihm barfuss nach.

Kai verstaute das Telefon in der Schenkeltasche – er kannte den Weg auswendig. Hier war die Nacht erfüllt mit all den Geräuschen, die erst durch das Fehlen aller Zivilisationsgeräusche an Bedeutung gewannen: Der Ruf einer Eule hier, das raschelnde Gezänk kriechender Tiere da, dort ein undefinierbares Keckern, schnelle Schritte, die grünen Augen einer schreienden Katze.

Kai fühlte, dass es Zeit war, über sich selbst nachzudenken, über seinen Vater, und wie das alles weitergehen sollte. Martin, dachte er, du saugst mein Herz aus und ich kenne mich nicht mehr. Aber sobald er sich vorstellte, wie es wäre, nackt neben ihm zu liegen und ihn für immer zu küssen, erschien wie ein Stehaufmännchen sein Vater; wutschnaubend und zähneknirschend. Kai erinnerte sich an eine Demonstration einer bayrischen Vereinigung für Kirche und Familie, an der sein Vater teilgenommen hatte. Zu der Versammlung war es gekommen, nachdem der Christopher Street Day wegen einer Petition die Route verlegen musste. Die Schwulenparade hätte durch einen Park führen sollen, wo tagsüber Kinder spielten. Und gestärkt durch den Erfolg ihrer Petition demonstrierten sie jetzt überhaupt gleich gegen den CSD. Wortführer waren einige Anhänger der Pius Bruderschaft.

Kais Vater grölte dort mit diesen Leuten Parolen wie zum Beispiel: „Wider der perversen Unzucht" oder „Fahrt zur Hölle, Sodomiten". Oder ein Highlight kleinbürgerlicher Gehässigkeit: „Mastdarmakrobaten stinken nach Scheiße!" Zwei Tage vor jener Demonstration hatte Kai zum ersten Mal Kem geküsst und zum ersten Mal hatte er neben der herzerwärmenden Aufgeregtheit auch so etwas wie Frieden gespürt. Das Gefühl, irgendwo angekommen zu sein, wo es nicht so trist war wie dort, wo er herkam. Kai war davon überzeugt, dass ihn sein Vater töten würde, wenn er je herausbekäme, wie sein Sohn empfand. Und wem gegenüber er diese Gefühle hatte.

Kai prallte gegen tiefe Äste, stolperte über bucklige, nasse Wurzeln, wurde von Zweigen gepeitscht. Er fand die Stelle, wo Martin und er den Jungen aus dem See gepflegt hatten. Kai ging vorsichtig ans Ufer, flüsterte: „Bist du da? A-A-Abris?"

Hier war es unheimlich still. Der Mond ruhte in seinem Hof und schaufelte silbernes Licht auf die Welt. Stille. Er zog sich die Sneakers und die Füßlinge aus, rollte sich die Hosenbeine hoch bis zu den Knien und stieg ins Wasser. Er dachte: Ich bin verrückt wie eine Scheißhausratte. Was mach ich denn hier? Es ist dunkel und unheimlich und ich sollte im Bett liegen!

Er gab sich selbst die Antwort: Ich breche aus den Regeln aus. Ich treibe mich nachts im Wald herum, ich wurde von Martin geküsst. Und es war gut. Da ist ein Engel im See, wie aus einem japanischen Manga. Den will ich wiedersehen, und wenn's nur für irre Träume ist.

Da war ein länglicher, weißer Schimmer im mondlichtsilbernen Gras. Und auf dem weißlichen Schimmer rankten sich bewegliche Muster – sehr langsam und wunderschön. Abris. Er lag auf dem Bauch, das Gesicht in den verschränkten Armen. Er atmete sehr langsam und ruhig. Mit den Beinen ruhte er im flachen Wasser. Seine Pobacken ragten wie Inselchen aus der Oberfläche. Kai blieb stehen wie ein Roboter, der auf weitere Befehle wartet, und starrte den Jungen aus dem See an wie eine Offenbarung. Selbst wenn es nur ein merkwürdiger Junge war, ein seltsam blasser Bursche mit dunkelgrünen Haaren und hellgrünen Augen, und mit dieser irren Tätowierung; er war wunderschön.

Vollendet als das, was er war. Kai hockte sich neben Abris auf die Hacken und streckte den Arm aus, um ihm sanft am Oberarm zu berühren. Seine Hand schwebte zitternd zwei Zentimeter über Abris' linker Schulter. Kai verzog das Gesicht und nahm die Hand weg. Er ließ sich auf den Hintern plumpsen und setzte sich im Schneidersitz neben diese helle Ausnahmeerscheinung am Waldsee. Er flüsterte: „Weißt du, was ich will? Ich weiß es jetzt. Ich hab's immer gewusst, aber ich hatte immer Angst davor, zu erkennen, dass ich mich mein Leben lang davor fürchten werde. Ich möchte einen Menschen berühren können, ohne Angst davor zu haben, etwas Falsches zu tun. Ich möchte berührt werden, ohne dabei das Gefühl zu haben, schwach zu sein oder etwas Falsches zuzulassen." Er atmete tief ein und seufzte leise.

Dann waren rasche Schritte hinter ihm, eine Hand, die ihn am Oberarm packte und hochriss. Und eine vor Wut bebende Stimme: „Was machst du hier? Was ist dass da für ein mieser Punk? Was quatscht du da für einen schwulen Unsinn? Na? Gib Antwort, oder ich schwöre dir, du kannst dich anschnallen, mein Junge!"

Kai sah seinen Vater zuerst erschreckt an, dann presste er die Lippen aufeinander, um nicht laut loszulachen. Das wäre verhängnisvoll gewesen. Kai dachte manchmal, dass sein Vater Sachen wie: ‚Dann kannst du dich anschnallen' ganz bewusst sagte, um ihn zu einer unbedachten Reaktion hinzureißen. Um ihn dann noch härter angehen und bestrafen zu können.

„Vater, er lebt hier am See, er ..."

„Er lebt hier? Ein gottverdammter Streuner am Königsberg? Und was willst du von ihm? Und was zum Teufel ist das denn?"

Rüdiger Brenner lockerte den Griff und blinzelte zweimal – er sah auf Abris hinab und hatte auf seinem Hintern und den im Wasser ruhenden Beinen das bewegliche Muster entdeckt, das in der Nacht leicht schimmerte.

„Ist der aus 'nem Zirkus ausgebüchst, oder wie oder was? Gib Antwort!"

„Ich weiß es nicht, Vater, ich weiß es nicht. Ich ... ich ... ich ..."

„Ichichich! Was: Ich?"

„Ich hab ihn zum ersten Mal beim Joggen hier gesehen. Vorgestern. Sei nicht so laut – er schläft."

„Na und? Das ist mir scheißegal, ob der da pennt oder nicht, Sakranocheinmal. Du kommst jetzt mit nach Hause, und dann rufe ich die Polizei an. Die sollen sich um den Penner kümmern. Gibt's ja gar nicht, sowas."

„Das wirst du nicht tun. Du wirst nicht die Polizei rufen."

„Wie? Wagst du es, mir zu widersprechen? Wer hat dich denn aufgestachelt? Das wäre ja einmal ganz etwas Neues, du feiger Hund!"

Abris erwachte und sah sich blinzelnd und desorientiert um. Er hörte die Stimmen, nahe und wütend. Eine Stimme kannte er. Der Junge aus dem See glitt mit einer schlürfenden Bewegung unter die Wasseroberfläche und tauchte in die Tiefe.

Kai machte einen Schritt von seinem Vater weg und kämpfte mit Zornestränen in den Augen gegen den inneren Feigling, der nur allzu bereit ist, sich dem Vater zu beugen.

Rüdiger Brenner sah die Tränen in den Augen seines Sohnes und lächelte überheblich: „Ich hab's ja gewusst, du bist und bleibst ..."

Kai, zornbebend: „Was? Was bin ich? Bist du nicht zufrieden damit, was du aus mir gemacht hast? Nicht stolz? Was für 'ne Scheiße, ha! Was wolltest du denn haben? Eine jüngere Ausgabe von dir? Das ging ja voll in die Hose, Gottseidank."

Im Mondlicht sah Kai, dass sein Vater noch blässlicher und verkniffener aussah als sonst immer.

„Wage es nicht, wage es ja nicht, so mit mir zu reden ..."

„Ach leck mich! Ich hab so die Schnauze von dir voll! Von dir und deinem gottverdammten selbstgerechten Zorn auf alles und jeden. Musst du nicht kotzen, wenn du morgens in den Spiegel schaust?"

„Das langt. Du kommst ins Heim!"

„Du kannst mich mal. Ich bin achtzehn! In was für ein verficktes Heim würdest du mich stecken wollen? Ins Heim für unbotmäßige Söhne? Vergiss es! Mir ist egal, was du von mir hältst und was du glaubst. Aber den Jungen da lässt du in Ruhe. Keine Polizei, keine Selbstjustiz, nichts, nada! Hast du das kapiert?"

„Kai, Junge, was ist bloß los mit dir? So kenne ich dich gar nicht. Man kann ja gar nicht mit dir reden!"

„Du wolltest nie mit mir reden! Du hast nie mit mir geredet. Du hast mich nur angeschrien. Du hast mich kritisiert und du hast mir Arbeit aufgetragen. Du behandelst mich mieser als jede Saisonkraft! Für dich bin ich nur ein nützliches Arschloch auf zwei Beinen, Herrgottnochmal! Ich hätte sooft einen Vater gebraucht, einen Freund, jemand zu dem ich aufschauen kann! Aber wenn ich dich ansehe, sehe ich nur einen beschissenen, alten und kalten Stein! Wärst du nur einmal ein Vater für mich gewesen, ich hätte es geliebt, dein Sohn zu sein. Ich geh jetzt nach Hause. Und du rührst den da nicht an. Er heißt Abris. Er ist ein Elemental – was das ist, kann dir scheißegal sein, denn von Liebe hast du sowieso keine Ahnung! Keine Polizei! Kein Lynchmob mit deinen versoffenen Scheißfreunden! Und wenn du ihn ansiehst, dann solltest du das vielleicht mit ein bisschen mehr Demut machen. Echt hey!"

Kai fixierte den Blick seines völlig verwirrten Vaters noch zwei Sekunden und gewann. Rüdiger Brenner senkte den Blick, Kai wandte sich ab und ging.

Rüdiger Brenner blieb stehen, unfähig eine Entscheidung zu treffen. Sei es so etwas simples wie zu blinzeln oder etwas Hochkompliziertes wie zu verstehen, was da eben geschehen war.

Ein Elemental?

Demut?

Was er in diesem Moment ansatzweise verstand, war, dass die mehr als brüchige Verbindung zwischen ihm und seinem Sohn gerade mit Pauken und Trompeten in sich zusammengestürzt war. Ihm stellten sich die Nackenhaare auf. Er tippelte mit angezogenen Unterarmen ein paar nervöse Schritte nach vor und wieder zurück. Seine Lippen fühlten sich schlaff und kalt an. Granada auf zwölf Bassgeigen, wie sein eigener Vater immer anzumerken pflegte, wenn irgendetwas mit Getöse endete. Er rief sehr zaghaft: „Kai? Junge?" Fünfzig Meter den Waldpfad entlang sah er das hell leuchtende Display von Kais Mobiltelefon. Kai winkte damit, um ihn zu zeigen, wohin er zu gehen hatte.

Rüdiger Brenner dachte: Er hasst mich. Mein eigener Sohn hasst mich. Aber er leuchtet mir! Was ist denn hier bloß los? Er sah zu der Stelle, wo vorhin noch der blasse Junge halb im Wasser gelegen hatte. Die Stelle war leer, das Wasser am Ufer in sanfter Bewegung. Er taumelte, mit den Armen vor dem Gesicht, um sich gegen die peitschende Äste zu schützen, auf das Licht seines Sohnes zu.

Kapitel 8

Martin hatte schon gemerkt, dass etwas an Kai anders war, als sie sich bei der Busstation unten beim Billa Großmarkt getroffen hatten. Sie rauchten gemeinsam eine Zigarette, die nach jedem Zug von einem zum anderen wanderte. Um sie herum nur Pendler, keine Schüler. Ein paar ältere Leute, die in Bad Gleichenberg eines der Bäder besuchen wollten.

Es war schon in der Früh sehr warm und Martin sagte zu Kai, er hoffe, Abris wäre vernünftig genug, sich den ganzen Tag im Schatten aufzuhalten. Kais Haltung und Mimik drückte in erster Linie Wachheit aus. In den Mundwinkeln nistete ein kleines, angedeutetes Lächeln, das ihn selbstbewusst und freundlich erscheinen ließ. Martin fand, dass es ihm gut stand. Seine Haltung war lässig, entspannt bis zur Obszönität. Martin sah Kai aufmerksam an, und wurde zunehmend neugierig.

Kai spürte Martins Blicke, wandte sich ihm zu und grinste. „Was?"

Martin zuckte unbeholfen mit den Schultern und antwortete: „Na, nichts. Aber du schaust anders aus – irgendwie. War irgendwas, ist irgendwas?"

Als Martin und Kai gemeinsam den Bus bestiegen, wurde es schlagartig ruhig. Als sie sich nebeneinander setzten und der Bus losfuhr, erhob sich Stimmengemurmel.

. Der Bus fuhr die engen Kurven unterhalb der Weingärten zur Landstraße. Als er nach rechts auf die Landstraße abbog und Kiesstaub aufwirbelte, machte Kai ein Verschwörergesicht und erzählte: „Ich bin in der Nacht noch mal hoch zum See. Ich konnte nicht anders. Ich wollte Abris noch einmal sehen. Ich konnte einfach nicht einschlafen. Mir ging da viel zu viel im Kopf herum. Ich meine, ist denn das zu fassen? Was er ist? Und was für Konsequenzen das für uns Menschen hat?"

„Konsequenzen?"

„Ja. Nein, ich meine nicht, dass es bekannt werden sollte, dass es ihn gibt und das er da oben im See lebt. Das soll geheim bleiben. Sonst kommen irgendwelche irren Typen, fischen ihn raus und schneiden ihn auf, weil sie wissen wollen, wie ein Geist funktioniert, oder so. Aber denk mal: Glaubst du wirklich, dass es zum ersten Mal in der Geschichte der Menschheit passiert ist, dass ein Lebender einen – wie heißen diese Typen noch mal?"

„Elemental."

„Ja, einen Elemental sieht? Dass du allen Ernstes der Erste bist, der einen gesehen hat?"

Martin schüttelte langsam den Kopf und sagte leise: „Ich ... ich weiß es nicht. Entweder es ist so, oder es wurde totgeschwiegen, haha, der war gut. Totgeschwiegen. Vielleicht ist es echt so, wie du meinst: Irgendwo gibt's was schriftliches über sie, und das ist für alle Zeiten weggesperrt. Und wenn's wer findet und damit stiften geht, dann jagen ihn die Mafia, der CIA, der NSA und der Vatikan."

Kai unterbrach Martin, indem er ihn sanft am Oberarm packte und zu sich zog: „Egal, ich war in der Nacht noch oben. Abris hat geschlafen, bis zum Arsch im Wasser, nur mit dem Oberkörper draußen. Soviel ich sehen konnte, ist die Rötung zurückgegangen. Und wenn er schläft, dann bewegt sich die Tätowierung viel langsamer – aber auch irritierender."

„Wie meinst du das?"

„Schwer zu sagen. Die Muster schlingen sich ineinander wie Rosenranken, wie Schlingpflanzen – die Muster bewegen sich so wie Gewächse unter Wasser, wenn sie in der Strömung bewegt werden. Mein Vater hatte mich verfolgt und wollte mich am See zur Rede stellen. Was ich da mache, was das soll."

„Hat er Abris gesehen, Scheiße noch mal, hat er?"

Kai nickte und legte seine Wange an die kalte, vibrierende Scheibe: „Hat er, hat er – verdammt. Aber bleib cool: Ich weiß nicht wie, , aber ich hab ihm am See alles gesagt, was mich stört, alles! Er wollte mir wieder kommen mit: Widersprich mir nicht, du bist ein Nichts, du taugst nichts – die übliche Scheiße eben. Und ich hab einfach alles gesagt, was ich sonst noch nie gesagt habe. Und er hat zugehört. Als er wissen wollte, was das da für ein Typ sei, der da halb nackt im Wasser pennt, hab ich zu ihm gesagt: Das ist jemand, dem man nur mit Ehrfurcht begegnen sollte. Wir sind dann gemeinsam heim. Als wir gingen, sah er anders aus. Nicht so angespannt und nicht so gerade wie immer, sondern ... ich weiß nicht: weicher vielleicht. Er hat mir heute Morgen alles Gute für die Prüfung gewünscht und – tataaa, er hat mich auf die Wange geküsst."

„Echt jetzt?"

Kai nickte.

Martin schmunzelte.

Als die beiden nicht nur gemeinsam den Bus verließen, sondern auch gemeinsam in die Schule und in die Klasse gingen, wechselten sich

Mucksmäuschenstille und Gemurmel ab wie Ebbe und Flut. Martin bekam einige ‚Haben sie dir ins Hirn geschissen' Blicke ab; vor allem von Mädchen, die sich nichts Schöneres vorstellen können, als einen weinenden Emo in die Arme zu nehmen und zu trösten. Kai erntete aus einem reichhaltigen Fundus aus Unverständnis, Widerwillen, Bewunderung, Angst und ordinärer Neugier. Was sie schon zu Feindeszeiten beherrschten, sich nämlich im Unterricht zu unterstützen, wandelte sich am Prüfungstag zu einem – wie der Direktor der Tourismusschule später erzählte – eleganten Tanz zweier jugendlicher Vollblutgastronomen. Die Prüfungskommission war nachhaltig hingerissen, die anderen Prüflinge geradezu inspiriert. Kurz: Der Auftritt von Martin Stolz und Kai Brenner an diesem Tag der Abschlussprüfung für die Klasse von 2008 ging in die Geschichte der Tourismusschule von Bad Gleichenberg ein.

Zu Mittag gingen sie zwischen dem Theorieteil und der praktischen Prüfung über den Schlossplatz in einen kleinen Park, kauften sich Pepsimax und Döner Kebab, um wenigstens am letzten Tag dem Internatsessen zu entgehen. Es war drückend heiß und schwül. Martin deutete in den Himmel, mampfte und sagte kauend: „Schau mal, wenn wir Pech haben, werden wir nass bis auf die Unterhose." Kai sah auch zum Himmel, wo sich im Westen dicke Wolkenbänke ineinander verkeilten; an der Unterseite ölig und dunkel, nach oben hin strahlend weiß, und sagte: „Nass siehst du sicher noch süßer aus."

Martin grinste von einem Ohr bis zum anderen und antwortete: „Flirtest du mich an?"

Kai sagte mit Unschuldsmiene, während er Zwiebelringe aus dem Kebab pusselte und auf den Boden fallen ließ: „Könnte mir keinen vorstellen, den ich lieber anflirten würde."

„Und Kem?"

Sie sahen sich in die Augen, Kai flüsterte: „Kem ist Geschichte."

Sie verzehrten schweigend ihre Mahlzeit, und es war kein unangenehmes Schweigen. In der Ferne rumpelte der Himmel.

Der österreichische Sänger Wilfried sang einmal ein Lied mit der Textzeile: ‚Du hast mir einen Fleck gemacht, in mein oranges Lebensbild'.

Diesen Fleck kratze Lisa in Kais Weltbild, als sie am Nachmittag, als alle Prüfungen erledigt waren, vor der Schule stand und Martin winkte. Mit ziemlich viel Misstrauen sah sie Kai an und runzelte die Stirn. Dann drängte sie sich einfach zwischen die beiden, umarmte Martin und küsste ihn. Sie war ganz windverwirbelte Frische, fleischgewordener Frühling, weißes Lächeln und Augenzwinkern. Kai gestand sich ein, dass er ihr Auftreten nur deshalb als ‚Dazwischendrängen' sah, weil er gerade noch die Nähe zu Martin genossen hatte, am Ufer eines Tagtraums, der weit über Küssen und Umarmen hinausging.

Und da war er wieder: der uralte Zorn, nicht erloschen, nur unterdrückt – aber immer noch da. Und dieser Zorn ritt eine Schindmähre namens ‚Vertraue keinem'.

Im Bus setzte sie sich wie selbstverständlich neben Martin und flirtete mit ihm. Kai saß eine Reihe weiter hinten und tat so, als ob ihm das alles egal wäre. Martin sah hin und wieder zu ihm und signalisierte durch Augenverdrehen und Blinzeln, dass es ihm leid tat, und dass er nicht rauskonnte – blöde Situation, echt!

Kai fuhr dann doch eine Station weiter – Martin und Lisa waren ausgestiegen und lachend über den kleinen Marktplatz hinaufgegangen. Kai dachte, er könne das distanziert und neutral sehen. Martin war vermutlich nicht schwul, obwohl ihm sein Wunschdenken einredete, dass ein Junge, der sich so anzog und so gab, irgendwie doch schwul sein müsste. Konnte gar nicht anders sein. Oder waren die beiden einfach nur Freunde?

Kai stieg aus, schulterte den Rucksack und erinnerte sich daran, dass es heute einen Grund zum Feiern gab: Die Prüfung hatte er nicht nur bestanden, sondern ein elegantes Spiel daraus gemacht, die Schule war zu Ende, die Sommerferien kamen. In der letzten Nacht hatte er die Aussprache seines Lebens gehabt, und zwar mit seinem Vater. Wunder reihten sich an Wunder – und da, wer stand da auf dem großen Parkplatz vor der Sportpension Brenner?

Sein Vater. Er hatte die Hände tief in die Hosentaschen seiner Sporthose vergraben und sah ihn prüfend an: „Und? Wie lief es?"

Kai nickte. „Gut. Sehr gut, ich meine wirklich sehr gut. Ich hab es geschafft." Es ritt ihn der Teufel, als er hinzufügte: „Martin übrigens auch. Wir waren die Besten."

Sein Vater nahm die Hände aus den Hosentaschen, verknotete die Finger, sah zu Boden und murmelte: „Wir sollten vielleicht hinten auf der Terrasse ein oder zwei Bier miteinander trinken. Gehen wir?" Seine

Stimme klang emotionslos, beinahe kalt.

Kai dachte: Wie schwer muss dir das gefallen sein? Er nickte: „Prima. Ein kaltes Bier wäre jetzt das Wahre.“

Hinter dem Schuppen beim Swimmingpool machte sich Lisa gerade an Martins Gürtelschnalle zu schaffen, mit einer geradezu süßen Verbissenheit, als er seine Hände auf ihre legte, die Bewegungen sterben ließ und sagte: „Lisa, Lisa, langsam. Mir geht das zu schnell. Ich hab noch nie ein Mädchen wie dich getroffen, aber du überfährst mich total.“

Zuerst machte sie ein trotziges Gesicht, dann lächelte sie und sagte: „Liegt an dir. Es ist so, als ob du einen Duft verströmst, der einen ganz wuschig im Kopf macht. Glaubst du mir, wenn ich sage, dass ich zum ersten Mal so ... direkt bin? Ich bin's sonst nie, ich geh ja nicht mal fort oder so. Aber da im Bad – ich meine: Mein Gott! Du bist so schön, dass es weh tut. Und dann waren wir im Wasser und du hattest 'ne Latte und alles ...“

„Hab ich jetzt auch. Aber trotzdem, Lisa. Ich meine, ich mag dich und alles, ja? Aber ich mache momentan eine ziemlich verrückte Zeit durch. Ok, Prüfungsstress und so sind weg. Und wie du sicher mitgekriegt hast, hat sich zwischen Kai und mir seit vorgestern einiges geändert. Komisch, manche Sachen ändern sich nie. Und die Sachen, von denen man denkt, sie würden sich nie ändern, kippen von einem Moment auf den anderen und zerbröseln zu nichts. Kai war mein Feind. Und jetzt ist er es nicht mehr.“

„Das ist verrückt, Martin, vollkommen bescheuert. Traust du ihm?“

Martin nickte und flüsterte: „Ja. Er hat mir etwas gesagt, womit ich ihn, also seinen Ruf, völlig ruinieren könnte – glaubt er jedenfalls. Ich werde das natürlich nicht tun und ...“

Sie rieb mit der flachen Hand vorne über seine Jeans, lächelte ihn neckisch an und sagte: „Und was muss ich tun, um in Kais Liga zu spielen?“

Martin wollte schon den Mund aufmachen und etwas erwidern, als seine Mutter von der Seite an den Schuppen klopfte und rief: „Wollt ihr Eistee? Ich hab hier welchen!“

Lisa löste sich rasch von Martin und zupfte an ihrem T-Shirt.

Martin fädelte die Gürtelzunge in die Lasche ein, als seine Mutter um die Ecke kam.

Sie lächelte strahlend: „Ach, da seid ihr ja! Durst? Sicher doch.

Kommt mit rauf auf die Veranda."

Lisa und Martin folgten ihr wie begossene Pudel. Obwohl, Martin machte ein erleichtertes Gesicht.

Lisa ging voraus, die Treppen hinauf. Hinter ihr ging Martins Mutter, er zum Schluss. Auf der Treppe wandte sie sich zu Martin um, blinzelte ihm vergnügt zu und fragte: „Wie wär's mit einer eiskalten Dusche, hm?"

Draußen rollte ein wuchtiger Donnerschlag über den Himmel.

Abris schlief. Diesmal jedoch nicht am Ufer, so wie in den letzten Nächten, sondern in seinem Element; im Wasser. Er schwebte vollkommen waagerecht in zehn Meter Tiefe. Er atmete Wasser durch den leicht geöffneten Mund ein und durch die Nase wieder aus. Seine Arme waren ausgestreckt, er drehte sich langsam im Uhrzeigersinn. Abris träumte. Und das war neu für ihn. Er träumte von Worten, die Befriedigung verschafften, oder Fragen aufwarfen, er träumte von der Hitze des Tages und dem unglaublichen Gefühl von Luft auf der Haut. Und er träumte von Martin mit einem Gefühl, das ihm fremd war, dessen Namen er jedoch kannte: Sehnsucht.

Er hörte den schweren, nach kommenden Regen klingenden Donner. Die ersten Regentropfen rauten die spiegelglatte Oberfläche des Sees, die Windstille wurde von kurzen, warmen Böen in den Wald getrieben.

Kapitel 9

Kai erwachte gegen sieben Uhr abends mit einem heiseren Schrei auf den Lippen. Sein Herz schlug, sein Oberkörper war verschwitzt. Er setzte sich auf, rieb sich die Augen und starrte zum Fenster hinaus. Es blitzte – nach dem Blitz war das Licht grobkörnig und grau wie ein altes Foto. Der Donner folgte nach drei Sekunden, begann als gläsernes Krachen und ging in ein dumpfes Rumpeln über, das man spüren konnte. Er erinnerte sich, dass er nach der dritten Flasche Bier nicht nur angenehm entspannt gewesen war, sondern geradezu erschöpft. Die ungewohnt friedliche Stimmung zwischen seinen Eltern, zwischen seinem Vater und ihm, hatte ihn beinahe unvorsichtig werden lassen, und er hätte ihnen um ein Haar erzählt, dass er drauf und dran war, sich in Martin Stolz zu verlieben. Er verkniff es sich. Es war gegen fünf Uhr nachmittags, es war drückend schwül, die Luft stand. Der Himmel war inzwischen schwer bedeckt, und westlich hinter dem Königsberg sah man in der Ferne Wetterleuchten. Kai entschuldigte sich, sagte, er wolle sich für eine Stunde aufs Ohr hauen.

Zwei Stunden später saß er mit sirrenden Nerven im Bett, keuchte und fragte sich, was ihn so erschreckt hatte.

Möglicherweise der Donner. Aber er wusste es besser. Vielleicht hatte ihn der Donner aufgeweckt, schon möglich, verschwitzt und verwirrt war er wegen etwas völlig anderem. Das letzte Bild aus seinem Traum, das er in den Wachzustand hatte mitnehmen können, war gemalt aus Angst und Schrecken, aus Erinnerung an Schmerz. Als er im Wald am Ufer des Sees auf dem Boden lag und Martin über ihm stand, gebückt, mit einem Stein in der Hand, um ihn zu erschlagen. Kai dachte: Wie oft sagt man gedankenlos: Ich bring dich um, du Sau. Wie oft denkt man diese Phrase? Nichts als Wut, die in einem Gedankenspiel endet, oder?

Es war nicht der Stein in Martins Hand, der Kai so erschreckt hatte, sondern die für Bruchteile von Sekunden sichtbare Kälte in Martins Augen, die Bereitschaft, ihn wahrhaftig zu töten. Und Kai erinnerte sich, dass er diese Kälte am stärksten wahrnahm, als sie aus Martins Augen wich, nachdem er ihm gestanden hatte, dass er ihn liebte. Kai wurde in diesem Moment bewusst, dass er wirklich und wahrhaftig am Dienstag um ein Haar ermordet worden wäre.

Er stand auf und tappte steifbeinig zum Fenster. Regentropfen, noch wenige, aber dafür besonders dicke, schlugen ans Fenster.

Und da war noch mehr. Er fragte sich, wie sehr er Martin verletzt haben musste, um ihn zu dieser verzweifelten Wut zu treiben. Wie konnte Martin ihm je verzeihen? Und wie konnte er Martin je wieder in die Augen schauen, ohne sich an die mörderische Gewitterkälte in seinem Blick zu erinnern? Kai nahm die Unterlippe zwischen Daumen und Zeigefinger und zog sie von links nach rechts, immer wieder.

Da war noch etwas, etwas Unangenehmes, eine Erkenntnis, die hinter Martins kurzer Mordlust lauerte. Ein Wissen, das es ihm vielleicht für immer unmöglich machen würde, Martin zu mögen, geschweige denn zu lieben.

Es hatte nichts damit zu tun, was Martin gemacht hatte, sondern, was er ihm erzählt hatte. Und zwar über Abris. Darüber, was Abris war, warum er hier war, und warum er hier blieb. Abris blieb nicht hier, weil es ihm hier so gut gefiel, sondern weil er nicht zurück konnte. Er musste Mensch, oder besser gesagt: Nixe bleiben, bis er die Seele eines Ertrinkenden aus dem sterbenden Körper befreien konnte. Von Angst und Schmerz befreien.

Kai blieb stocksteif stehen. Für fast fünf Minuten fühlte er sich unfähig, sich zu bewegen. Dann löste sich seine Starre. Langsam, beinahe wie in Zeitlupe, zog er sich an, nahm eine schwarze Regenjacke aus dem Schrank, und verließ auf Katzenpfoten das Haus.

Abris glitt vom Schlaf in einen halbwachen Zustand, die Drehbewegung seines Körpers wurde schneller und er stieg langsam zur Oberfläche auf. Von unten sah die Wasseroberfläche aus wie geriffeltes Glas; Abris sah jenseits der Oberfläche Blitze über den fernen Himmel zucken. Und im Licht der Blitze sah er den Regen prasseln. Ohne eine sichtbare Muskelbewegung drehte er sich in senkrechte Lage und stieg mit ausgebreiteten Armen zur Oberfläche empor.

Martin verabschiedete Lisa mit einem Kuss auf die Wange. Seine Mutter hatte ihr angeboten, sie mit dem Auto nach Tieschen zu fahren, da es inzwischen stark regnete. Martin und sein Vater sahen dem Wagen nach, bis die Rücklichter vom Regen verwaschen um die Ecke verschwanden. Rudolf Stolz legte den Arm auf Martins Schultern und zog ihn zu sich: „Hübsch, die Kleine, echt!“

„Paps."

„Na wenn's doch wahr ist. Und die ist nicht nur hübsch, die ist auch nett. Und sie mag dich. Das sieht man, wie sie dich anschaut. Gut. Räumst du bitte das Geschirr von der Veranda? Ich geh in den Keller, ein bisschen weiterbasteln."

„Am Tisch?"

„Mhm."

„Gut, ich räum das Geschirr weg. Dann geh ich vielleicht auf einen Sprung zu Kai rüber – aber nicht lange."

„Bei dem Scheißwetter?"

„Klaro, bin ja nicht aus Zucker."

„Ok, bis später."

„Ja."

Sein Vater verschwand die Treppen hinunter Richtung Hobbykeller, Martin ging zur überdachten Veranda und räumte die Limonadengläser und leeren Teller in die Küche. Dort hatte sich reichlich gebrauchtes Geschirr angesammelt. Er füllte den Geschirrspüler, reinigte die Arbeitsflächen und Schneidbretter. Dann schlenderte er zum Empfangstresen, bewegte die Maus, um den Bildschirmschoner zu deaktivieren, und öffnete das Programm zur Kundenverwaltung. Jorden de Schuil wurde für den siebten Juli erwartet, und er hatte vor, vier Wochen zu bleiben. Das war ungewöhnlich lange, wunderte Martin aber nicht sehr. Der Mann war seit kurzem Witwer, und soviel er wusste, lebte de Schuils Familie verstreut in Europa. Seine Kinder sah er so gut wie nie, seine Enkelkinder hatte er bei der Taufe zum ersten und letzten Mal gesehen. Er war Pensionär, um die achtzig Jahre alt, er war allein, und finanziell gut gestellt.

Martin sperrte den Computer, ging in die Küche und packte etwas Obst und frisch aufgebackenes Brot in einen durchsichtigen Plastikbeutel. Den Beutel gab er in den schwarzen, verwaschenen Eastpak Rucksack, den er seit Jahren benutzte, und stellte ihn hinaus auf den Flur neben den Regenschirmständer an der Haustür.

Er winkte seiner Mutter, die gerade in die Garage fuhr. Sie winkte zurück und Martin lief die Kopfsteingasse hinauf zur Kirche. Inzwischen war es durch die schweren Regenwolken beinahe finster geworden, der Regen wurde böig in die Landschaft geschmissen. Martin zog sich die Kapuze der grünen Regenjacke über den Kopf und verfiel in leichten Trab. Er hatte keine Lust, in einen Wolkenbruch zu geraten.

Knapp fünf Minuten später war er am Ufer des Sees, dessen Oberfläche im Regenschauer tanzte. Er ging vor bis zum Wasser, rief: „Abris!“ und schlug dreimal mit der flachen Hand auf die Wasseroberfläche.

Kai ging langsam mit gesenktem Kopf am Waldrand nach Osten. Er wusste nicht genau, wohin er wollte. Zu Martin, um ihn zur Rede zu stellen? Zum See, um vielleicht noch einmal Abris zu sehen und ihn zu fragen, was an der Sache dran war – von wegen Rückkehr in die blaue Welt, oder Halbwelt, wie er das nannte – nur mit der Seele eines Ertrunkenen?

Abris erkannte Martins Klatschen und sprang aus dem Wasser wie ein Fisch, platschte auf die Oberfläche und schwamm zu ihm hin: „Martin, schön dich zu sehen.“

Martin nickte, lächelte: „Freut mich auch. Wie geht es deinem Rücken? Hast du noch Schmerzen?“ Abris schüttelte den Kopf. Martin fand, dass Abris ziemlich verwirrend aussah, als er vor ihm im Regen stand, nackt, bis zum Schamhaaransatz im Wasser, mit diesem unwiderstehlichen und unschuldigen Lächeln im Gesicht.

Kai blieb am Feldweg unter einer riesigen Buche stehen und lehnte sich an den Stamm, sah hinunter auf die verwaschenen Lichter des Ortes. Er fühlte sich zu betäubt, um nachzudenken. Er hatte die Hände in den Taschen der Regenjacke, Regenwasser lief aus seinem Haar, tropfte ihm ins Gesicht. Mit größter Mühe unterdrückte er die Zornestränen, sah immer wieder nach Osten, wo der steile Weg über das Feld hinaufführte zum Wald. Vielleicht war Martin gar nicht zu Hause, nicht mit Lisa in seinem Zimmer, sondern Abris versorgen. Diesen Elemental, der an unsere Welt gebunden war, bis ihn der Tod eines Menschen erlöste.

Erlöste!

Der Wald entließ eine schlanke Gestalt in den Regen, leicht gebückt – nein, das war ein Rucksack. Kai spuckte in den Schlamm, straffte sich und lief los.

Abris saß bis zur Brust im Wasser, der Regen prasselte auf seinen

Kopf und sein Gesicht zeigte pures Glück. Er kaute einen Apfel, wieder einmal überwältigt von dem süßen, leicht sauren Geschmack. Die anderen Sachen waren in dem durchsichtigen Plastiksack verstaut, den Martin dagelassen hatte. Er knabberte den Apfel ab, spuckte Kerne im weiten Bogen an Land und lachte übermütig.

Kai erreichte Martin, als er zur Treppe neben der Kirche kam, rammte ihm beide Hände in den Rücken und stieß ihn um. Martin flog grotesk mit den Händen rudernd durch die Luft und prallte mit einem satten Geräusch, untermalt von einem Donnerknall, auf den Kiesboden neben dem Zaun des kleinen Friedhofs. Kai brüllte: „Du wolltest mich umbringen! Du hast das nicht nur so gesagt! Du wolltest mich umbringen und in den See stoßen! Warum? Wegen ihm? Bist du irre?"

Martin schüttelte benommen den Kopf – er blutete von der linken Schläfe, mit der er gerade über Kies geschrammt war. Seine Knie schmerzten, seine Hände waren aufgeschürft, aber nicht zu tief. Er mühte sich herum, lag auf dem Rücken und hob abwehrend die Arme vors Gesicht. Er starrte Kai entsetzt und fassungslos an.

Kai beugte sich zu ihm, packte ihn am Kragen und zerrte ihn einen halben Meter hoch: „Du wolltest mich umbringen, damit er zurück kann! Du hast es geplant, oh mein Gott! Du wolltest mich ermorden! Wolltest du mich wirklich töten? Martin? Sag was, oder ich schwöre dir, ich ..."

Kai sah Blut auf Martins Unterlippe. Regenwasser schwemmte das Blut über sein Kinn hinab. Und dann tat Martin etwas völlig unerwartetes: Er umklammerte Kai mit beiden Armen. Kai verlor den Halt und sie stürzten zu Boden, kamen Gesicht an Gesicht auf dem schlammigen Erdreich zu liegen. Nach einem heftigen Blitz, dem ohne erkennbare Pause ein Donnerschlag wie aus der Hölle folgte, schrie Martin:

„Vielleicht für eine Sekunde, weniger vielleicht. Warum hast du zugelassen, dass ich dich so sehr hasse? Warum hast du mich so lange getreten, bis ich fallen musste? Du hast noch nie einen Mensch verloren, nie wirklich. Ich habe getrauert, und ich trauere noch immer, denn der Platz, den er in meinem Leben hatte, ist seither leer, es gibt nichts, was diese Leere füllen kann. Und du Arschloch hattest nichts Besseres zu tun, als deinen Rotz in diese Leere zu spucken. Wie ging's dir dabei? Ist dir einer abgegangen, als ich geheult habe? Wolltest du das?"

„Aber du wolltest mich umbringen!"

„Ich habe dich gehasst! Kapierst du das nicht? Ich habe dich gehasst, weil du für das, was mir am meisten im Leben bedeutete, nur Spott hattest!“

„Du bist ja krank! Du Irrer!“

Martin kreischte: „Ich hab dich gehasst, ich hab dich gehasst, ich hab dich gehasst. Und jetzt geh runter von mir, du versiffte, dreckige schwule Sau! Hau ab!“

Plötzlich lag Kai kraftlos auf Martin, atmete schwer. Erst zwei Sekunden später erkannte Martin am stockenden Atem, dass Kai weinte. Wenn er je Hass in sich empfunden hatte, war er jetzt weggeblasen.

Ein weiteres, funkelndes Krachen rollte über den Himmel. Der Regen wurde stärker, der Wind heftiger.

Martin mühte sich auf, hob Kai mit an; sie robbten zum Zaun des Friedhofs.

Kai lehnte sich an, hielt sein Gesicht in den Regen und schluchzte.

Martin beugte sich schützend über ihn und umarmte ihn. Er flüsterte: „Oh mein Gott, das tut mir leid. Das tut mir so leid, ich weiß nicht ...“ Er küsste Kais Stirn und fühlte sich so, als ob er ihn ermordet hätte. Er flüsterte ihm ins Ohr, und als ihm bewusst wurde, was er Kai ins Ohr geflüstert hatte, konnte auch er seine Tränen nicht mehr zurückhalten. Er hatte zu ihm gesagt: „Du könntest die Leere füllen.“

Als sie sich küssten, und sich aneinander klammerten wie zwei Verzweifelte, stand Abris im See auf, breitete die Arme aus und schrie, überwältigt vor Freude, den donnernden Himmel an.

Martin griff Kai zwischen die Beine, rieb über die völlig durchnässte Armeehose – nur kurz. Er nahm Kais Gesicht zwischen die Hände und küsste seine Stirn, seine Nase, die Wangen, den Mund.

Plötzlich spürte er einen heftigen Hieb in den Rücken. Er zuckte zusammen, rollte sich von Kai und starrte die gebückte Gestalt an, die ihn soeben mit dem Spazierstock geprügelt hatte.

Ernst Kratochwil schimpfte nicht einfach, er keifte: „Wollt ihr beiden Vollidioten nicht endlich aufhören, euch bei jeder Gelegenheit zu verprügeln? Und das beim Friedhof, unter dem Kirchturm. Ja, das glaub ich einfach nicht, haben die euch ins Hirn geschissen und vergessen runterzulassen, Herrgottsackelzement noch einmal? Geht nach Hause und wascht euch, zum Teufel, ihr seht ja so was von beschissen aus. Ab durch die Mitte. Wann werdet ihr es endlich lernen. All you need is love.

Wusste schon John Lennon, kluger Mann. Wurde von hinten erschossen, was für eine Schande!" Ernst Kratochwil plapperte weiter vor sich hin und watschelte wie ein Pinguin davon.

Kai und Martin starrten sich verblüfft an, bis das Kitzeln in den Mundwinkeln zu stark wurde. Dann lachten sie hysterisch los, sahen sich dabei in die Augen, umarmten sich und standen auf.

Kai sah Martin prüfend an, als sein Lachen mit ein paar Hickser unter Kontrolle gebracht worden war. „Alles klar bei dir? Alter, wir sehen wirklich aus wie zwei Frontschweine."

Martin nickte und prustete schon wieder los. Sie humpelten nebeneinander den Weg hinunter, und ein paar Minuten später standen sie tropfend und völlig verdreckt in der Waschküche. Sie zogen sich bis auf die Shorts aus und Martin stopfte die Sachen in die Waschtrommel.

Nachher führte er Kai über den Kellergang hinüber zu der kleinen Sauna: „Hier gibt es ein große Dusche, da haben wir beide Platz."

„Wir beide?"

„Naja, Zeit und Wasser sparen."

Kai lächelte.

Und das taten sie dann auch tatsächlich. Sie duschten gemeinsam. Kai wollte diesem Ereignis keine all zu tiefe Bedeutung geben, aber als er Martin den Rücken einseifte und der Abstand zwischen ihnen wirklich nur noch rein akademisch war, dachte er doch, dass das, was sie gerade machten, einer rituellen Waschung gleich kam. Martin drehte sich um, spuckte ihm Wasser auf die Brust, drückte Duschgel auf einen Schwamm und verteilte es auf Kai Brust und Bauch, bis hinunter zum Schamhaaransatz. Nicht tiefer.

Kai lehnte sich mit geschlossenen Augen an die warme Kachelwand und stöhnte: „Was machst du nur mit mir?"

Martin hob Kais linken Arm an, um ihm die Achsel zu waschen. Zuerst die Linke, dann die Rechte. Dabei sagte er leise: „Ich versuche abzuwaschen, was ich draußen zu dir gesagt habe. Ich hoffe, ich schaffe es."

Martin gab nochmals Duschgel auf den Schwamm und wusch zunehmend zittriger Kais Brust und Bauch. Er atmete stoßweise durch den leicht geöffneten Mund. Nicht hier und nicht jetzt, dachte er mit erstaunlich viel Bedauern. Er rieb noch einmal mit den Fingerrücken über Kais kleine, harte Brustwarzen und erntete ein Schaudern. Martin nahm Kai an den Armen, drehte ihn unter den Wasserstrahl, und als Kai direkt darunter stand, drehte er das Heißwasser ab und sprang mit einem: „Yehaa!“ aus der Badetasse.

Kai fluchte, lachte aber dabei. Er drehte das Wasser ab und Martin hielt ihm einen dunkelblauen Bademantel, und ein ebenso dunkles Badetuch hin. Kai frottierte sich, sah immer wieder zu Martin, der sich in seiner Gegenwart mit geradezu gedankenloser Unbekümmertheit bewegte. Und Kai sah nicht ohne Vergnügen, dass Martins Glied auch etwas unentspannt war. Dass Martin ganz und gar unentspannt war.

Als sie die Bademäntel anhatten und sich die Haare trocken rubbelten, ging die Tür zum Umkleideraum auf und Martins Vater kam herein. Wenn er verblüfft gewesen war, sie hier zu sehen, dann überspielte er das sehr gut. Er grüßte sie und fragte Martin: „Du wirst Kai doch hoffentlich bei dem Sauwetter nicht nach Hause schicken wollen, oder?“

Martin grinste, um eine Spur zu dankbar und aufgeregt: „Na, voll nicht. Bei mir im Zimmer ist genug Platz.“

„Gut, Jungs. Kai, wenn du Hunger hast, sag’s Martin, der kann euch was in der Küche zaubern ... das kann er wirklich gut ...“

„Ich weiß, Herr Stolz, ich weiß. Wir waren in derselben Klasse.“

Als sie später die Treppen hochgingen, Martin hinter Kai, ging Rudolf Stolz ins Wohnzimmer zu seiner Frau, die vor dem Fernseher saß und bei der Millionenshow mitriet. Er umarmte sie von hinten, küsste sie aufs Haar und flüsterte ihr ins Ohr: „Kai ist hier und bleibt über Nacht. Ist doch schön, dass die beiden Freunde geworden sind, oder?“

Sie wandte ihm das Gesicht zu, lächelte strahlend und flüsterte ebenso verschwörerisch: „Freunde? Rudi, mach doch mal die Augen auf, bitte. Freunde, ha!“

Er setzte sich mit einem leicht geschockten Gesichtsausdruck in seinen Lehnsessel, machte mehrmals den Mund auf, um etwas zu sagen, dann: „Wie ... ich ... du meinst, dass sie ...“

„Ich meine, dass wir heute nicht mehr in Martins Zimmer gehen sollten – nicht mal anklopfen.“

Rudolf Stolz nickte, immer noch blass, aber mit einem hauchfeinen Lächeln im Gesicht: „Wievielte Frage?“

Sie warf ihm einen Kuss zu: „Die Siebente. Na, du Genie? Kennst du die Antwort? Sie hat nur noch den Telefonjoker.“

Als Martin die Zimmertür hinter sich schloss, stand Abris nur noch bis zu den Knöcheln im See. Sein Körper war vom Regen nass, ständig mit Wasser bedeckt. Er atmete heftig. Sein Gesicht zeigte Angst und Mut, Wagemut. Und noch etwas: Aufbruch. Er hob das rechte Bein und stieg auf den Schotter. Er reckte sein Gesicht in den Regen und stieß ein helles, weißes Heulen aus. Dann verließ er den See.

Sie standen sich nackt gegenüber, die Bademäntel lagen in dicken Knäueln auf dem Boden zu ihren Füßen. Martin legte seine linke Hand auf Kais Herz und spürte, wie hart und schnell es schlug. Draußen krachte Donner durch die Dunkelheit. Sie drehten sich im Kreis, sehr langsam, und kamen sich näher. Kai streichelte Martins Wange mit so vollendeter Zärtlichkeit, dass Martin seinen Kopf neigte und die Wange in Kais Hand legte.

Martin sah Kai ins Gesicht und flüsterte, beinahe tonlos: „Du bist so schön, dass es weh tut. Warum sehe ich das erst jetzt?"

Kai lächelte traurig und antwortete: „Weil ich erst jetzt schön geworden bin. Darf ich dich küssen?"

Martins Lider flatterten, als er nickte. Sie umarmten sich, Brust an Brust, Atem an Atem, rieben sich langsam aneinander und küssten sich, zuerst noch fast ehrfürchtig, dann zunehmend begeistert. Sie drehten sich im himmlischen Stroboskoplicht, das durch die regennasse Scheibe flackerte.

Abris taumelte von Baum zu Baum, stützte sich ab und lernte zu gehen. Seine Füße schmerzten, und er fand heraus, dass es weniger wehtat, wenn er darauf achtete, wohin er trat. Wurzeln waren nicht gut, Steine waren auch nicht gut, der schmatzende und vom Regen aufgeweichte Boden war gut, weich und warm.

Sie drehten sich in der engen Umarmung und in den Kuss versunken zu Martins Bett, Kai nahm Martin sanft und kraftvoll und ließ ihn behutsam auf dem Bett nieder.

Martin hatte Angst, dass er stottern würde, wenn er jetzt etwas sagte, er holte mehrmals Luft, drehte den Kopf zur Seite und flüsterte tonlos: „Ich ... ich ... ich will ... Ich will in deinen Armen kommen."

Kai sah ihn mit unendlicher Zärtlichkeit an. Sie legten sich nebeneinander auf das Bett, einander zugewandt, sie streichelten sich, sahen sich an und lächelten still. Dann küssten sie sich wieder – ohne Hast, denn die Zeit war auf ihrer Seite.

Berührten sich, erregten sich.

Und wieder: Diese Lippen.

Abris stolperte auf das Feld, der Wald war hinter ihm. Er lachte und weinte. Er reckte sein Gesicht in die Nacht, öffnete den Mund und die Augen weit, ließ Blitz und Donner darin wüten.

Martin dachte: Es ist gut. So wie es ist. So wie es jetzt ist, ist es gut. In seinen Lenden sammelte sich ein summendes, elektrisches Ziehen. Er spannte sich unter Kais Griff, packte ihn am Hinterkopf und zog ihn zu sich herunter, um ihn zu küssen, zu küssen und wieder zu küssen, während er sich in Kais sanftem Griff wand und streckte, und in seiner Umarmung Elfenbeintropfen verspritzte.

Abris breitete die Arme aus und begrüßte die Welt, die Hügel und Wälder, das kleine Dorf da unter ihm mit einem gellenden Freudengeheul.

Später, als sich das Gewitter nach Osten verzog, lagen sie nebeneinander im Bett und streichelten sich gedankenverloren. Kai war erfüllt von dem Gedanken, dass Martin ein Wunder sei, dem man sich nur mit Ehrfurcht nähern konnte; es war ein wundervoller Gedanke, der seinen Leib mit einem Summen erfüllte, wie er es noch nie zuvor verspürt hatte. Und dass Martin ebenso zu empfinden schien, machte den Moment perfekt. Er streckte sich und schnurrte wie eine satte Katze. Er tippte mit dem Zeigefinger in Martins Samen, verschmierte ihn im Nabelhaar und leckte sich mit einem sinnlichen Schnurren den Finger ab. Unvermittelt bewegte sich Martin neben ihm, drehte sich herum und rutschte auf Kai. Er setzte sich auf seinen Schoß, beugte sich vor und hauchte ihm einen Kuss auf die Wange, auf den Mundwinkel. Er flüsterte ihm etwas ins Ohr, setzte sich auf.

Kai strahlte ihn verwirrt und glücklich an: „Echt? Willst du wirklich?“

Martin nickte, griff nach hinten, brachte Kais halbsteifen Schwanz auf Touren und wies ihm den Weg. Als Kai sanft und doch kraftvoll in ihn eindrang, fiel sein ehemaliges Leben wie Schutt von ihm ab. Er fühlte sich durch und durch elektrisch, wie mit Blitzen aufgefüllt.

Hin und wieder leuchteten ihre Körper blau und weiß, wenn ein Blitz die Nacht erhellte. Der Donner wurde leiser, das Unwetter verging. Sie lagen nebeneinander, zu erschöpft und glücklich, um einschlafen zu können.

Abris spürte, dass der Regen schwächer wurde, bevor er tatsächlich nachließ. Er ballte die Fäuste und stieß sie mit einem Triumphschrei in den Himmel. Dann drehte er sich ruckartig um und lief mit weit ausholenden Schritten auf den Wald zu. Als er die Waldgrenze erreichte, ging der Regen in feinen Sprühregen über, und als Abris über den Waldweg stolperte und von biegsamen Zweigen gepeitscht wurde, tropfte nur noch vom regensatten Blätterdach des Waldes Wasser auf ihn nieder.

Seine Haut brannte wie Feuer, und in sein Triumphgefühl mischte sich Panik. Die Luft um ihn krächzte und knarrte, als ob sich unterschiedliche Strömungen wie Felsblöcke aneinander reiben würden.

Die Luft war nicht sein Element – nie gewesen. Er stürzte etwa fünfzehn Meter vor dem Ufer zu Boden und schrie vor Schmerzen. Das Wasser war nahe, und wenn er durch tiefe Schlammpfützen kroch ... Er schöpfte mit der hohlen Hand Wasser aus einer tiefen Regenlacke und benetzte sein Gesicht. Sein Herz schlug wie verrückt – er spürte den Herzschlag hinauf bis zum Hals, nein, bis zu den Schläfen, einfach überall. Und die Schlitze seitlich in seinem Hals brannten und kräuselten sich.

Kai kuschelte sich von hinten an Martin. So blieben sie etwa zwanzig Minuten lang liegen. Als Martin am Atem hörte, dass Kai eingeschlafen war, zog er sich Kais rechten Arm herüber, legte seine Hand auf Kais Hand und schlief lächelnd ein.

Abris' Haut dampfte. Seine Haare färbten sich weiß. Er wimmerte, und aus seinen Augen tropften rote Tränen. Er grub die Fingernägel in den aufgeweichten Boden und zog sich zentimeterweise näher zum Ufer. Seine Brustmuskeln verkrampften sich, er konnte nicht mehr atmen. Er starrte verzweifelt in den Himmel und betete im Takt seines Herzens: *Bitte jetzt noch nicht. Bitte jetzt noch nicht. Bitte jetzt noch nicht.*

Der Schmerz hüllte ihn vollkommen ein, wie ein Kokon aus Feuer und Säure. Er würgte Galle und Blut. Er krallte und zog sich Stück für Stück weiter. Er riss sich die Fingernägel blutig. Aber das Schlimmste war: Er fing an, sich zu verflüssigen. Abris wusste nicht, wie lange er noch Zeit hatte, ehe er sich in Wasser verwandeln und sich mit dem Schlamm vermischen würde.

Er erreichte die Schottersteine und drehte sich mit letzter Kraft und einem bitteren Schrei seitlich. Das war seine letzte Chance. Er spannte noch einmal die Muskeln und rollte längsseits ins flache Wasser. Unter Wasser griff er in den Schotter und zog sich tiefer hinunter, bis sein Körper völlig mit Wasser bedeckt war. Nach drei Minuten ließ er los und trieb schlaff an die Oberfläche.

Abris machte ein paar unbeholfene Schwimmbewegungen vom Ufer weg.

Er fühlte sich so geschwächt, dass er sich mit ausgebreiteten Gliedmaßen auf der Wasseroberfläche treiben ließ. Die Schmerzen waren fort. Aber diese zaghafte Schwäche, die Mutlosigkeit hatte sich tief in sein Herz gegraben. Durch seine halbgeschlossenen Augen sah er die gebückte Gestalt eines Mannes am Ufer entlanggehen. Abris blinzelte. Er war noch immer da, war stehen geblieben und sah nun zu ihm hinaus aufs Wasser. Normalerweise würde Abris mit einem Blinzeln in die Tiefe verschwinden, doch all die Kraft, mit der er das hätte tun können, war am Horizont seines neuen Lebens verschwunden. Der Mann sagte etwas. Abris verstand nicht, und hob den Kopf etwas an. Das Wasser lief aus seinen Ohren, es knackte. Er starrte den alten Mann, der sich auf seinen Stock lehnte, an und wartete, ob er noch etwas sagen würde. Und das tat er auch:

„Ihr Halbwüchsigen seid wirklich alle vollkommen verblödet. Bei einem solchen Scheißwetter im See baden gehen. Wer bist du überhaupt? Und von wo? Bist du aus Tieschen? Gib Antwort, du kleiner Scheißer!“

Abris dachte: Wenn du noch näher ans Wasser kommst und auf den nassen Steinen ausrutscht, könnte es sein, dass du mich bald sehr gut kennenlernst. Er war entsetzt, wie bitter dieser Gedanke in seinem Kopf nachhallte. Und wie sehr dieser neue Unterton seiner wahren und eigentlichen Natur widersprach. Er verzog das Gesicht und ließ sich in die Tiefe des Sees gleiten, ohne dem alten Mann erkennen zu geben, dass er ihn überhaupt wahrgenommen hatte.

Kapitel 10

Gegen halb fünf Uhr morgens schälte sich Kai vorsichtig aus Martins Umarmung. Martin murrte etwas im Schlaf, griff nach ihm und glitt ab. Dann drehte er sich herum, und kuschelte sich in die von Kai gewärmte Stelle. Kai blieb noch eine kurze Weile auf der Bettkante sitzen, stützte das Kinn auf die Hand und sah Martin an. Martin hatte eine ebenso merkwürdige wie liebenswerte Angewohnheit: Wenn er schlief und die Lage wechselte, zog er sich den Zipfel des Kopfpolsters mit den Zähnen zurecht. Kai fand das zum schießen, aber voll, und lächelte.

Ein paar Minuten später war er angezogen und sah zum Fenster hinaus. Die ersten Vögel begrüßten den jungen Tag, im Osten hob der Morgen ein Lid und blinzelte zart rosa Licht in den Himmel.

Er verließ lautlos das Zimmer, flüsterte wie ein Nachtfalter die Treppen hinunter und verließ das Haus.

Max Freimuth sah aus dem Fenster seines Gästezimmers dem jungen Mann nach, der beschwingt mit angezogenen Ellenbogen die Gasse hochlief, und seufzte. Nicht, dass er an Martins Tür gelauscht hatte, hatte er zwar doch irgendwie, aber nur für einen Augenblick – wirklich nur einen kleinen Augenblick, in dem er sofort erfasste, was hinter dieser Tür vor sich ging. Es war eines, zu akzeptieren, dass man alt wurde und keine Chancen mehr hatte, von einem Jungen begehrt zu werden. Aber es war etwas völlig anderes, zwei dermaßen schöne junge Männer hinter einer Tür zu wissen, und gedämpft die Geräusche zu hören, die intensiver und guter Sex so mit sich bringt: Leises Stöhnen, in dem ein Zittern wohnt, das Knarren des Betts, feuchte Geräusche, ein Schlürfen da, ein nasses Saugen dort.

Alt zu werden war nicht fair. Es war einfach nicht fair, zu all diesen Gefühlen in der Lage zu sein, aber von denen, die man begehrte, nicht gewollt zu werden.

In Würde alt zu werden, erwachsen und weise zu sein, klar. Prima Idee. Aber was schert sich die Sehnsucht um die Vernunft?

Kai hätte auf der schmalen Gasse direkt unter der Kirche zum Haus seiner Eltern zurückgehen können, stattdessen schlug er den Weg durch den Wald ein. Im Wald beim See hatte alles angefangen, der Wald war ein guter Ort, der See ebenso. Und im Morgenlicht, dachte Kai …

Eine samtene Nebelschicht, die im frühen Licht wie Perlmutt schillerte, lag über dem See und zog sich in weißen Fäden durch den nahen Wald, schien sich an die Stämme der alten Bäume zu klammern. Es war still bis auf vereinzelte Vogelrufe und ein träges Tröpfeln. Kai fühlte sich so glücklich, dass er am liebsten gebrüllt hätte. Oder gekichert, einfach kindisch gekichert.

Aber das blieb ihm im Hals stecken, als er den weißen Körper auf der Oberfläche des Sees treiben sah. In der Mitte hatte sich der Frühnebel etwas gelichtet, der Wald roch erdig, nahe dem See war die Luft fast grün vom Moosgeruch. Und da draußen trieb ein lebloser Körper.

„Abris? Bist du das? Abris?"

„Also Abris heißt der Junge?"

Kai erschrak und stolperte zurück. Ernst Kratochwil stand seitlich hinter einem Baum, stützte sich auf einen Stock und trat hervor: „Und? Hast du endlich Frieden geschlossen mit dem jungen Stolz? Ihr solltet Freunde sein, wirklich …"

„Herr Kratochwil, sie kennen den … Jungen da draußen?"

„Ja, was auch immer er oder es ist. Bin mir da ganz und gar nicht sicher. Vor ein paar Minuten hat er den Kopf gehoben und herüber gesehen. Vorher war er fast zwanzig Minuten unter Wasser. Bitte wie geht denn sowas? Hat der eine Taucherausrüstung da drunten? Brenner, red mit mir. Der blasse kleine Scheißer da draußen ist mir unheimlich."

Kai holte Luft, öffnete den Mund, schloss ihn wieder und dachte nach.

Ernst Kratochwil sagte: „Na?"

Kai sagte, bevor er den Gedanken zu Ende gebracht hatte: „Er ist kein Mensch. Er ist ein Geist, der momentan da im See lebt. Er sagt, er sei ein Elemental. Ein Wassergeist, der Menschen, die im See ertrinken, hilft, ohne Angst und Schmerz ins große Blau zu gehen. So hat es mir zumindest Martin erklärt. Und ich glaube es. Aber jetzt stimmt etwas nicht mit ihm. Er sieht anders aus, schwächer. Irgendwie krank. Scheiße, wieso erzähle ich Ihnen das alles?"

Kratochwil kicherte: „Weil du weißt, dass wir alten Deppen Geschichten lieben und weil, wenn's nach euch jungen Leuten geht, eh zu dämlich sind, so etwas zu verstehen. Ich war im Krieg, Scheißerchen.

Ich habe in den Bergen Kannibalen gesehen, die junge Soldaten mit ihren eigenen Eingeweiden erwürgt und verschleppt haben. Komm mir nicht mit esoterischer Hirnwichserei. Ich dachte schon, dass das kein Mensch ist. Ich frage mich nur, warum ich erst jetzt so etwas erlebe, wenn jeder Schritt, den ich mache, ein Schritt Richtung Grab ist, Scheiße noch mal!"

Kai lächelte rasch und nervös, ging auf den Schottersteinen ein paar Schritte Richtung Wasser und nestelte sein Mobiltelefon aus der Schenkeltasche seiner Armeehose. Ohne auf die Tasten zu sehen, drückte er die Schnellwahltaste mit Martins Nummer.

Eine verschlafene Stimme: „Hallo?"

„Martin, komm sofort zum See. Ich glaube, mit Abris stimmt was nicht. Ich glaube, er stirbt, oder so. Er ist schwach und reagiert überhaupt nicht. Ich hab ihn ans Ufer gezogen und …"

„Kai, Junge?"

Kai wurde totenblass und sah aufs Display. Er hatte die Nummer seines Vaters gewählt. Er überlegte nicht lange, nahm das Telefon wieder hoch und sagte heiser: „Es ist der Junge aus dem See. Er stirbt. Glaube ich. Ich wollte eigentlich Martin anrufen, weil …"

„Was fehlt ihm? Ist er verwundet oder was?"

Kai nahm das Handy vom Ohr und starrte es verblüfft an, dann hielt er es sich wieder an die Wange und sagte: „Er ist blass, kraftlos, keine Verletzungen, ich weiß es einfach nicht. Vater, keinen Rettungswagen, keine Polizei, bitte. Wenn du jemals etwas für mich tun wolltest, dann bitte tu es jetzt, ja? Vielleicht hilft Medizin, was weiß ich – irgendetwas Antibiotisches. Ich ruf jetzt Martin an, tschüss."

Er beendete die Verbindung und achtete diesmal genauer darauf, welche Kurzwahltaste er betätigte. Es piepte fünfmal, bevor Martin abhob: „Kai, um Himmels Willen, ich bin grad erst wieder eingeschlafen. Was'n los?"

„Abris. Ich glaube, er stirbt. Und ich hab keine Ahnung, was ich machen soll. Ich hab irrtümlich meinen Vater angerufen, er ist auf dem Weg hierher zur Lichtung. Wir müssen jetzt einfach ein paar Leute einweihen, uns wächst das über den Kopf, kapierst du das?

„Wie was? Bist Du am See? Ich, äh, ich … Dein Vater kommt zum See, kein Scheiß? Verdammt, verdammt, ich zieh mich an. Ich sag's meinem Paps. Wenn Ma mich fragt, sag ich einfach, du hättest ein Problem – ein Jungenproblem oder so, was weiß ich, ich saug mir was aus den Fingern. Bin gleich bei dir."

Und so kam es, dass sich an diesem Samstag um sechs Uhr früh eine merkwürdige Versammlung am See einfand. Sechs Leute standen am Ufer des im Morgenlicht dampfenden Waldsees und sahen zu einem totblassen Jungen mit grünlichen Haaren, der nackt im Wasser trieb und aus halbgeschlossenen Augen zu ihnen hoch sah. Frau Brenner stand neben ihrem Mann, hakte sich bei ihm ein. Martin stand mit zusammengepressten Lippen neben Kai. Ernst Kratochwil kniete neben Abris und legte ihm die Hand auf die Stirn. Er sah zu den Leuten hoch und sagte leise: „Verdammte Scheiße, der glüht wie ein Ofen."

Martins Vater sah zu Abris, dann zu Martin: „Erklär mir das bitte. Was ist das für cin Junge? Wieso liegt er im Wasser? Und was sind das für Muster, die sich auf seiner Haut bewegen?"

Jetzt sahen alle zu Martin. Er hatte sich nur eine Jogginghose und ein weißes Tanktop angezogen. Ihm hingen die ungemachten Haare wirr ins Gesicht. Er erklärte es ihnen.

Martins Vater flüsterte: „Ein Geist. Echt jetzt, das ist heftig."

Martin und Kai nickten synchron.

Ernst Kratochwil mühte sich hoch, seine Knie knackten wie brechende Äste. Er sah Abris an, dann Martin: „Du sagst, deine Trauer hätte ihn dazu gebracht, zu kommen und diese menschliche Form anzunehmcn?"

Martin nickte.

Mehr zu sich selbst fuhr Ernst Kratochwil fort: „Vielleicht gibt ihm gerade das Kraft. Die Trauer. So eine Art Vampir, der Schmerz und Trauer saugt und die Leere mit etwas Gutem füllt."

Martins Vater sagte leise: „Du hast für ihn die Sachen aus der Küche mitgehen lassen, ja? Mutter dachte schon, du wärst auf dem Gesundheitstrip. Oder würdest mit deiner sozialen Ader einen Obdachlosen versorgen – wenn die wüsste, Jesusmariaundjosef."

Martin nickte: „Genau."

Rüdiger Brenner löste sich aus der zaghaften Umarmung seiner Frau. Er sagte: „Er dürfte nicht hier sein, er dürfte gar nicht sein. Es ist uns nicht bestimmt, zu wissen, dass es so etwas gibt. Wir Menschen sollten glauben, wir sollten hoffen ..." Er wurde immer leiser, bis er nur noch die Lippen bewegte. Frau Brenner flüsterte: „Aber er ist nun mal hier, und er braucht Hilfe. Aber wer sind wir denn schon, zu glauben, ihm helfen zu können?“

Martins Vater nickte und sagte: „Und wer sind wir denn schon, dass wir ihm die Hilfe verweigern könnten?“ Er sah Martin an. „Deine Trauer hat ihn sozusagen erst erschaffen, ja? Vielleicht gibt ihm das die Kraft, die er braucht. Erinnerst du dich, was ich dir über die Steine gesagt habe, Timmi? Über die Steine, die du in den See wirfst, um deinen Bruder würdig zu vergessen?“

Martin nickte, ballte die Hände zu Fäusten, entspannte sie, ballte sie …

„Du hast bis jetzt getrauert, aber du hast nie formuliert, was dich wirklich bedrückt. Es ist nicht nur, weil dein Bruder gestorben ist, unser Thomas. Da ist mehr. Und wenn du diesem Wesen helfen kannst zu überleben, dann kannst du dir vielleicht selbst helfen und endlich aussprechen, was es wirklich ist. Sag es jetzt, und beerdige nicht nur deinen Bruder, sondern auch deine Trauer.“

Martin sah die Menschen am Ufer des See an, flüsterte gepresst: „Ich kann das nicht. Das tut so weh. Und wenn ich es sage, werde ich … ich weiß nicht.“

Abris flüsterte: „Martin. Komm zu mir. Sag es nur … nein, sag es nicht mir. Sag es zu ihm, deinem Bruder. Dein Vater hat recht. Du musst es sagen. Wenn es mir nicht … wenn es mir nicht helfen kann, dann hilft es vielleicht dir. Tu es.“

Martin blieb noch einen Moment unschlüssig stehen, starrte in den nebeligen Wald. Dann kickte er sich die Schuhe von den Füßen und ging über den Schotter zur Wasserlinie. Dort schlüpfte er aus der Sporthose, zog sich das Tanktop über den Kopf und ließ es fallen. Noch einmal zögert er, dann nahm er Abris' Hand und zog ihn weiter hinaus, in die nebelige Stille des Sees. Abris glitt wie ein Stück Treibholz hinter Martin her. Er blieb stehen, als er bis zur Brust im Wasser stand. Mit seinem linken Arm unterfasste er Abris' Nacken und drehte ihn im Wasser etwas zur Seite. Mit der rechten Hand streichelte er ihm die Stirn. Als er leise zu sprechen begann, sah er weder Abris an, noch die Menschen am Ufer, die gebannt zu ihm hinaussahen. Er starrte in den sich lichtenden, im Morgenlicht weiß schimmernden Nebel am anderen Ufer drüben. Obwohl er leise sprach, war jedes Wort deutlich zu hören:

„Hallo, Tommi. Es tut mir so leid, dass ich dich nicht beschützen konnte. Ich wünschte, ich wäre da gewesen, ich wäre mit dir zum See gegangen. Du weißt, ich wollte mit Horst und Stefan ins Kino, diesen

Film sehen. Und du hast gesagt, ich soll mit dir zu der Party am See kommen, und am nächsten Tag mit dir den Film ansehen. Und ich war so stur.“

Rüdiger Brenner nickte Rudolf Stolz zu. Sein Blick sagte: Ich verstehe jetzt, ich verstehe dich.

„Ich bedauere ständig, dass ich nicht da gewesen bin, weißt du? Ich vermisse dein Gesicht, deine Scherze und dein Lachen, und ich vermisse das alles, weil ich an diesem Abend nicht bei dir war. Tommi, ich fühle mich so verloren ohne dich, alles im Haus erinnert mich an dich, alles, was du repariert hast, für mich gebastelt hast, die Schuhe, die du mir geschenkt hast, dein Atem ist noch im Haus.“

Abris' Augen leuchteten kraftvoller. Die Tätowierungen bewegten sich schneller. Er hob den Arm und legte Martin die Hand auf den Nacken, schmiegte sich an ihn. Martin weinte, sprach aber weiter – heiser und leise:

„Ma und Pa lieben dich, und es ist so grausam zu sehen, wie sie leiden, wie das Haus an Würde verloren hat, weil es nicht mehr von dir erfüllt ist, sondern sich nur noch an dich erinnert. Wie alles stiller geworden ist, weil du nicht mehr da bist. Ich liebe dich, Tommi, ich liebe dich so sehr.“

Abris streckte sich, rekelte sich im Wasser, spannte die Muskeln. Martin sah noch immer in den nebelgefüllten Wald. Er fühlte sich besser. In seinen Mundwinkel war der Hauch eines Lächelns. Abris löste sich sanft aus Martins Griff und schwamm ein paar Meter von ihm weg. Er sah ihn an und sagte heiser: „Du wirst ihn nie vergessen. Aber die Erinnerung wird dir nie wieder wehtun. Es ist verrückt und wunderbar, dass deine Trauer mir Kraft gibt. Aber so ist es. Danke, Martin. Ich danke dir.“

Teil 2: Komm, süßer Mond

Kapitel 11

Jorden de Schuil hatte in seinem Leben viele Wunder gesehen, und oft sagte er im Scherz, sein Leben sei eine tiefe Truhe voller Rätsel und Mysterien. Seine Frau Diane hatte wenig Verständnis für Jordens verträumte Sicht auf das Leben. Sie war ihr Leben lang praktisch veranlagt gewesen, und wenn sich Jorden die Wahrheit eingestand, war sie nur zweimal im Leben romantisch gewesen: einmal bei ihrer Hochzeitsreise. Im Panhans Hotel am Semmering in Österreich. Und 1951, als sie sich kennengelernt hatten.

Das war lange her, und zwischen diesen zaghaften Ausbrüchen in die Romantik und ihrem Eingeständnis, dass sie tatsächlich sterben könnte (3 Tage, bevor sie für immer ihre Augen schloss), war sie praktisch und dominant und grundsätzlich abweisend gewesen.

Für Jorden bedeutete das ein durch seine Frau reglementiertes Leben – was nicht wirklich schlecht gewesen war. Jorden de Schuil war nicht nur sein Leben lang ein Träumer und Fantast gewesen, sondern auch ein Mann, der gerne und oft trank, und sich bei jeder bietenden Gelegenheit kiffte. Selbst jetzt, jenseits der Siebzig, rauchte er noch hin und wieder einen Joint, wenn er am kilometerlangen Strand von Zandvoort spazieren ging.

Jorden und Diane de Schuil hatten über vierzig Jahre lang in einem Reihenhaus in Zandvoort gelebt – zum Glück weit genug weg von der Rennstrecke, um den Lärm nicht zu hören, wenn die Rennsaison wie ein Unwetter über die kleine Stadt hereinbrach.

Diane de Schuil war nach langem Leiden im November des vorigen Jahres in ihrem Bett gestorben. Jorden hatte sie bis zuletzt gepflegt und auch ihre geistesabwesenden Schrullen mit bewundernswerter Ruhe ertragen.

Als sie tot war, empfand er Erleichterung. Und war erschüttert, dass er wegen dieser Erleichterung Schuldgefühle hatte. Sie war tot, aber sie war in allem anwesend. Sie erfüllte noch alles mit ihrer Präsenz. Und als diese trügerische Gegenwart sich im Januar oder Februar zu verflüchtigen begann, wurde sie durch eine merkwürdig undurchdringliche Leere ersetzt, die nicht weichen wollte – und sich auch durch nichts ersetzen ließ.

Jorden fühlte sich orientierungslos und ständig wie betrunken – er hätte jetzt nach ihrem Tod jederzeit wieder zu trinken anfangen können, aber mehr als ein oder zwei Flaschen Bier am Tag trank er einfach nicht. Der Arzt hatte ihm Trittico und Temesta verschrieben, um in der ungewohnten Einsamkeit einschlafen zu können. Und damit klappte es auch ganz gut – mit dem Einschlafen.

Seit ihrem Tod hatte er keine einzige Nacht durchgeschlafen. Er wachte drei- bis viermal pro Nacht auf, wanderte im Haus herum, brühte sich Tee auf oder setzte sich in den hinteren Garten des Reihenhauses und versuchte, im Geklingel der Windspiele, die er im Lauf des Jahres gebastelt und mit Drähten an den Bäumen befestigt hatte, Ruhe zu finden.

Das klappte nur manchmal. Oft zog er sich an und schlenderte hinüber zum Strand, um dort in der Dunkelheit zwei, drei Stunden spazieren zu gehen. Oder er stapfte durch den Sand Richtung Norden zu einer der Openair Discotheken, setzte sich in sicherer Entfernung und außerhalb der rotierenden Lichter in die Dunkelheit und sah den jungen Leuten beim kiffen, trinken und küssen zu, ohne sich dabei wie ein Voyeur zu fühlen.

Jorden de Schuil musste sich eingestehen, dass das Haus ohne Diane nicht mehr sein Haus war. Es war erfüllt mit bleierner, unnachgiebiger Leere und drängte ihn immer mehr zurück.

Zu seinem mittlerweile fünfzigjährigen Sohn, der inzwischen selbst Kinder hatte, zwei erwachsene Töchter, einen fünfzehnjährigen Sohn, Nils, wollte und konnte er nicht ziehen. Die Familie wohnte in Utrecht. Es gab keinen Kontakt mehr, bis auf die pflichtschuldig-höflichen Postkarten an Geburtstagen und zu Weihnachten.

Die Leere des Hauses, die ihm kaum noch Platz ließ, war einer der Hauptgründe, warum er nach einigem Überlegen seinen Sommerurlaub bei der Familie Stolz in Königsberg wahrnahm. Und diesmal nicht nur für die üblichen zwei Wochen. Er wollte acht Wochen bleiben – vielleicht auch, um der Leere in seinem Haus die Chance zu bieten, sich zu verflüchtigen wie ein übler Geruch. Gebucht hatte er zwar nur vier Wochen, aber er dachte, es könne kein Problem sein zu verlängern.

Ein weiterer Grund war: Er wollte aus dem Flachland raus, in hügeliger Umgebung spazieren gehen. Und es gab noch einen Grund. Er dachte nicht wirklich über diesen Grund nach, aber er war da und zeigte sich im ersten Ansatz als leiser, hartnäckiger Flüsterer.

Es hatte mit einem Erlebnis in seiner Kindheit zu tun. Er war in der kleinen Ortschaft Balkbrug aufgewachsen, und er hatte sich als Kind und Jugendlicher immer glücklich geschätzt, in diesem so waldarmen Land in einem Ort zu leben, der nur einen Steinwurf weit von einem kleinen, aber feinen Wäldchen war. Einem Märchenwald mit zwei kleinen Weihern in der Mitte. Mit dem Fahrrad war man in zehn Minuten dort.

Im Winter war es nie kalt genug geworden, um eine Eisschicht zu bilden, im Sommer war das Wasser schon im Juni zu warm, um darin Erfrischung zu finden. Und es war ein kleiner Teich der Kinder und Jugendlichen. Man sah dort nie Leute, die älter als achtzehn oder neunzehn Jahre waren. Irgendwie schienen die Menschen jenseits der Zwanzig den Waldsee einfach zu vergessen.

Dabei war das ein wunderbarer Ort für kleine Lagerfeuer, fürs Biertrinken, erste Küsse und Gruselgeschichten. Am Ufer dieses Waldsees hatte er im September 1950 Diane kennengelernt, die mit ihren Eltern die Schwester ihrer Mutter in Den Oosterhuis besuchte.

An den lauen Abenden waren sie gemeinsam nackt im See geschwommen, hatten sich am Ufer zitternd aneinandergekuschelt und in langen Gesprächen unter dem Sommermond zueinandergefunden, wie zwei lang getrennte Teile eines großen Ganzen. Zumindest für einen Monat. Dann war sie mit ihren Eltern nach Hause abgereist und das Jahr bis zu ihrem Wiedersehen zog sich endlos in die Länge.

Im Herbst 1951 hatten sie sich verlobt. Ein weiteres Jahr später waren sie verheiratet und in eine kleine Wohnung nach Haarlem gezogen, weitere vier Jahre später in das große Reihenhaus in Zandvoort. Von seinem Gehalt als zweiter Hafenmeister im Amsterdamer Hafen hatten sie das Haus bezahlt; ihrer Wirtschaftlichkeit aber war es zu verdanken, dass sie nicht nur immer genug Geld hatten, sondern dass er nun als Rentner und Witwer seine verbleibenden Jahre in finanzieller Sicherheit verbringen konnte.

Und so kam es, dass Jorden de Schuil am Montag, dem zweiten Juli, um sieben Uhr morgens einen KLM Flug von Schiphol Amsterdam nach Wien Schwechat nahm, dort mit einem Taxi zum Südbahnhof fuhr, mit dem Zug 11:03 Uhr weiter nach Graz, dort abermals umstieg, und zwar in einen Zug der Steirischen Landesbahn. In Bad Gleichenberg nahm er um 14:30 ein Taxi, war zwanzig Minuten später in Königsberg, und betrat die Pension Königsberger Hof der Familie Stolz.

Der Tag war sonnendurchflutet und windstill. Genauso wie der

Flur, wo sich der Tresen befand. Maria Stolz tippte gerade etwas in den Computer, als sie die Schritte hörte, aufsah, und ihn mit einem warmen Lächeln willkommen hieß: „Jorden, wie schön, Sie wiederzusehen." Jorden war berührt von dieser ebenso unaufdringlichen wie echten Freundlichkeit. Er wusste, dass sie etwas über den Tod seiner Frau sagen würde – dies war ja auch der Grund gewesen, warum sie letztes Jahr nicht hier gewesen waren. Und er wusste, dass er etwas über den Tod ihres älteren Sohnes sagen würde. Er versuchte, dabei so unverfänglich wie nur irgend möglich zu bleiben und sagte: „Danke für den Brief wegen Thomas. Ich wäre wirklich gerne zur seiner Beerdigung gekommen, aber Sie wissen ja – meine Frau ... Sie war da schon in Heimpflege und ich konnte ... nun, ich konnte nicht von ihrer Seite weichen."

Sie lächelte, aber in ihren Augen saß der Schmerz einer Mutter, die eines ihrer Kinder zu Grabe getragen hatte. Sie beugte sich über den Tresen, schob ihm den Zimmerschlüssel zu und sagte leise: „Wie Sie gewünscht haben: ein Doppelzimmer zur Rückseite, im ersten Stock, den Gang geradeaus. Übrigens, wir haben einen Journalisten hier zu Gast. Er soll einen Artikel über die Sommerkurorte in Österreich schreiben. Ich weiß ja, dass Sie sich für Journalismus interessieren. Vielleicht wollen Sie ja mal mit dem Herrn ein wenig plaudern. Draußen, auf der Veranda?"

Er lehnte sich ebenso verschwörerisch auf den Tresen, blinzelte ihr zu und fragte: „Und wie heißt der Knabe?"

„Das ist der Max Freimuth von der ..."

„Ohja, ohja, ohja, den kenne ich. Und ich bin sicher, dass ich eine ganz andere Meinung über seine Artikel habe als er selbst."

„Wie meinen Sie das?"

„Ich glaube, er ist wesentlich besser, als er von sich glaubt. Sonst würde er nicht bei einem solchen Schundblatt arbeiten. Er schreibt gut. Aber er verschleudert sich für diese Hyänen."

Martin wehte gerade wie der frische Wind zur Haustür herein, bremste seinen Galopp und tänzelte mit angewinkelten Armen äußerst ausgelassen und jugendlich im Flur: „Herr de Schuil. Wow, wie schön, Sie wiederzusehen! Wie geht es Ihnen?"

Maria Stolz sah ihren Sohn gespielt entrüstet an und rief: „Martin, redet man so mit einem Gast?"

Jorden lächelte spitzbübisch und hob die Hand: „Ist schon gut so. Lieber Gott! Bist du aber gewachsen. Wie groß bist du jetzt? 1,80?"

Martin nickte grinsend und antwortete: „Auf den Zentimeter genau. Ist das Ihr Gepäck, Herr de Schuil?"

„Ich gehöre ja schon fast zur Familie. Willst du mich nicht endlich duzen und Jorden zu mir sagen? Willst du einem alten Mann diesen Gefallen tun?"

Martin warf einen schnellen Seitenblick zu seiner Mutter, wartete aber nicht ihre Reaktion ab und nickte: „Klar, sehr gerne. Ich nehm dein Gepäck, Jorden, auf geht's. Das Zimmer wird dir gefallen. Die Aussicht auf die Weinberge im Osten ist echt geil."

Jorden ging hinter Martin die Treppe hoch und freute sich fast so, als wäre er wirklich mit Martin verwandt, darüber, wie gut erzogen und wie hübsch der Junge war.

Er schien sogar noch lebendiger als im Sommer vor zwei Jahren. Aber da war er ja auch noch im Schatten seines älteren Bruders gestanden. Jorden biss sich innerlich für diesen unverzeihlich dummen Gedanken auf die Zunge. Thomas war einfach heller gewesen, oder? Oder ließ ihn sein allzu früher Tod jetzt heller erscheinen? Oder hatte er Martin nur deshalb weniger deutlich in Erinnerung gehabt, weil er ihn seltener gesehen hatte?

Jedenfalls war Martin aufgeblüht, und Jorden dachte, dass dies nicht unbedingt mit dem Tod seines Bruders zu tun haben musste. Er trug zwar noch immer seine schwarzen Klamotten und hatte diese komische Frisur, aber da war etwas Neues in seinem Gesicht, eine neue Lebendigkeit, die ihn überaus attraktiv machte.

Oben, vor der Tür zu Jordens Zimmer, sagte Martin noch stolz zu ihm, dass er alle Prüfungen der Hotelfachschule mit Bravour bestanden hatte. Jorden gratulierte ihm herzlich.

Später, als Martin ihm einen schönen Aufenthalt gewünscht hatte und gegangen war, wuchtete Jorden seinen Koffer aufs Bett, ging zum Fenster und sah hinaus auf den hinteren, zum Swimmingpool leicht abfallenden Garten. Ein kleiner, dicklicher Mann saß am Beckenrand und plätscherte mit den Beinen im Wasser. Das musste der Freimuth sein. Das Wasser sah frisch und verlockend aus, die Wellen funkelten im Sonnenlicht. Im Schatten unter einem Apfelbaum saßen zwei junge Leute. Ein dunkelhaariges Mädchen und ein hellblonder Junge. Sie waren in etwa in Martins Alter. Das Mädchen hatte einen dunkelbraunen Bikini mit Goldschnallen an, der Junge trug eine schneeweiße Bermudashort, die sich auf seinem leicht gebräunten Körper gut machte. Martin kam aus dem Haus und lief mit schlaksigen Schritten zu ihnen, winkte dem Mann am Pool zu und ließ sich mit einem übermütigen Purzelbaum auf die Wiese fallen.

Jorden dachte: Wenn ich das machen würde, würde ich mir das Genick brechen, verdammt noch mal. Und dann lachte er über das ganze Gesicht und freute sich, dass er da war.

Was für ein Sommer! Was für schöne, junge Menschen! Was für ein kühles, schönes Zimmer! Und Himmel nochmal: Was für ein verdammt verheißungsvoller Pool!

Er klappte den Koffer auf, holte sich leichte Sommerwäsche heraus, die man als Fünfundsiebzigjähriger am Pool tragen konnte, und beschloss, jetzt ganz einfach am Beckenrand ein gutes, österreichisches Bier zu trinken. Am besten mit einem Buch von Cees Noteboom. Wie wäre es mit ‚Von der Kunst zu reisen'? Er schnappte sich das Taschenbuch aus dem Koffer, klemmte es unter den Arm, schulterte ein Badetuch, steckte sich eine Tube Sonnenmilch, Schutzfaktor 30 in die Hosentasche und pilgerte hinunter zu Sonne, Jugend und Swimming Pool.

Lisa wusste es. Sie hatte es geahnt, als Martin ihr sagte, er wäre jetzt mit Kai befreundet, seinem ehemaligen Erzfeind. Aber seit heute wusste sie es. Allein, wie sie sich ansahen, immer den Blick des anderen suchten und sich unauffällig berührten, wann immer es möglich war. Und da war noch mehr – einiges mochte eine Frau benennen können, noch mehr wahrscheinlich jedoch nicht. Es war etwas an ihrem Geruch, dachte sie. Oder vibrierten und summten sie bloß im Gleichklang? Weder in ihrer Haltung noch in ihrer Mimik gab es einen Rest von Feindseligkeit.

Als sie am Nachmittag vor ein paar Tagen Martins Erregung gespürt hatte, hatte sie gedacht: Wahnsinn, endlich! Endlich gehört er mir! Der sensible hübsche Emo ist mein, halleluja!

Jetzt lag sie zwischen zwei echten Sahneschnitten und wusste, dass sie keinen von beiden haben konnte. Und sie musste zugeben, dass Kai sehr gut aussah, wenn er sich den verkniffenen Ausdruck aus dem Gesicht wischte.

Sie gestand sich auch ein, dass sie kein recht dazu hatte, sich deshalb zu beklagen: Sie brauchte nur an ihre Sammlung von Kurzfilmen zu denken, die sie von youtube.com heruntergeladen hatte. Ausnahmslos Filme, auf denen man schwule Emos sehen konnte, die sich innig küssten. Sie würde sich vermutlich umbringen, wenn Kai oder Martin wüssten, welche Filme sie sich aus dem Internet zog. Was als Notlösung für einsame Stunden gedacht war, in denen sie ihren Vater nicht allein lassen konnte, hatte sich zu einer echten Sammelwut entwickelt. Jetzt hatte sie ihren schwulen Emo in Fleisch und Blut samt Lover vor sich – also, wie damit umgehen?

Sie fragte sich, ob Kai wusste, wie gerne sie Martins Freundin wäre, wie sehr sie sich danach verzehrte, ihn zu küssen, abzulecken, Scheiße, ihm einen zu blasen, bis er darum bettelte, abspritzen zu dürfen. Das waren wenig damenhafte Gedanken, aber in Martins Anwesenheit fühlte sie sich auch nicht wie eine Dame, sondern wesentlich unanständiger.

Ein stämmiger alter Mann kam aus dem Haus und trottete mit Handtuch und Taschenbuch zum Pool. Sie stupste Martin, genoss die kurze Berührung mit seiner verschwitzten Haut und fragte, mit dem Kinn deutend: „Wer ist das?"

Martin drehte sich auf den Bauch, schüttelte sich den Scheitel übers rechte Auge und lächelte: „Das ist Jorden de Schuil. Ein Holländer. Er kommt seit vielen Jahren jeden Sommer zu uns. Heute ist er zum ersten Mal allein hier. Seine Frau ist vor einem halben Jahr oder so gestorben."

Lisa machte: „Ah" und sah zu, wie sich der Mann schwerfällig auf den Waschbetonplatten der Poolumrandung niederließ, seine Blicke schweifen ließ und kurz den anderen Feriengast fixierte.

Was Lisa ein wenig mehr wurmte als die Tatsache, dass sie sich nicht mehr an Martin heranmachen konnte, ohne sich dabei zwischen ihn und Kai zu drängen, war, dass die beiden ganz offensichtlich ein Geheimnis teilten. Und dabei handelte es sich nicht darum, dass sie sich gegenseitig an die Wäsche gingen – und vermutlich wirklich liebten. Da war noch mehr, so als ob ein ständiges Flüstern und Raunen zwischen den beiden die Luft erfüllen würde. Sie fühlte sich wie ein kleines Mädchen, das in einem Feriencamp von der Geheimniskrämerei einer Kleinmädchengruppe ausgeschlossen worden war.

Etwas Ähnliches sah auch Max Freimuth, wenn er versuchte, so unauffällig wie nur irgend möglich zu den drei jungen Leuten hinüberzusehen. Nicht nur, dass sich die Vertrautheit der beiden Jungs wie eine Messerspitze in sein Herz bohrte. Nein, nein, da war noch mehr.

Er beschloss, dass es nun langsam an der Zeit wäre, aktiv zu werden. Er fühlte eine Geschichte, eine wichtige Geschichte. Hier, in diesem kleinen und unwichtigen Ort am Königsberg, im südöstlichsten Teil des Thermenlandes.

Er ließ sich ungeschickt ins Wasser fallen, um einige Längen zu schwimmen.

Ungefähr zu dieser Zeit geschah etwas völlig Unerhörtes in Königsberg.

Es war heiß und still, kein Lufthauch regte sich. Zwei Männer gingen nebeneinander die Kopfsteinstraße hinab, schlenderten über den Busparkplatz hinter dem Kaufhaus und steuerten auf Rigos Erfrischungsstube zu. Diese beiden Männer waren noch nie nebeneinander gegangen. Ernst Kratochwil war der Einzige, der wusste, warum sie so friedlich nebeneinander einhergingen. Pater Walter, der aus seinem Fenster im zweiten Stock des Pfarrhauses sah und die beiden Männer erblickte, wusste es nicht und griff zum Telefon, um die Neuigkeit zu verbreiten.

Als die beiden Männer unten bei Rigos Hütte standen und sich je eine Dose Bier bestellten, wusste halb Königsberg und ein ganz ansehnlicher Haufen Leute in Tieschen, dass der Brenner und der Stolz, sich nun endgültig gegenseitig umbringen, oder ein verdammtes Bier trinken würden.

Kapitel 12

Während Brenner und Stolz eiskaltes Bier aus der Dose tranken und zum ersten Mal, seitdem sie sich kannten, wirklich freundschaftlich miteinander redeten, machte eine zweite Geschichte die Runde, die die Söhne der beiden zum Inhalt hatte. Kurz gesagt, ging es darum, wie auffallend schnell diese beiden so gut aussehenden Jungen sich miteinander angefreundet hätten. Man wolle damit nichts Bestimmtes zum Ausdruck bringen, aber es sei ja wohl unübersehbar, dass die beiden nicht nur sehr gut aussahen, sondern sich auch sehr mochten – nicht wahr?

Rüdiger Brenner und Rudolf Stolz nahmen ihre Bierdosen und schlenderten ein paar Schritte von Rigos Hütte weg zu den Schatten einer Baumreihe, die den Parkplatz von der Straße trennte.

Rudolf Stolz sagte: „Unsere Jungs waren klüger als wir, was? Die haben ihren Streit beiseite gelegt, einfach so. Junge Leute können das vermutlich eher als wir alten Trottel."

Rüdiger Brenner antwortete mit einem Lächeln, trank Bier und schüttelte sich: „Um diese Zeit Bier zu trinken, wir kommen in die Hölle, so wahr mir Gott helfe." Da lachten beide, und man sah ihnen an, wie froh sie waren, dass sie miteinander lachen konnten.

Schließlich war es Rüdiger, der die Frage stellte: „Du. Wie gehen wir damit um? Ich meine, mit dem Jungen im See? Es dürfte ihn nicht geben, das ist nach wie vor meine Meinung als Christ. Aber er ist da, ohne Zweifel. Unsere Jungs wissen es, meine Frau weiß es und der alte Saufkopf weiß es auch. Soviel ich verstanden habe, ist Wasser nicht nur sein Element, sondern er besteht tatsächlich aus Wasser – solange, bis er einen Körper annimmt. Der auch irgendwie aus Wasser besteht. Er altert nicht, weil er aus Wasser ist, oder so, und er stirbt nicht, zumindest nicht, wenn er in seinem Element ist."

„Aber er kann sterben, er wäre beinahe gestorben, glaube ich. Was können wir tun? Ich weiß es nicht. Aber ich weiß, was wir tun sollten."

„Nämlich?"

„Wir übernehmen seine Patenschaft. Wir beschützen ihn, solange er hier ist und nicht zurückkehren kann, wo auch immer das ist, wo er herkommt."

Rüdiger rülpste leise hinter vorgehaltener Hand und echote:

„Patenschaft? Wie jetzt?"

„Wir sorgen für ihn. Martin hat mir gesagt, dieser Elemental sei das, was zwischen uns und dem Himmel steht, ein Führer, ein Begleiter. Du hast es ja gehört: Er nimmt Angst und Schmerz und vermittelt Freude. Kann es eine edlere Aufgabe geben, als genau das zu tun? Und kann es eine bessere Aufgabe für uns paar Leute geben, ihn zu beschützen, uns um ihn zu kümmern?"

Rüdiger Brenner trank sein Bier aus, rülpste abermals, zerknüllte die Dose und warf sie in den Papierkorb beim Schild der Bushaltestelle. Dann orakelte er: „Wohl wahr, wohl wahr."

Abris wünschte sich, er könnte schreiben. In den Tagen nach seiner wundervollen Heilung durch Martins offene Trauer war ihm aufgefallen, dass Martin – wenn er zu ihm an den See kam – immer ein Notizbuch bei sich hatte, in das er schrieb, wenn sie nicht gerade miteinander redeten. Martin hatte ihm erklärt, welchen Sinn ein leeres Buch hatte: „Ich schreibe da Gedanken rein. Was weiß ich – Gedichte und so. Sachen, die ich lieber mit der Hand schreibe. Normalerweise schreibe ich mein Tagebuch im Internet …"

Dass er damit angefangen hatte, entpuppte sich als Fehler, weil Abris schon Schwierigkeiten damit hatte zu verstehen, wozu man Gedanken aufschrieb. Das Internet als virtuelle Welt konnte Abris nicht einmal als Konzept verstehen. Sehr gut verstand er Martins innere Aufgewühltheit, die ihn zum Schreiben trieb. Der Spagat zwischen Kai und Lisa schmeichelte ihm zwar, beunruhigte ihn aber auch. Er war weder abgebrüht noch egoistisch genug, um aus dieser Situation Befriedigung zu ziehen. Heute am Vormittag hatte Martin noch einmal versucht, Abris den Sinn eines Tagebuchs zu erklären: „Vielleicht ist es für uns Menschen wichtig, etwas zu hinterlassen. Seine Spuren zu hinterlassen, Dinge, die uns berühren, festzuhalten. Wenn wir Menschen Kinder zeugen und großziehen, dann geben wir etwas weiter, was die Gesellschaft von uns erwartet. Und in so einem Buch wie diesem hier, kann ich das verewigen, was ich wirklich bin, verstehst du?"

Abris hatte das ansatzweise verstanden. Es gab Erwartungen der Gesellschaft, in der der Mensch lebte. Und es gab die ureigenen Erwartungen und Hoffnungen. Manches davon musste geheim bleiben, oder wie ein Geheimnis behandelt werden, um reifen zu können und an Bedeutung zu gewinnen.

Martin hatte sich von Abris verabschiedet – ihm stand ein ereignisreicher Tag bevor. Ein neuer Gast würde heute kommen, und Lisa und Kai waren bei ihnen zu Besuch, um sich am Pool die Sonne auf den Bauch scheinen zu lassen – wie Martin das ausdrückte.

Das war vor drei Stunden gewesen. Abris hatte ein wenig geschlafen. So wie in letzter Zeit immer, nämlich in zehn Meter Tiefe, die Arme ausgestreckt, waagerecht im dunklen Blau schwebend. Abris erwachte, weil sich etwas geändert hatte. Gerade noch hatte er davon geträumt, seltsame Symbole auf weißes Papier zu schreiben, als er von einem Moment zum nächsten wach war.

Von oben kam ein Gefühl wie: Oh mein Gott, oh mein Gott, mein Herz …

Abris' Haut straffte sich, seine Haare gewannen an Glanz, seine Augen funkelten. Dann der Aufschlag eines massigen Körpers auf der Wasseroberfläche. Bei ihm unten hörte es sich an wie ein Donnerschlag. Jemand war in den See gesprungen. Oder gestürzt. Abris setzte sich rein instinktiv in Bewegung, und schon bevor er die Wasseroberfläche durchbrach, glitzernd im Spätnachmittagslicht, wusste er, dass ihn sein Gefühl wieder getrogen hatte. Hier war niemand in den See gefallen, um zu ertrinken. Die Schwimmbewegungen des Mannes waren viel zu kraftvoll und lebendig, um dem Sterben nahe zu sein.

Leo Schneider arbeitete seit sieben Jahren für die Firma, die am Königsberg Basalt abbaute. Seit zwei Jahren war er Schichtführer. Und gestern Abend hatte er durch Zufall den kleinen kühlen Waldsee entdeckt. Er fragte sich, wie das sein konnte. Er arbeitete hier seit Jahren, war in all den kleinen Ortschaften schon trinken und essen gewesen, hatte lockere Freundschaften geknüpft und hatte sicher schon mehr als einmal den Weg von Tieschen nach Königsberg zu Fuß zurückgelegt, um in einer Kneipe ein paar Gläser Wein mit Mineralwasser zu trinken. Wenn er daran dachte, wie oft er an dem kleinen Waldsee vorbeigekommen war, die Hitze verfluchend, mit dem Staub des Bergbaus in den Haaren, könnte er sich in den Arsch treten, und zwar die ganze Strecke entlang. Diesmal hatte er sich rechts in den Waldweg geschlagen, um einen Abkürzung auszuprobieren. Er wollte zu Rigos Kiosk unten in Königsberg, und die Strecke durch den Wald versprach schattig und minimal kühler zu sein. Es gab noch einen Grund. Wenn er durch den

Wald ging, würde er kaum auf Jugendliche treffen. Er würde es sich selbst nie eingestehen, geschweige denn irgendjemand anderen anvertrauen, aber er hatte Angst vor Jugendlichen. Sie bewegten sich schnell, beweglicher, laut und sie stellten eine Bedrohung da. Jeder wusste das. Besonders ausländische Jugendliche waren gefährlich. Davon konnte man doch ständig in der Zeitung lesen. Wo man auf Jugendliche treffen konnte, war man in Gefahr. Ja, besonders die türkischen Jugendlichen. Die haben doch immer Messer und Schlagringe dabei, nehmen Drogen und überfallen anständige, brave Bürger. Ihm selbst war zwar noch nie etwas passiert, aber das ordnete Leo Schneider in die Kategorie Zufälle ein. Es war nur eine Frage der Zeit, bis er einmal die frech-heiseren Stimmen übertrieben selbstsicherer Jugendlicher hören würde – in einer dunklen Gasse vielleicht. Er hasste Jugendliche, er verabscheute sie. Und er schätzte sich glücklich, dass er hier auf dem Land leben und arbeiten konnte und nicht im Moloch Großstadt dahinvegetieren musste. Wien zum Beispiel. Die Zeitung schrieb tagtäglich über Überfälle, Drogendelikte, Happy Slapping, Vergewaltigungen und Bezirke, die sich bereits fest in der Hand von Ausländerbanden befanden, jugendlicher Ausländerbanden wohlgemerkt. Nur noch Frauen mit Kopftüchern, selbstverständlich alle arbeitslos und arbeitsscheu, immer in einer quäkenden Horde von Kindern und Halbwüchsigen, die einen feindselig anstarrten, wenn man vorbeiging. Oder vor einem ausspuckten – das taten die halbwüchsigen Ausländer ja besonders gerne. Seit neuestem wurden anständige, brave Bürger von diesen Jugendlichen sogar Schweinefleischfresser genannt. Kann man sich sowas vorstellen?

Also besser die Abkürzung durch den Wald nehmen, denn da musste er nicht über den Marktplatz gehen, um zu Rigos Stube zu kommen. Und am Marktplatz neben dem Busparkplatz hingen immer Jugendliche herum, tranken Bier und Alkopops und gröhlten obszöne Heiterkeiten.

Und da hatte er den See entdeckt, ein Traum wie aus einem Werbefilm für Erfrischungen, glitzernd, schattig, grün und ruhig. Niemand da außer ihm.

Er hatte heute schon zwei Liter Wein getrunken, und sein Herz hämmerte im Galopp. Leo schlug sich eine Schneise zum Waldweg und weiter bis zum Ufer. Er trat sich die Schuhe von den Füßen, zog die löchrigen Socken aus, zerrte sich das Arbeitshemd über den Kopf – sein schütteres Haar stand nach allen Seiten weg. Er legte seine Sachen auf einen Haufen, behielt die verschwitzte Unterhose an und seufzte: „Oh mein Gott, oh mein Gott, mein Herz, jetzt gibt's Saures!"

Dann hechtete er ins Wasser, durchschlug die Oberfläche und fühlte sich wie vierzehn. Das war zwar sechsunddreißig Jahre her, aber egal, es klappte fast. Unter Wasser machte er die Augen auf und sah ein weißes Schillern auf sich zurasen. Das war nicht nur ein Lichtreflex im Wasser. Das war die Quintessenz allen Schillerns in allen Wassern dieser Welt.

Er tauchte um sich schlagend auf und keuchte, wischte sich wassertretend die Nässe vom Gesicht, da schoss das Glitzern aus dem Wasser hoch, so, als ob das Wasser hier und jetzt eine feste Form angenommen hatte. Erst beim nächsten Atemzug erkannte er, dass das, was da aus dem Wasser geschossen kam, ein Mensch war. Zumindest ansatzweise. Der schlanke Körper schlug auf dem Wasser auf, tauchte unter, verschwand.

Dann, als Leo Schneider schon bereit war zu glauben, dass ihm sein alkoholvernebelter Verstand einen Streich gespielt hatte, tauchte ein junges Gesicht vor ihm auf. Ein junges Gesicht unter dunkelgrünen Haaren. Dunkle Lippen, halb offener Mund, eine rosige Zungenspitze. Augen wie grünes Glas. Und eine Stimme wie Klang gewordener Rauch: „Hab keine Angst, hab keine Angst. Ich bin da, um dich zu begleiten."

Die Aussprache des Jungen war akzentfrei – dennoch war Leo Schneider davon überzeugt, einen ausländischen Halbstarken vor sich zu haben, der Befremdliches vorhatte. Er sah sich schon einen Leserbrief an die Zeitung schreiben. Oder sterben? Als anständiger, steuerzahlender, braver und kleiner Bürger des schönen Landes Österreich nach einem schweren und harten Arbeitstag beim Baden in einem heimischen Waldsee von einem ausländischen Halbstarken bedroht? Ein grünhaariger Moslem – vielleicht von einer neuen, äußerst gewalttätigen Splittergruppe der Taliban? Das würde er schreiben, ja. Sollte er dies hier unbeschadet überstehen. Oder am besten gleich im Diskussionsforum der Zeitung im Internet eine weitere Diskussion über ausländische Jugendliche anzetteln. Über die Gefahr der Überfremdung, über die Islamisierung Österreichs … Er ahnte zwar, dass seine Begegnung hier im See mit einem Jugendlichen mit all dem, was später vielleicht einmal im Diskussionsforum diskutiert werden würde, nichts zu tun haben würde, was aber egal war. Der Zweck heiligte die Mittel, das war schon immer so.

Der Jugendliche schwebte vor ihm im Wasser, ohne sichtbare Bewegungen. Das war nun doch ein wenig unheimlich. Er legte den Kopf schief und musterte ihn durch halbgeschlossene Augen. Leo Schneider hatte das Gefühl, gemessen und gewogen zu werden. Dann, nach endlosen Sekunden, sagte der Jugendliche: „Dir geht es gut? Du stirbst nicht? Du hast Angst. Aber nicht vor dem Tod, weil hier kein Tod ist. Nur ich."

Leo strampelte mit den Beinen und rief: „Was soll der Scheiß? Hau ab hier! Ich rufe die Polizei, scheiße, und wie ich die Bullen rufen werde, du kleiner Scheißpunk!"

Der blasse Junge (Sicher ein Junkie – nur Junkies waren so blass) schmollte, trieb von ihm weg und presste hervor: „Verdammt, verdammt, verdammt!"

Ohne Luft zu schöpfen, tauchte er unter, maßlos elegant und selbstsicher – und ohne auch nur eine Welle zu verursachen.

Leo Schneider erwartete einen hinterhältigen Angriff von unten. Aber nichts geschah.

Der Wald war weit und still, die Hitze lag auf ihm wie ein Tuch. Er hörte nur sich selbst keuchen; weiter weg das Rufen Erwachsener und das Gezänk von Kindern. Er paddelte und plätscherte zum Ufer, klammerte sich an nassen Wurzeln fest. Außer den Wellenringen, die er selbst verursacht hatte, lag der Waldsee in Stille da. Leo Schneider krabbelte schwerfällig aus dem Wasser, krallte sich ins Gras und zog sich an glitschigen Wurzeln hoch, fluchte still. Sein Herz raste flach dahin. Beinahe regungslos blieb er noch fünf Minuten am Ufer stehen, sah aufs Wasser hinaus. Nirgends heiseres Teenagergelächter, keine Bewegungen, keine Schritte, die durch das Unterholz brachen. Leo Schneider fühlte sich bedauerlicherweise sehr nüchtern, als er sich anzog. Er wusste nicht, ob er mit irgendjemand über diesen Vorfall sprechen würde. Aber er wusste, dass er bei Rigos Stube mehr als nur eine Dose Bier trinken würde. Verdammt viel mehr.

Jorden de Schuil hatte eine alte Weisheit der Schriftsteller übernommen und adaptiert. In ihrem Buch über das Schreiben bemerkte Natalie Goldman, die Hand müsse immer in Bewegung sein. Doppelt und dreifach würde das für die Beine eines alten Mannes gelten, war Jordens Devise. Und so hatte er es sich zur Pflicht gemacht, jeden Tag zu Fuß durch den Wald nach Tieschen zu gehen, um dort in der kleinen

Kantine des Freibades ein Bier zu trinken. Und dann durch den schattigen Wald zurück zur Pension. Fünf Mal war er nun schon hin- und zurückgewandert, ohne dabei eine Menschenseele im Wald zu treffen. Am Ende der Woche jedoch, es war Freitagnachmittag, kamen ihm auf seinem Weg nach Tieschen vier Männer entgegen. Staubige Männer in Arbeitskleidung, verschwitzt und wie ihm schien, außerordentlich wütend. Der Tag war wie die vorangegangenen, still und heiß. Die Männer stapften nebeneinander auf dem Forstweg, blickten grimmig starr geradeaus und machten keine Anstalten, dem alten Mann mit dem Spazierstock auszuweichen oder auch nur Platz zu machen. Jorden, der in seinem Leben unter anderem gelernt hatte, dass es manchmal angebracht war, wortlos zu weichen, schlenderte an den rechten Rand der Straße und drängte sich an den Männern vorbei. Dabei hörte er sie flüstern. Der Dialekt war zu stark ausgeprägt, als dass er hätte verstehen können, wovon sie redeten, aber scheinbar ging es um einen Leo, der von einem grünhaarigen Punk bedroht worden war – wehe, wenn ich den Scheißer in die Finger kriege. Das hatte Jorden verstanden. Die Männer stapften weiter, sahen stur gerade aus. Jorden wartete eine Minute, dann drehte er sich um, um ihnen nachzusehen. Überraschenderweise schlugen sie sich seitwärts in die Büsche. Jorden dachte an das Prepaid Mobiltelefon, das er in der ausgebeulten Jeans hatte, und er dachte daran, dass man kein Held sein musste, und sich nicht in Gefahr begab, wenn man in einer Notsituation die Polizei rief. Er musste ja nicht vor sie hintreten. Aber es war eindeutig: Die Männer waren aufgebracht. Ein grünhaariger Punk hatte einen Mann namens Leo bedroht. Und bei der Bezeichnung Punk dachte Jorden nicht unbedingt an einen zwei Meter großen Kerl mit Sicherheitsnadeln in den Wangen, sondern eher an einen Halbwüchsigen mit gefärbten Haaren, der vielleicht die Frechheit besessen hatte, einen gestandenen Mann zu erschrecken. Vielleicht durch eine anzügliche Geste, oder weil er öffentlich gekifft hatte. Jorden kannte diese Art der Aufgebrachtheit von anständigen und braven Bürgern zur Genüge, um zu wissen, dass die Gefahr eher von diesen Männern ausging, als von einem möglicherweise frechen Jugendlichen. Also machte Jorden seufzend kehrt, strich das Bier im Freibad von seiner Aufgabenliste und folgte den Männern, immer den Blick auf die Stelle konzentriert, wo sie sich rechts in den Wald geschlagen hatten.

Natürlich kannte er den Weg, den die Männer genommen hatten.

Das war der zugewachsene Wanderweg mit den ausgeblichenen Markierungen an den Baumstämmen.

Ihr Ziel war der Waldsee. Jorden versuchte sich eine Geschichte zusammenzureimen, fand aber keinen Ansatz. Grünhaar hatte Leo erschreckt. Leo blies die Geschichte auf, skandalisierte sie vielleicht im trunkenen Zustand, und nun kamen seine Kollegen vom Bau, um Grünhaar zu zeigen, wo der Hammer hängt.

Jorden folgte dem schmalen Pfad beinahe traumwandlerisch. Er hatte sooft von dem Pfad geträumt, seitdem seine Frau verstorben war, dass es ihm nun wie ein Traum erschien, als er tatsächlich zum See gelangte.

Die vier Männer standen am Ufer und warfen Steine und abgebrochene Äste ins Wasser. Sie lachten heiser und einer schrie:

„Komm raus, du beschissener Punk. Dir werden wir beibringen, anständige Leute zu bedrohen!“

Ein anderer rief mit unterdrückter Freude an der Bosheit: „Zeig dich schon, du Schwanzlutscher. Mal schauen wie mutig du bist, du ... du ... Drogenficker!“

Jorden fand den Begriff ‚Drogenficker’ so absurd, dass er beinahe laut losgelacht hätte. Er schlug sich die Hand vor den Mund und schluckte das Lachen hinunter.

Ein anderer rief drohend: „Willst du sterben? Dann komm raus, Punk!“

Und dann geschah etwas: Es wurde stiller. Die Konsistenz der Luft war plötzlich grobkörnig und doch schärfer. Der Wald hüllte sich noch tiefer in Schweigen. Jorden war sprachlos. Aus irgendeinem Grund waren mit einem Schlag alle Vögel verstummt. Das einzige Geräusch, das er hier hören konnte, war sein eigenes Herzklopfen, und das entfernte Rauschen einer befahrenen Straße. Jorden schlich sich auf die Distanz von drei Bäumen näher heran und sah, was nicht möglich sein durfte – zumindest aber zu märchenhaft aussah, um echt zu sein. Wie in Zeitlupe tauchte eine weiße Gestalt im See auf, schnellte bis zum Schamhaaransatz aus dem Wasser und ließ sich mit unnachahmlicher Eleganz zurückfallen. Und ja, das Wesen hatte grüne Haare. Jordens Herz setzte zwei Schläge lang aus und er dachte: Oh nein, ich falle hier nicht um. Nein!

Es war ein Junge. Blass, merkwürdig, grünhaarig, grünäugig. Ein Punk? Wenn man sich auf die grünen Haare beschränkte, vielleicht. Vor allem aber wirkte der Junge im Wasser absolut nicht aggressiv oder gefährlich. Eher so märchenhaft wie ... ja, wie der ganze See. So als ob er aus ihm geboren worden war. Jorden schwitzte und seine Hände zitterten, als er sich aus der relativen Sicherheit des Baumstammes hervor entfernte und sich um einen weiteren Baum näher an den See heran wagte.

Der Junge lag bäuchlings im Wasser und sah zu den Männern hoch. Sein Gesicht drückte milde Neugier aus, jedoch kein bisschen Angst oder Scheu. Er lächelte sogar. Er fragte: „Wer seid ihr? Was wollt ihr?"

Zwei der Männer preschten vor, sprangen samt Schuhwerk ins knietiefe Wasser und packten ihn bei den Händen, einer sagte mit heiserer Stimme: „Dir bringen wir Manieren bei." Sie zogen ihn an den Armen hoch und zerrten ihn an Land.

Jorden dachte: Das können die doch nicht machen, das ist ja fast eine Vergewaltigung!

Dann fing der Junge an zu schreien. Und Schreien traf es nicht wirklich. Er kreischte gellend. Er wand sich zappelnd wie ein Fisch. Die Männer erschraken, einer lachte etwas zu laut auf, um wirklich amüsiert zu sein. Und die Haut des Jungen dampfte!

Jorden sprang so schnell es seine alten Knochen erlaubten, hinter dem Baum hervor, wedelte mit dem aufgeklappten Handy und rief so deutlich er konnte: „Lasst den Jungen los. Oder ich rufe die Polizei!"

Der Junge flutschte aus ihrem Griff und hechtete zurück ins Wasser, schwamm mit unglaublicher Geschwindigkeit zehn Meter vom Ufer weg und sah dann völlig verschreckt und schwer atmend zu den Männern, die nicht wussten, wohin sie zuerst sehen sollten – zu ihm hinaus auf den See oder zu dem alten Mann, der ihm zu Hilfe gekommen war.

Der Junge im See sah zu den Männern, mit einer Miene, die Angst und Zorn ausdrückte. Dann blinzelte er Jorden zu. Und da war ein Hauch von Milde und Dankbarkeit. Jorden blinzelte zurück – zu spät. Der Junge mit den grünen Haaren tauchte unter und verschwand, sanfte Wellen zurücklassend.

Bevor die Männer auf die Idee kamen, ihren angestauten Frust an diesem alten Mann zu entladen, schritt Jorden de Schuil obeinig auf seinen Stock gestützt ins Halbdunkel des Waldes Richtung Königsberg. Er hörte sie hinter sich fluchen und durchs Geäst brechen. Er kicherte hysterisch und dachte: Nichts wie weg hier! Trotz seines Altmännergekichers fühlte er sich panisch, so aufgekratzt, dass sein Mund nach Kupfer schmeckte. Die Kniegelenke schmerzten, seine Brust schmerzte, das Atmen stach. Trotzdem behielt er sein Tempo bei, und erreichte den Pfad, der die Weingärten teilte, als die vier Männer knapp zehn Meter hinter ihm waren, und ihm Obszönitäten nachriefen. Sie hätten ihn vermutlich weiterverfolgt und vielleicht sogar umgestoßen, wenn nicht in diesem Augenblick ein ebenso alter Mann wie Jorden de Schuil am oberen Ende des Friedhofs erschienen wäre, die Situation erfasste und schrie:

„Was soll denn das, ihr Scheißer? Ihr werdet doch nicht auf einen alten Herren losgehen, oder? Verdammte Scheiße, was haben denn eure Eltern da für 'nen Müll zusammengefickt, Herrgottnochmal?"

Das war Ernst Kratochwil wie er leibte und lebte, halleluja! In der einen Hand hatte er eine Dose Bier, mit der anderen Hand den Stock drohend erhoben. Er starrte über Jorden hinweg zu den vier keuchenden und schwitzenden Männern, bis Sie sich umdrehten und langsam und maulend zurück zum Wald hinauf gingen.

Ernst Kratochwil würdigte sie keines Blickes mehr, sah zu Jorden und fragte munter: „Na? Lust auf ein Bier? Pater Walter und ich haben einen ganzen Haufen von diesen Dosen in Eiswasser eingekühlt. Kommen Sie, mein Freund! Kommen Sie!"

Pater Walter begrüßte Jorden lächelnd und sagte: „Meine Güte, was wollten denn diese Rabauken von Ihnen, in Gottes Namen?"

Jorden nahm dankbar die kalte Dose Bier, die Ernst Kratochwil aus dem Kübel mit Eiswasser fischte, und riss sie auf. Er erzählte ihnen mit wenigen Worten, was er gesehen, vor allem aber, was er verstanden hatte. Vier Männer, aus welchen Gründen auch immer aufgebracht und in Rage, gingen in den Wald, schrien nach einem grünhaarigen Punk, der dann auch abrupt auftauchte, und wollten ihn vermöbeln. Der Junge schrie wie am Spieß, konnte ins Wasser entkommen, und Jorden zog sich den Zorn der Männer zu, weil er mit der Polizei gedroht hatte. Flucht mit Krückstock, Rettung durch Ernst Kratochwil, Danke fürs Bier.

Drei Stunden später und einigermaßen betrunken, kehrte Jorden zur Pension der Familie Stolz zurück, zu erschöpft, um in wirklicher Gesprächslaune zu sein. Auf der Treppe nach oben zu seinem Zimmer begegnete er zuerst dem deutschen Journalisten. Sie grüßten sich kopfnickend und Jorden meinte redselig: „Unsichere Zeiten, wenn vier Männer einen Jungen mit grünen Haaren verdreschen wollen, nur weil er nackt im See schwimmt. Verdammt unsichere Zeiten."

Max Freimuth, der den Alkohol gerochen, und natürlich auch Jordens schwere Zunge nicht überhört hatte, nickte beiläufig und polterte die Treppe hinab.

Jorden schüttelte den Kopf und schleppte sich in den ersten Stock. Als er oben ankam, ging die Tür zur Wohnung der Familie Stolz auf und Martin kam heraus, nur mit einem Badetuch bekleidet, die Haut noch feucht, die Haare verstrubbelt und glänzend. Jorden lächelte ein kleines wissendes Lächeln. Ihm war in den letzten Tagen keineswegs entgangen, wie Max Freimuth den Sohn der Familie Stolz ansah. Und da war weit mehr als rein freundliches Interesse im Blick.

Er nickte Martin zu und sagte, plötzlich doch in Plauderlaune: „Bei euch in den Wäldern geht's zu. Ich dachte immer, Punks besetzen Häuser oder sitzen in Kellern, trinken Bier und hören sich schreckliche Musik an."

„Wie bitte?"

„Na oben beim Waldsee, also im Waldsee, um genau zu sein. Da war dieser grünhaarige Junge, muss so ein Ökofreak gewesen sein, weil er plätscherte da nackt herum. Und da kamen diese vier Männer, wahrscheinlich Arbeiter vom Bergbau drüben, die wollten dem Jungen 'ne Abreibung verpassen, weil er angeblich einen ihrer Leute irgendwie erschreckt hatte. Vier gestandene Mannsbilder gegen einen Halbwüchsigen. Verdammt noch mal, das hat mich nun doch etwas aufgeregt." Jorden sah, dass Martin hektische, rote Flecken auf den Wangen bekam und schwerer atmete.

Martin fragte keuchend: „Ist ihm was passiert? Dem Jungen, meine ich. Geht es ihm gut?"

„Als ich ihn zuletzt gesehen habe, zischte er mit unglaublicher Geschwindigkeit raus auf den See und tauchte unter. Ich sags ja; ein Ökofuzzi. Oder ein gottverdammter Weltmeister in Schnellschwimmen oder so. Lieber Herr Gesangsverein, war der schnell, wie ein geölter Blitz."

Martin lächelte, aber das Lächeln war zu geistesabwesend, um wirklich fröhlich zu wirken. Er antwortete: „Na Gott sei Dank. Wissen Sie, das ist ein Junge aus Tieschen. Und Sie haben recht, er ist ein bisschen so 'ne Mischung aus Punk, Öko und Sportler. Er ist gern allein und schwimmt recht oft im See. Naja, bis dann."

Jorden de Schuil nickte und sah Martin nach, der über den Korridor zu seinem Zimmer an der Vorderseite des Hauses ging. Er hinterließ feuchte Fußabdrücke auf dem polierten Holzboden.

Die Geschichte klang plausibel. Und deshalb fragte sich Jorden etwas irritiert, warum er sie ihm nicht glaubte.

Später, in Martins Zimmer am Computer:

ping

* Em01im sendet einen rrring*

KA1 - Hi Timmi, wassis?

Em01im – Kai, es gibt ein Prob

KA1 – wasn?

Em01im – Abris is nicht mehr geheim, wurde heute von vier Männern gesehen und angeblich sogar angegriffen, konnte sich retten – einer unserer Gäste hat's beobachtet.

KA1 – fuck

Em01im – na voll. Abris is im See nicht mehr sicher. Wir müssen den irgendwie da rausfischen, aba ich hab echt 0 plan

KA1 – treff ma uns, überleg ma uns was. wir wern des ned allein schaffen.

Em01im – ok, so um elf am see?

KA1 – cu

Em01im - *kiss*

KA1 – ned schreiben, wirklich küssen, deine sind die besten, echt!

Em01im - *zungenrolla*

KA1 ist offline

Auf Samtpfoten verließ Martin um 22:55 das Haus, warf noch einen schnellen Blick in den Garten. Der Pool war beleuchtet und zu seiner Überraschung sah er dort Jorden de Schuil und Max Freimuth sitzen, zwischen sich eine Sechserpackung Bier und angeregt diskutierend. Er lächelte. Er wusste von Schuils Leidenschaft für Journalismus, speziell von seiner Leidenschaft für Kritik an unseriösem Journalismus. Da hatten sich ja die Richtigen getroffen.

Zehn Minuten später umarmte er Kai im vom Mond versilberten Wald am Ufer des Sees. Sie küssten sich, Kai griff Martin zwischen die

Beine und rieb vorne über die Hose, bis sich der Erfolg abzeichnete. Martin grinste: „Arschloch."

Kai grinste zurück: „Oh, du flirtest mit mir. Süß!"

„Lass uns Abris rufen."

„Ok."

Sie lösten sich voneinander, Martin ging zur Wasserlinie, bückte sich und tatschte dreimal sanft auf die Wasseroberfläche. Er wartete zehn Sekunden, dann wiederholte er den Vorgang.

Eine sanfte und schnelle Welle durchpflügte den völlig stillen See und Abris rauschte wie ein Elf aus dem Wasser. Er blieb bäuchlings im Wasser, stützte sich auf und sah zu ihnen hoch: „Oh, das ist gut, dass ihr da seid. Ich muss euch etwas erzählen! Ich bin …"

„Du bist entdeckt worden" unterbrach ihn Martin. „Vier Typen haben dich bedroht und aus dem Wasser gezerrt. Der Mann der dich gerettet hat, ist Gast in unserem Haus. Er hält dich für einen Ökopunker. Oder so."

„Ökopunker? Was ist das denn nun wieder?"

Martin lachte hell auf und hockte sich nieder: „Ich nehme an, ein Ökopunker ist das, was du als Mensch wärst. Ein blasser Junge mit grünem Haar, der nackt in einem einsamen Waldsee herumplätschert."

Abris machte: „Aha."

Kai hockte sich neben Martin, legte ihm den Arm auf die Schulter und sagte: „Das Problem mit diesen Typen ist: Denen ist langweilig. Die haben außer ihrem Job hier nichts zu tun, haben hier keine Frauen, trinken, und müssen sich in ihrer Männlichkeit bestätigen – kurz, für einen Sonderling, und als das sehen sie dich sicher – sind diese Leute eine echte Gefahr. Ich will damit sagen: Für die ist das Spiel noch nicht gelaufen. Die kommen wieder. Du wurdest zweimal hier am See gesehen, also werden sie annehmen, du wirst auch in den nächsten Tagen hier sein. Also gibt es zwei Lösungen, glaube ich: Entweder du bleibst die nächsten Tage oder eine ganze Woche unter Wasser, oder wir müssen dich von hier wegschaffen. Da du jetzt einen irgendwie menschlichen Körper hast, hast du auch menschliche Bedürfnisse. Dir ist kalt oder heiß, du hast Hunger und du musst schlafen. Das klappte alles, als du hier noch sicher warst. Und ich glaube, du bist hier wirklich nicht mehr sicher. Martin? Hab ich etwas vergessen?"

Martin griff zärtlich in Abris' Haar und zog sachte daran. Er hatte mitgekriegt, dass Abris das besonders mochte, und hin und wieder mit einem leisen Schnurren quittierte. Abris löste sich sanft aus Martins Griff und schwamm ein paar Meter hinaus. Er sah sie prüfend an und sagte dann leichthin: „Kommt, schwimmt mit mir. Die Nacht ist so schön. Da oben die Sterne, und alles. Die Luft, eure Stimmen. Und was der Wald singt."

Martin sah ihn verblüfft an: „Der Wald singt?"

Abris nickte: „Natürlich. Der Wald singt. Alles singt. Uralte Musik. Ich glaube, sogar die Erde singt. Kommt rein, das Wasser ist sehr warm."

Das ließ sich Martin nicht zweimal sagen. Er zog sich blitzschnell aus, machte ein paar vorsichtige Schritte ins Wasser und hechtete dann hinein. Als er auftauchte, spuckte er einen Schwall Wasser Richtung Kai: „Komm rein. Das ist echt der Knaller, urwarm."

Kai schüttelte den Kopf und wich einen Schritt zurück. Martin klatschte mit der Hand aufs Wasser und rief ungeduldig: „Na wenigstens ins seichte Wasser. Nur so zum plätschern."

Kai zischte: „Nein. Ein für allemal, nein!"

Abris sagte leise: „Ich könnte dir das Schwimmen beibringen. Ich glaube, es gäbe keinen besseren Lehrer als mich. Zumindest hier in der Umgebung."

Er lächelte Kai aufmunternd an und Martin sah erfreut, dass Kai weniger verkrampft schien.

Er sagte zu Kai: „Niemand schwimmt wie Abris, das stimmt. Und ich kann dir auch helfen. Langsam, Schritt für Schritt. Was sagst du?"

Kai murmelte: „Ich würde schon gerne schwimmen können. Ok. Aber wenn ich sage, ich will raus, dann will ich sofort raus, verstanden? Ohne Scheiß und Theater!"

Martin und Abris nickten gleichzeitig zweimal. Kai lächelte über diese Synchronität und zog sich aus. Einen Augenblick später stand er nackt vor ihnen, und sein Anblick im milchigen Mondlicht erinnerte Martin an die Nacht, als sie in seinem Zimmer … Er schüttelte den Gedanken, der mit einer Woge von erhitzten Gefühlen hochkam, ab. Abris lächelte und sah auf einen Punkt knapp über Martins Kopf. „Deine Farben, wie schön. Das Dunkelrot ist ja …"

„Sei bloß still, du!"

Martin und Abris kamen ein wenig näher zum Ufer und Martin bekräftigte noch einmal: „Ok, wenn du raus willst, willst du raus. Wir verarschen dich nicht oder machen sonst wie Unsinn, ok?"

Kai nickte und ging bis zum Schamhaaransatz ins Wasser. „Ist tatsächlich schön warm."

Abris glitt auf ihn zu und berührte sanft seinen Unterarm. „So, setz dich einfach hin. Ja, genau so." Kai saß nun bis zum Hals im Wasser, musste sich aber mit den Händen auf dem Schotter abstützen, um nicht tiefer zu sinken.

Martin sagte: „Ein bisschen weiter zurück Richtung Ufer, ok, ja, so."

Abris blinzelte Martin zu und flüsterte: „Hilf mir jetzt, bitte."

Martin beobachtete, was Abris vorhatte, und als er verstand, half er mit. Abris drehte Kai vorsichtig in Bauchlage und berührte von unten mit beiden Händen Kais Bauch, um ihn zu stützen. Martin untergriff Kai außerhalb von Abris' Händen. So stützte er Kai jetzt einerseits auf der Brust ab und andererseits auf dem Unterbauch.

In den nächsten Minuten erklärte Abris Kai die üblichen Brustschwimmbewegungen. Kai kam zwar noch nicht mit der Atmung zurecht, übernahm aber die Bewegungsabläufe. Martin erklärte ihm: „Wenn du die Arme nach vorne stößt, atmest du aus, ja?"

Kai nickte. Und weitere zehn Minuten später atmete er ruhig und perfekt auf seine Bewegungen abgestimmt. Martin war so damit beschäftigt, darauf zu achten, dass er Kai sicher stützte, dass er wie vom Donner gerührt feststellte, dass sich Abris etwa drei Meter von ihnen entfernt hatte und ihnen mit großen Augen zusah. Jetzt wurde auch Martin die merkwürdig weihevolle Stimmung bewusst: Es war so, als würde Kai getauft werden. Martin spürte, wie Kai zunehmend selbstständig an der Wasseroberfläche blieb und sich mit immer mehr Selbstvertrauen bewegte. Die Bewegungen waren nun kraftvoller und weniger verkrampft, die Atmung zitterte nicht mehr – Martin zog die Hände unter Kai weg. Kai reagierte sofort panisch:

„Halt mich, Timmi. Halt mich!"

Martin machte einen Satz und berührte sanft Kais Bauch – diesmal nur noch mit einer Hand. „Geht schon, geht schon, du machst das, aber voll."

Ungefähr zehn Minuten später schwamm Kai mit vor Aufregung riesigen Augen ohne Unterstützung zwischen Martin und Abris hin und her, begleitet von ihrem Lächeln und geflüsterten Worten.

Kai, der bisher aufmunternde Worte von Gleichaltrigen eher als Verarsche denn als echten guten Willen sah, fand Gefallen an der

Möglichkeit, vertrauen zu können. Sie sprachen ihm Mut zu, ohne ihm das Gefühl zu geben, ohne sie feige zu sein.

In den nächsten zehn Minuten vergrößerten Martin und Abris die Distanz auf zwanzig Meter, bis Kai ächzte und wasserspuckend maulte: „Ich krieg 'nen verfickten Muskelkater. Lasst uns bitte Pause machen!"

Martin und Abris nickten sich zu, Abris schoss herbei, grinste Kai fröhlich an und sagte: „Halt dich an mir fest. Von hinten, ja, leg deine Arme über meine Schultern – und los geht's."

Obwohl Kai Abris schon einmal berührt hatte, war er doch wieder überrascht, wie warm Abris' Haut war. Er legte seine Arme um Abris Hals, spürte Wärme und Beweglichkeit – und kleine, aber kräftige Muskeln. Abris brachte ihn zum Ufer und zu Martins Überraschung blieb Kai noch eine Minute im knietiefen Wasser sitzen. Abris lächelte vielsagend und Martin war sicher, dass Kai einen hochroten Kopf hatte, selbst wenn er das in der silbrigen Dunkelheit nicht sehen konnte. Er dachte daran, wie er sich gefühlt hatte, als er zum ersten Mal mit Abris geschwommen war, er erinnerte sich an die Hitze und an den sehnigen, muskulösen und doch weichen Körper von Abris.

Kein Wunder, dass Kai noch einen Augenblick im Wasser sitzen blieb. Als er schließlich aus dem Wasser kam, rubelte ihn Martin mit den Händen trocken. Kai bibberte ein wenig und sah Martin dankbar an. Und dieser Blick unter den tropfenden Augenbrauen machte Martin knieweich. Sie standen sich einander nackt gegenüber, der Mond färbte die Nacht in Blau und Silber, die Bäume ächzten und knarrten in einem unspürbaren Lufthauch, Abris dümpelte so ruhig im See, dass die Oberfläche spiegelglatt war. Irgendwo meldete sich ein Kuckuck. Martin umrundete Kai, schmiegte sich von hinten an ihn und streichelte mit seinen warmen Händen über Kais Bauch und Brust. So blieben sie eine Weile stehen, genossen die Zärtlichkeit ohne den Drang zu verspüren, Sex zu haben.

Als sie wieder zum See sahen, war Abris verschwunden.

Kapitel 13

Gegen Mitternacht, als sich Kai und Martin umarmten und aneinandergekuschelt am See standen, sich Max Freimuth verabschiedet hatte und auf sein Zimmer gegangen war, saß Jorden de Schuil noch am Pool, der beleuchtet war, trank lauwarmes Kürbiskernbier und bewegte die Beine langsam, um das Wasser in Bewegung zu halten. Das Lichtgeflirre auf den Fliesen, durch die Wellen erzeugt, erinnerte ihn an ein Lied. Zuerst fiel ihm die Harmoniefolge ein, gespielt von Akkordeon und Gitarre, dann erinnerte er sich an die Melodie der Stimme. Und gegen halb ein Uhr früh erinnerte er sich an den Text dieses uralten Liedes. Es war ein niederländisches Lied, und wenn er seinen Erinnerungen trauen durfte, wurde es in den fünfziger Jahren von einem Ehepaar gesungen, die in Balkbrug lebten. Er versuchte sich an sie zu erinnern. Und in seinem Herzen fand er tatsächlich ein Bild von ihnen: Beide langhaarig, schlank, beinahe dürr. Saßen in ihrem Garten. Sie spielte Akkordeon, er spielte Gitarre. Zwischen ihnen stand ein wackeliger Campingtisch mit Bierflaschen, ein übervoller Aschenbecher, Schnittbrot und auf einem Holzteller geschnittener Käse. Der Mann lächelte in Gedanken versunken den kleinen Jungen an, der über den Zaun spähte. Es war eine warme, windstille Sommernacht, die anderen Jungs tollten ihren Bällen nach oder wurden nach Hause gerufen, Stechmücken surrten herum. Im Garten des grau- und langhaarigen Ehepaares steckten Campingfackeln, die dem Abend Ferienlagerstimmung verliehen. Damals hatte Jorden die Harmoniefolge noch nicht gekannt. Erst ein paar Wochen später in diesem fernen Sommer hatte ihm der Mann gezeigt, wie man die Harmonien auf der Gitarre griff:

C, G, F Gsus4, Dm, Am, Em, F7, Gsus4, G turnaround …

Aber wie war der Text? Der Text, ah, ja: Komm, süßer Mond. Irgendetwas mit: Komm, süßer Mond.

Jorden verstand in diesem Moment zweierlei: Dieses Lied war für ihn sehr lange wichtig gewesen, und er hatte es aus irgendeinem Grund vergessen. Und: Das Lichtgeflirre unter Wasser erinnerte ihn an das Lied, obwohl das Lied mit dem Gefunkel nicht wirklich etwas zu tun hatte. Außer vielleicht, dass beides in jenem fernen Sommer geschehen war. Er glaubte sich daran erinnern zu können, dass er sich den Text einmal aufgeschrieben hatte. Mit einem Bleistift auf ein Blatt Zeichenpapier – in seinem Zimmer, im Schein der Tischlampe, das Fenster offen, die Nachtbrise draußen. Wie ging das noch mal?

Er summte leise die Melodie: War das 2/4 oder 4/4? Es war im 4/4 Takt.

Komm, süßer Mond
und zieh Dein
Wolkenkleid aus,
veredle die Nacht,
mach silbern
Wald und Gräser

Ja, das war's – das war die erste Strophe. Jorden lächelte. Aber bald darauf wurde sein Gesicht wieder nachdenklich. Seine Füße bewegten sich im Wasser und der Garten war dunkel und still. Eine Grille zirpte. Wieso, dachte er, brachten mich die Lichtlinien im Wasser auf das Lied? Erinnerungen sind etwas Komisches. Erinnerungen, und wie man zu ihnen findet. Und wieso denke ich, dass dieses Lied, dieser Text und die Lichtlinien etwas mit Sterben zu tun haben? Denn so ist es. Es macht mir keine Angst, ich fürchte mich nicht, nicht wirklich. Er sah hinauf zum Mond und lächelte. Ganz im Gegenteil!

Er dachte an staubige, windstille Augusthitze. Stille auf den Straßen, Stille im Ort, Stille auf der ganzen Welt. Das einzige Geräusch kam von einem etwa zehnjährigen Jungen, der auf seinem Fahrrad aus dem Ort strampelte, mit der unvergleichlichen Leichtsinnigkeit eines Kindes, dem noch nie etwas zugestoßen war, und der zu einer Zeit lebte, als man noch nicht auf den Verkehr achten musste. Das war er selbst. Ein kleiner Junge, hellblond, sonnenverbrannt mit strahlenden, weit geöffneten Augen.

Die Radkette scheuerte am Abdeckblech; egal. Weiter. Weiter zum Teich im Wäldchen, zwar warmes Wasser, aber klar und rein. Schweiß nässte sein Hemd, er winkte dem Ehepaar im Garten, den Musikanten, die sich mit selbstgemachten Eistee stärkten und den Schatten ihres Baumes genossen: „Wohin, Jorden? Wohin rast du?“

„Zum Weiher im Wald, zum Weiher!“

„Recht hast du, Liebling, pass auf dich auf!"

„Ist ja klar!" Seine winkende Hand rührte die Sommerluft um, die Beine traten schneller, das Fahrrad raste.

Der Wald war da, schattig und moosig, still und kühl. Da war der Weiher, im Schatten moosgrün und glatt wie Seide. Der kleine Jorden ließ sein Fahrrad achtlos ausrollen und zur Seite kippen, im Gehen streifte er sich die Sandalen von den Füßen, hüftschlenkerte sich aus der kurzen Hose, zog sich das zugeknöpfte Hemd über den Kopf und sprang mit einem kindlichen „Hui" ins Wasser.

Warm, grün, umfassend.

Er kam wasserspuckend hoch, nahm noch einmal den Mund voll Wasser und spuckte einen Glitzerbogen hoch in die Luft.

Und auf einmal lag er keuchend am Ufer, mit den Füßen im Wasser, die Beine steif wie Stöcke. Sein Atem raste, sein Herz pumpte, er blinzelte Wasser von seinen Lidern und starrte fassungslos in die Baumkronen.

Die Sonne stand tiefer; jetzt funkelte der Weiher blau und grün, die Wellen glänzten golden. Alles roch nach Moos und Wasser. Es war etwas geschehen. Aber er konnte sich nicht erinnern. Am Anfang, dachte er, als er sich anzog, war es schrecklich. Kalt im Hals, kalt in der Brust. Aber dann war es nur noch wunderschön gewesen. Was? Weiß nicht – aber es war schön, so schön. Tanzende Lichtfäden. Und? Und riesige … nein, weiß nicht. Ja? Also da waren riesige Schmetterlingsflügel. Aber sie waren aus Wasser, irgendwie. Durchsichtig.

Dann war es Abend, so plötzlich. Der kleine Jorden vermutete, dass ihm im Weiher etwas zugestoßen war, das schrecklich und zugleich wunderbar gewesen war. Es war spät, er musste nach Hause. Seine Mutter würde schimpfen, wenn er zu spät zum Abendbrot kommen würde. Er zog das Fahrrad am Lenker hoch, setzte sich auf den Sattel und stieg in die Pedale.

Als er am Garten des singenden Ehepaares vorbeikam, wurde er langsamer. Der Mann spielte Gitarre, sie begleitete ihn auf dem Akkordeon und sang:

Schenk mir einen Augenblick
heiliger Besinnung,
bevor die Nacht tief

in den Weiher stürzt,
das Feuer erlischt
und die Freunde
nach Hause gehen

Der alte Jorden de Schuil am Pool mit den Beinen im Wasser lächelte. Ja, das war die zweite Strophe. Er konnte nicht genau sagen, warum, aber als er aufstand, die leere Flasche Bier nahm, und sein Handtuch schulterte, dachte er, er müsse frühmorgens einen Brief an seine Kinder schicken.

Als er sein Zimmer aufsperrte und sah, dass die Scheinwerfer im Wasser des Pools genug Licht abgaben, um sich auszuziehen und ins Bett zu gehen, dachte er noch: Schmetterlingsflügel unter Wasser. Wie schön.

Als Jorden sich ins Bett legte und zudeckte, saßen sich Martin und Kai angezogen im Schneidersitz am Seeufer gegenüber. Der Entschluss, Abris aus dem Waldsee zu evakuieren, war bereits gefasst. Das Problem, mit dem sie sich jetzt befassten, war, wie sie das bewerkstelligen sollten. Und wohin sie ihn bringen konnten. Das Wohin war zweitrangig – Martin dachte dabei unbewusst schon an sein Elternhaus. Mit Erklärungen und mütterlichen Verhören würde er sich später auseinandersetzen. Vordringlich war: Wie brachte man einen an das Wasser gebundenen Geist ohne großes Aufsehen zu erregen, vom Waldsee hinunter in das Dorf und in ein Haus, ohne dass ebendieser Wassergeist den Kontakt zum Wasser verlor?

Abris hatte ihnen zwar gesagt, dass er unter Wasser atmen, und nötigenfalls auch tagelang unten bleiben konnte, er hatte aber auch durchklingen lassen, dass ihm die Kälte zu schaffen machte. Scheinbar war sein Körper so beschaffen, dass er unter Wasser leben konnte, also atmen, war aber nicht gefeit gegen die Kälte.

Gegen ein Uhr morgens, nachdem sie verschiedene Ideen hin und her geschoben hatten, grinste Kai wild und flüsterte: „Verdammt, ich hab's. Scheiße, wieso bin ich nicht gleich draufgekommen?"

Martin sah ihn ratlos an. Abris, der wie immer bäuchlings im Wasser lag und zu ihnen hinaufsah, machte große Augen. Martin beugte sich vor, sah Kai in die Augen und sagte: „Erklärst du mir das bitte?"

„Klar. Aber eins sag ich dir gleich: Allein werden wir das nicht schaffen. Wir müssen Horst und Stefan einweihen – teilweise zumindest. Das sind die Einzigen, die mir einfallen. Unsere Väter müssen mithelfen. Und vor Lisa werden wir das auch nicht geheimhalten können. Um Abris vom See runter zu dir bringen zu können, müssen wir uns eine kleine Geschichte einfallen lassen. So etwas wie einen Schabernack."

„Du willst Horst und Stefan einweihen? Lisa wäre ja noch in Ordnung …"

„Bist du scharf auf sie?"

„Was soll das jetzt wieder? Ja, ich finde sie nett, na und?"

„Ist schon ok. Wir müssen Horst und Stefan und Lisa ja nicht auf die Nase binden, was Abris wirklich ist. Wie gesagt, wir müssen uns eine Geschichte einfallen lassen, die ebenso dämlich wie glaubwürdig ist, verstehst du? Was weiß ich, eine besoffene Wette unter Jugendlichen oder so."

„Ok, wir hätten die zwei Oberkiffer dabei, uns beide, Lisa und unsere Väter. Und wie genau hast du dir das vorgestellt?"

Kai genoss noch für einen Moment Martins Spannung und Neugierde, die sich in einem bezaubernden, leicht geöffneten Mund ausdrückte.

„Ok, pass auf …"

Kapitel 14

Am nächsten Tag führten Martin und Kai jeder für sich ein kurzes Vater und Sohn Gespräch. Während Kai auch seine Mutter ins Vertrauen zog und ihnen erzählte, was er und Martin vorhatten, ließ Martin seine Mutter bei dieser Sache außen vor. Er spürte in den letzten Wochen, dass sie ihm nicht mehr so vertraute wie vor dem Sommer. Jetzt war es zwar momentan wieder besser, aber er wusste nicht, wie lange das so bleiben würde. Er saß neben seinem Vater auf der oberen Holzveranda und sah hinunter zum Pool, wo Max Freimuth und Jorden de Schuil saßen und sich unterhielten. Martin dachte: Die werden noch ein Pärchen. Auf jeden Fall vertragen die sich bestens.

Jorden hatte heute Morgen seltsamerweise nach einem Notar gefragt. Martins Mutter hatte sowieso in Bad Gleichenberg zu tun, also nahm sie den alten Herrn gleich mit, der mit Plastiksandalen, kurzärmeligen Hemd und kakifarbener Hose daher kam und ein A4 Kuvert unter den Arm geklemmt hatte.

Jetzt war es früher Nachmittag. In der Nacht, bevor sie Abris verließen, hatten sie ihm das Versprechen abgerungen, dass er sich nicht sehen ließ. Wenn er auftauchen wollte, um sich zu wärmen, sollte er ganz nach hinten schwimmen, zum Bruchholz. Dort gab es keine Pfade und Wege, über die man zum Wasser kommen konnte, sondern nur rutschige, moosbewachsene Felsen.

Martin erklärte seinem Vater, was sie tun wollten und warum. Er erklärte ihm, wen er noch einweihen wollte, nein, einweihen musste, weil die Aktion sonst undurchführbar war.

„Horst und Stefan? Die Oberkiffer? Mein Gott, ich war schon immer etwas kritisch, dass gerade diese Brüder zu deinen Freunden zählen.“

„Es ist gut, dass sie kiffen, Paps. Mir wäre es sogar recht, wenn sie vollkommen bekifft bei der Sache dabei wären, weil sie dann eh nicht schnallen würden, was da eigentlich abgeht.“

Horst und Stefan waren Zwillinge und glichen sich wie ein Ei dem anderen. Der Unterschied, durch den man sie auseinanderhalten konnte, war, dass der eine pechschwarz gefärbte lange Haare hatte, der andere ebenso lange, aber naturblond war. Sie waren beide ganz hübsch, ihre

Mimik wirkte durch ständiges Kiffen gleichgültig, beinahe apathisch. Sie trugen gerne Motorradlederhosen, ohne Motorräder zu haben, und flogen mit schöner Regelmäßigkeit aus jeder Kneipe oder Diskothek der südlichen Steiermark. Sie stritten nie, waren nie aggressiv oder aufbrausend. Und sie arbeiteten. Und zwar beide auf der Straußenfarm ihres Vaters, der die beiden Jungs nach dem Unfalltod seiner Frau vor 11 Jahren allein großgezogen hatte. Böse Zungen behaupteten, er hätte dabei kläglich versagt. Und auch Rudolf Stolz war geneigt, dies anzunehmen. Naturgemäß polterte Martin dagegen und brachte recht gute Argumente, um das Versagen des Vaters der Zwillinge zu widerlegen: Beide arbeiteten, sparten ihr Geld, waren so gut wie nie krank. Sie waren friedlich und freundlich und sie richteten weniger Schaden an als gleichaltrige Jungs, die statt Joints zu rauchen, zu Schnapsdrosseln gerieten, in Discotheken Rabatz machten und im Kittchen landeten.

Damit würgte Martin meistens die Diskussion um Horst und Stefan ab.

Sie waren Tierpfleger, und zwar nicht, weil sich ihnen nichts anderes angeboten hätte, sondern weil sie das, was sie taten, mit Leib und Seele taten. Bei Führungen durch das weitläufige Gehege im Norden von Tieschen entpuppten sie sich sogar sehr oft als charmant und redegewandt, und die gelangweilten Töchter jener Ehepaare, die sich so etwas nicht entgehen lassen konnten, waren immer wieder hingerissen von den Brüdern. Und nur weil sie kifften, sollten sie schlechte Jungs sein und ihr Vater ein Erziehungsversager, wie bitte?

Punktum.

Rüdiger Brenner hatte sich seit jener Nacht, als sich sein Sohn zum ersten Mal gegen ihn gestellt hatte, verändert. Und zwar nicht zu seinem Nachteil. Er vermittelte Zugänglichkeit, er war offen, weniger verkniffen. Und manchmal fragte er seinen Sohn, was er hiervon oder davon hielt.

Und als Kai zu ihm kam, mit dem Wunsch, mit ihm und Mutter über den Jungen aus dem See zu reden, sagte er sofort zu. So wie auch Martin, erklärte er ihnen, was sie tun mussten und wieso, und wie sie es zu tun gedachten. Wer eingeweiht werden würde und wieso. Kai brauchte knapp zwanzig Minuten, um sich die Unterstützung seiner Eltern zu sichern, obwohl auch sein Vater Bedenken gegen Horst und Stefan äußerte. Bedenken, die Kai mit den gleichen Argumenten aushebelte wie Martin.

Max Freimuth gestand sich an diesem Samstag ein, dass diese Gegend hier so aufregend war wie jedes x-beliebige Dorf irgendwo auf dem Land. Die Bestätigung fand er in der Tatsache, dass er und der alte Herr aus Holland wieder einmal nebeneinander am Poolrand saßen, Kürbiskernbier süffelten, die Sonne auf dem Rücken spürten und redeten. Und zwar über die Sache mit dem grünhaarigen Jungen. Wie seltsam das gewesen war.

„Wie meinen Sie?“

„Na, wie schnell der sich im Wasser bewegte. Ich kann es nicht so geschickt in Worte fassen, wissen Sie. Aber ich hatte den Eindruck, als ob er erst im Wasser wirklich das war, was er nun mal war.“

„Jetzt verstehe ich noch weniger, Herr Schuil.“

„Hm. Als er ins Wasser sprang – also sich zuerst aus dem Griff dieser Männer wand und dann ins Wasser sprang, sah er so aus, als ob er nach Hause gekommen wäre. Oder warten Sie mal, noch besser: als ob er in seinem Element wäre. Er war schnell, unglaublich schnell. Und dabei aber nicht hastig oder aufgeregt. Naja, erschrocken schon oder so, aber er war elegant, schnell, so als ob ein Jaguar Sportwagen an einem auf der Autobahn vorbeizieht. So irgendwie.“

„Meinen Sie vielleicht übermenschlich?“

Jorden de Schuil nippte an seinem Bier und dachte kurz nach. Dann nickte er langsam und antwortete: „Ja. Wenn es so etwas wie Übermenschlichkeit gibt, dann würde ich die Bewegungen dieses Jungen im Wasser so bezeichnen.“

Max Freimuth sah sich bereits leitartikeln:

Ein idyllisches Dorf im Süden, still in der Sommerhitze. Und am Rande im Wald ein See mit einem Geheimnis: Wer ist der übermenschliche Junge, der dort lebt?

Er sah den Leitartikel vor sich, in riesigen Lettern auf der ersten Seite der großformatigen, deutschen Zeitung. Dann dachte er wieder an das an und für sich nette Gespräch mit dem alten Herrn aus Holland. Überraschenderweise waren sie in fast allen Punkten einer Meinung, auch, was Max Freimuths berufliche Situation betraf. Er wäre gerne Kolumnist oder noch besser, er würde wirklich gerne ernst zu nehmende, politische Reportagen machen. Aber er hatte seinen Ruf weg, egal wie sehr er sich auch bemühte, das wusste er nur zu gut. Ihm konnte nur ein Wunder helfen. Er kannte die Vorurteile in den

Redaktionsstuben anderer Zeitungen gegen Journalisten, die für diese Zeitung arbeiteten. Und sie hatten ja auch recht. Betrüblich war auch, und das gestand sich Max Freimuth offenherzig ein, dass ein wesentlicher Grund, warum er bei dieser Zeitung blieb, auch das Gehalt war. Und damit hätte sich auch jedes Argument erledigt, in dem das Wort Idealismus vorkommt.

Am Sonntag war Martin gegen zehn Uhr bei der Straußenfarm und fuhr mit dem Motorrad die staubige Straße zwischen den Gehegen entlang zum Zeughaus. Eichbauer Senior hatte ihm gesagt, die Brüder würden hinten zusammenräumen, und Martin erlaubt, mit dem Motorrad hinzufahren. Als er abstieg und wartete, bis sich der Staub setzte und den Motor abstellte, hörte er in der Stille eines jener Lieder aus den siebziger Jahren, das ihm schon einige Male von Horst und Stefan vorgespielt worden war: You can't always get what you want, von den Rolling Stones. Von wegen Arbeiten, ha.

Die zwei lümmelten auf einem ausrangierten Sofa und ließen den Joint pendeln. In der Hütte war es stickig und heiß; die beiden trugen trotzdem DocMartens und ihre Lederhosen. Martin schwitzte schon, wenn er sie nur sah. Obwohl ihm seine Mutter immer in den Ohren lag, zum Motorradfahren eine lange Hose anzuziehen, war er heute mit der dunkelblauen Bermudashorts unterwegs. Er hätte auch zu Fuß von Königsberg rübergehen können – das wäre ein Fußmarsch von knapp einer Stunde gewesen. Aber er war einfach zu faul dazu, und es war viel zu heiß.

Horst, der Blonde, sah ihn mit aufreizender Gleichgültigkeit an, hielt ihm den Joint hin und sagte gedehnt: „Emokid. Was geht? Nimm 'nen Zug."

Martin zog sich einen Sessel ran, setzte sich rittlings drauf und lehnte sich mit den Unterarmen auf die Holzlehne. „Jungs, ich brauche euch. Und zwar beide."

Stefan machte: „Ach?"

Horst wiederholte: „Nimm 'nen Zug, Emoscreamo, sonst knallt's nicht, ne, ne."

Stefan sah ihn behämmert an und fragte flüsternd: „Riecht's hier nach Leder? Ich finde hier riecht's nach Leder. Ist irgendwie ein saugeiles Gefühl, wenn die Eier in der Lederhose schwitzen. Holst mir einen runter, Horsti?"

Horst verzog das Gesicht, spuckte in den Staub und antwortete: „Du bist so ‘ne Inzestschwester, aber echt, hey. Was brauchst du, Screamo?“

Martin verkniff sich das Grinsen und wollte schon antworten, als Stefan sagte: „Horsti, du bist so ein elender Quadratplattenscheißer, aber echt. Wir müssen ‘ne Lederhose für dich erfinden, wo die Fürze drinbleiben, boah, der ist so übel, Alter …“

Martin wedelte mit der Hand vorm Gesicht und fing an: „Ok Jungs, ich hab da so ‘ne saublöde Wette laufen. Und ich brauche euch und ein paar andere Leute, um diese Wette einzulösen, ja?“

Stefan: „Cool, um was geht’s, musst dich zu ’nem Hiphopper umstylen lassen?“

Martin fuhr ihn an: „Jetzt halt doch mal endlich die Fresse und hör zu …“

„Is ja schon gut.“

„Folgendes Jungs. Ihr kennt doch den Waldsee, ja? Also da ist folgendes zu tun …“

Zehn Minuten später kugelten Stefan und Horst auf dem Boden und hielten sich die Bäuche vor lachen. Martin konnte nicht anders und grinste von einem Ohr bis zum anderen. Wenn man es sich recht überlegte, dachte er, dann war es ja auch wirklich zum schreien komisch.

„Und was sagt ihr? Macht ihr mit?“

Horst rappelte sich auf, zog sich die Haare nach hinten und streifte ein Gummiband drüber. Dann hielt er Martin die Hand hin und sagte: „Schlag ein, Alter. Das wird der Spaß des Jahres.“

Stefan sagte ziemlich trocken: „Und gibt’s Bier bei der Aktion? Wir werden ordentlich Durst kriegen.“

Martin antwortete: „Ich habe ‘ne Palette mit 24 Dosen Puntigamer im Keller. Das sollte fürs erste genügen, oder?“

Stefan und Horst sagten gleichzeitig: „Fürs erste, ja.“

Und so kam es, dass Max Freimuth am Sonntagabend etwas sehr merkwürdiges sah, als er auf die Veranda ging, sich eine Zigarette anzündete und nach links wandte, wo man zum Wald hinübersehen konnte: Da ging jemand mit einer Fackel. Keine Taschenlampe, eine Fackel. Und da! Da kam noch jemand, auch mit einer Fackel. Sie gingen am Waldrand entlang zur Waldstraße, bogen ein und verschwanden im

Dunkel. Inzwischen war es gegen zehn Uhr nachts, Max sah auf seine Uhr und schüttelte den Kopf. War irgendwo ein Fest angekündigt? Ein Fackelzug oder so? Er hatte noch heute am frühen Abend auf der Internetseite von Tieschen und Königsberg nachgesehen, was da so an Informationen zu finden war. Über Waldwanderwege, Privatunterkünfte, Mietwohnungen, einen netten Bericht über das Freibad in Tieschen, lauter solche Informationen. Auch über Singabende im stillgelegten Teil des Steinbruchs wurde berichtet. Dort hatte die Gemeinde Tieschen eine kleine Bühne eingerichtet, auf der im Sommer kleine konzertante Aufführungen gegeben wurden. Aber von Fackelzug oder so hatte er nichts gelesen. Hinter ihm knarrte der Holzboden der Veranda. Er drehte sich langsam um. Jorden de Schuil stand hinter ihm, sah über seine Schulter. Er nickte Max freundlich zu und sagte leise:

„Schön. Ich finde das schön. Ich weiß nicht, ob die da eine Tradition haben, aber ich finde es schön. Sagen sie mal, Herr Freimuth: Waren Sie je nachts in einem See baden? Wenn das Wasser warm ist vom Tag, sich kein Windhauch rührt und die Sterne herableuchten?“

Max nickte: „Ja. War ich oft als Kind und Halbwüchsiger. Wissen Sie was? Jetzt, wo Sie das erwähnen, fällt mir ein, dass das einige der schönsten Erinnerungen meines Lebens sind. Ist das nicht verrückt? Man geht auf die fünfzig zu, und das Schönste, woran man sich erinnert, findet man in der eigenen Kindheit. Ich hätte gerne mehrere solche Erinnerungen. Alldas Gelächter, das man mit seinen Freunden teilte, die Reinheit der Nacht, die ersten erotischen Wünsche, ja, auch das – ich kann mich an nichts Schöneres erinnern, Herr de Schuil.“

Jorden de Schuil lächelte sanft und sagte: „Wer kann das schon, mein Lieber? Wer kann das schon. Wir sollten uns vielleicht bequeme Schuhe anziehen und mal da raufsehen, ob da irgendetwas ist, das wir in unseren Herzen bewahren können. Was meinen Sie, mein Lieber?“

Max Freimuth lächelte über die altmodisch nette Ausdrucksweise und nickte: „Das hört sich nach einem guten Plan für einen warmen Sommerabend an.“

Horst und Stefan waren von der Rückseite zum See gekommen, ebenfalls mit Fackeln. Jetzt standen sie in einem Halbkreis zu acht auf dem Schotter nahe des Ufers im flackernden Schein und sahen aus wie eine Gruppe wilder Verschwörer. Da waren: Horst und Stefan, Martin und Kai, die Väter von Martin und Kai, Kais Mutter und Lisa. Lisa sah von allen noch am verwirrtesten aus. Kai hatte ihr am Telefon nur gesagt, sie solle doch bitte gegen 22:15 Uhr am See beim Schotterstrand sein. Sie müsse ihm und Martin bei einer Wette helfen. Obwohl sie das Ding genau sah, das in der Mitte des Halbkreises stand, verstand sie nichts. Eine Wette, ok. Jungs ließen sich im Sommer immer Unsinn einfallen und es war oft lustig, bei diesem Unsinn dabei zu sein, oder, wenn dieser Unsinn eine Idee von Martin war, Teil des Unsinns zu sein.

Horst griff sich ungeniert vorn an die Lederhose und knetete sein Paket, spuckte auf den Boden und sagte schleppend: „Scheißgeiles Gefühl, wenn die Eier in der Hose kochen. Stefan, willst du mir nicht mal schnell …“

„Halt die Fresse, Alter, du nervst.“

Sie standen mit ihren Fackeln um eine alte, rostige Badewanne wie um einen Opferaltar. Stefan ging zu Martin, legte den Arm auf seine Schulter und sagte: „Ich hoffe, du hast das Bier kalt gestellt.“

Horst nickte. „Wir werden so ‘nen Durst kriegen, dass glaubst du gar nicht.“

Martin grinste. „Danke, dass ihr gekommen seid. Klar hab ich das Bier kalt gestellt. Wartet schon auf euch.“

Horst knickte immer wieder in den Knien ein und fragte: „Weiß eigentlich deine Mudder, was du da so nächstens treibst, Emoscreamo?“

Martins Vater antwortete: „Guter Punkt. Wir können von Glück reden, dass deine Mutter schon im Bett liegt und schläft. Sie hatte einen anstrengenden Tag und war hundemüde. Und wer erklärt ihr dann spätestens morgen, was wir da im Haus haben? Du oder ich? Martin?“ Rudolf Stolz sah seinen Sohn mit hochgezogenen Augenbrauen an.

Martin zuckte mit den Achseln, so, als ob sich das schon irgendwie von selbst ergeben würde.

Kai ging zum Wasser, bückte sich und tatschte dreimal mit der flachen Hand auf die Oberfläche. Abris tauchte fast augenblicklich auf und kniff die Augen zusammen. Die Fackeln blendeten ihn.

Horst machte: „Wow.“

Stefan blinzelte. „Hä?“

Martin deutete auf Abris. „Um ihn hier geht es, ok? Wir müssen ihn vom See zu unserem Haus runterbringen, ohne dass er dabei das Wasser verlässt. Deshalb die Badewanne. Es wird ein bisschen schwer werden, da wir das Gewicht der Badewanne, von ihm und vom Wasser tragen müssen – aber wie gesagt, nachher gibt’s Bier bis der Arzt kommt.“

Horst und Stefan grinsten sich an und rieben sich die Hände. Rüdiger Brenner sagte: „Ich habe die Badewanne heute zu Hause getestet. Sie ist alt und rostig, aber sie ist dicht. So wie ich das verstanden habe, muss er nicht völlig mit Wasser bedeckt sein, ja?"

Martin nickte und sah zu Abris, der wie immer bäuchlings im Wasser lag und zu ihnen hoch sah. Rudolf Stolz sah lächelnd zu Rüdiger Brenner und dann zu seinem Sohn: „Das ist Irrsinn zum Quadrat, aber Scheiße, macht das Spaß."

„Ok, wie machen wir es?", fragte Lisa, die sich zu Martin geschoben hatte und immer wieder ängstlich zu Abris hinübersah.

Kai, der Lisas Blick mitbekommen hatte, antwortete: „Wir nehmen die Wanne, zunächst mal nur wir vier. Vater und ich, Martin und sein Paps. Wir halten sie schräg, damit Wasser einfließen kann. Abris kann dann quasi direkt in die Wanne rutschen. Wir müssen es zu viert schaffen, die Wanne mit Abris darin ans Ufer zu kriegen. Oder Horst und Stefan helfen uns gleich. Das heißt: Schuhe und Socken ausziehen, Hosen hochrollen. Meine Damen und Herren, wir betreten unwirtliches Gelände."

Martins Vater lachte leise auf: „Du kennst William Carlos Williams Vorwort zu Allen Ginsbergs Gedicht: Das Geheul? Finde ich stark, echt."

Kai nickte grinsend und sagte: „Hab ich gestern gelesen. Martin gab mir das Buch aus seinem Fundus mit, weil er meinte, es sei ein endlos starkes Gedicht. Ist es auch."

Lisa fragte: „Und was sollen ich und Frau Brenner machen? Sind wir nur Statisten hier, oder was?"

Kais Mutter lachte einmal auf, so richtig laut: „Ein solidarisches Mädchen. Wunderbar. Komm, Schatz, ich nehme an, wir sollen darauf aufpassen, dass unser Passagier immer schön nass bleibt und ist."

„Nass bleibt? Wieso nass bleibt? Ist die Wette verloren, wenn er aus irgendeinem Grund trocken wird?"

Abris antwortete: „Mein Name ist Abris. Nicht er, oder der da. Und ja. Wenn ich trocken werde, ist die Wette verloren."

Lisa wurde ein wenig rot, zumindest glaubte Martin, auf ihren Wangen zwei Feuerblumen zu sehen. Horst und Stefan saßen derweil schon am Boden und schnürten ihre Stiefel auf, Kai saß neben ihnen und rollte seine Socken methodisch zusammen und stecke sie in die Schuhe. Martin trat sich die Sneakers von den Füßen, zog die Socken im

Stehen aus. Er sah zu seinem Vater: „Bereit?"

Und Rudolf Stolz antwortete mit tiefer Stimme: „Bereit, wenn Sie es sind."

Knapp zehn Minuten später saß Abris in der Badewanne, die Wanne ruhte auf ihren gebogenen Füßen auf dem Schotter. Sie standen wieder im Halbkreis und ihre Fackeln beleuchteten die merkwürdige Szene. Weder Lisa noch den Eichbauer Brüdern waren die lebendigen Muster entgangen, die über Abris' blasse Haut wanderten, die Form, Farbe und Helligkeit änderten. Lisa wollte schon fragen, was es damit auf sich hatte, aber sie sah kurz zu Kais Mutter, die sanft den Kopf schüttelte. Lisa nickte: ok. Und ihr Gesicht sagte: *Ich werde nicht jetzt fragen. Aber irgendwann werde ich fragen, darauf können Sie wetten, meine liebe, solidarische Freundin.*

Es gab noch eine kurze Diskussion, ob sie die Wanne auf den Schultern tragen sollten oder am gebogenen Rand, der sich zum Tragen geradezu aufdrängte. Sie entschieden sich, die Wanne am Rand zu tragen. Kais Vater wandte ein, dass sie wohl öfters stehen bleiben mussten, um die Hand zu wechseln. Sie stellten sich um die Wanne auf, Lisa ging vorne, Kais Mutter hinten. Die Männer griffen unter den Rand und hoben an, Abris sah blinzelnd die Leute an, die ihn nun tragen würden. Dann rutschte er mit dem Oberkörper tiefer, bis sein Kinn das Wasser berührte.

Ernst Kratochwil sah mit nicht geringem Erstaunen die merkwürdige Prozession, die den Weg vom Wald herabkam. Er saß mit einer Literflasche Wein zwischen den Beinen auf der Holzbank an der Wand der Kapelle, um die Ruhe zu genießen. Gleichzeitig hörte er zwei flüsternde Stimmen. Die eine erkannte er sofort: Das war der Holländer. Ernst Kratochwil blickte nach oben, von wo sich die Fackelprozession näherte. Sie trugen etwas. Etwas Großes, Unförmiges. Er erkannte schon von weitem, dass die zwei jungen Raufbolde und ihre Väter dabei waren. Und waren das nicht die langhaarigen Kiffer von der Straußenfarm? Er mochte die zwei Jungs, obwohl er sie im Verdacht hatte, dass sie es miteinander trieben, sich zumindest gegenseitig zur Hand gingen, wenn's notwendig war, und so verlottert wie die rumliefen, hatten sie wohl gar keine andere Alternative. Er stand auf, streckte sich und stellte die Weinflasche auf die Holzbank. Dann ging er auf dem knirschenden Kies zwischen zwei Grabreihen zum windschiefen Zaun und grüßte die beiden Männer. Er hatte recht: Der eine war der Holländer, der andere war der deutsche Reporter, der Freimuth.

Max Freimuth und Jorden de Schuil starrten gebannt auf die Prozession, die sich den Weg heruntermühte, stehen blieb, um die Seiten zu wechseln. Sie trugen eine Badewanne, bei Gott. Und das Ding musste wirklich schwer sein.

Ernst Kratochwil grüßte sie so laut, dass sie erschraken. Jorden sah Ernst Kratochwil verwirrt an, deutete dann zu den Leuten mit den Fackeln und fragte: „Was geht denn hier vor? Wissen Sie das?"

Und Ernst Kratochwil griff tief in die Kiste. „Wissen Sie, das ist so: Vor zehn Jahren mal segnete der Pfarrer unserer Gemeinde das Wasser des Sees da oben. Und jedes Jahr einmal gehen ein paar Männer … und auch Frauen hinauf und holen eine Wanne voll Wasser, um damit die Blumenbeete der Gemeinde zu gießen. Damit es ein guter Sommer wird, die Gäste zufrieden sind und was weiß ich noch für einen Scheiß. Der Pfarrer segnete einmal da oben das Wasser, weil … also weil, äh, ja, weil da mal fast ein Mädchen ertrunken wäre und noch rechtzeitig gerettet werden konnte. So ist das. Genau. Wollt ihr was mit mir trinken? Ich hab da hinten auf der Bank einen wirklich guten Tropfen, genau richtig temperiert. Na meine Herren? Wird's was?"

Und bevor Jorden de Schuil und Max Freimuth einen neugierigen Blick in die Wanne werfen konnten, die im Fackelschein an ihnen vorbei getragen wurde, legte ihnen Ernst Kratochwil die Arme auf die Schultern und schob sie durch das kleine Türchen im Zaun auf den Kiesweg Richtung Kapelle. Rechts hinter ihnen mühte sich die seltsame Prozession weiter mit der schweren Last ab, und ob die beiden wollten oder nicht, Ernst Kratochwil bugsierte sie auf die Bank, setzte sich zwischen sie, nahm die Weinflasche und hielt sie Max Freimuth hin: „Na? Mal kosten? Spätlese vom Vorjahr. Ein besonders gutes Tröpfchen. Kommen Sie schon. Oder wollen Sie einen wirklich alten Mann beleidigen, Sie junger Hüpfer?"

Die Prozession kam im Garten des Königsbergerhofs zum Stillstand. Flüsternde Bewegungslosigkeit.

Rudolf Stolz wandte sich an seinen Sohn: „Ok, wir haben Abris hier. Und wie geht's weiter? Wie bringen wir ihn die Treppe hoch ins Badezimmer? Hier bleiben kann er ja wohl nicht, es geht ja auch um Kälte, oder? Wir müssen ihn raufbringen ins Badezimmer im dritten Stock. Du weißt, wir haben für diesen Sommer und wahrscheinlich auch bis in den Herbst hinein dort oben keine Gäste. Da wäre er also sicher. Aber noch mal: Wie kriegen wir unseren Freund da hinauf?

Lisa kam zu ihnen: „Die Wette ist noch nicht gewonnen, oder?" Sie sagte das so, als ob sie mehr wüsste.

Martin schüttelte den Kopf und antwortete: „Ist sie noch nicht, nein."

„Er muss nass bleiben. Darum geht es doch, oder?"

Martin nickte niedergeschlagen.

Lisa lächelte: „Na, dann hab ich doch eine Idee."

Kai rempelte sie von hinten freundschaftlich an und raunte: „Mach's nicht so spannend. Wenn du 'ne Idee hast, dann spuck's aus, Mädel."

Lisa schmunzelte und flüsterte: „Badetücher. Nichts leichter als das. Wir wickeln ihn in nasse Badetücher und tragen ihn die Treppe hoch, wenn er nicht gehen kann, Abris meine ich." Sie sah entschuldigend zu dem Jungen in der Badewanne, dessen Haut im Schein der Fackeln seltsam schimmerte und glänzte. Abris lächelte sie mit kindlicher Offenheit an und nickte.

Kais Mutter nickte eifrig: „Klasse Idee. So machen wir es. Martin, gehst du mit und zeigst uns, wo man bei euch im Haus vier oder fünf große Badetücher finden kann? Und nebenbei könntest du vielleicht auch so nett sein und Lisa einweihen, um was es hier wirklich geht, ja?" Martin nickte, wandte sich an seinen Vater und flüsterte: „Macht vielleicht die Fackeln aus, bevor irgendwer auf dumme Ideen kommt und denkt, dass es bei uns eine Party gibt."

Horst schaute Martin konsterniert an: „Gibt's nicht? Keine Party? Wofür haben wir uns hier den Arsch aufgerissen?"

Martin ging schnell zu Horst, legte ihm die Hand auf den Mund: „Nur 'ne kleine Party, nur für uns, ok? Oder willst du die ganzen Spießer dabei haben, na?"

Horst sah ihn gespielt empört an und antwortete: „Na wirklich nicht. Wir sind mehr als genug für die lumpigen paar Dosen Bier. Wenn ich nicht auch noch ein Säckchen Gras da hätte, würde das eine beschissen langweilige Party werden, aber echt. Bis ihr mit den Badetüchern kommt, dreh ich mal ein paar Reservetütchen. Man muss sich ja nützlich machen."

Martin nickte und sagte: „Und dein Bruder kann sich da auch gleich nützlich machen. Ok?"

Horst und Stefan schlurften zum Pool, setzten sich auf die Waschbetonkante der Umrandung und begannen im Licht des Pools Joints zu drehen.

Im ersten Schimmer des Morgengrauens war alles erledigt: Abris logierte in der Badewanne des Badezimmers im dritten Stock, den Martin inzwischen schon Geisterstock nannte. Das für alle Quartiere in der Etage benutzbare Bad befand sich genau über dem Badezimmer der Privatwohnung der Familie Stolz. Das Badezimmer hatte ein großes Fenster, durch das man auf die Weinberge im Südosten sehen konnte. Die Sonne schickte erste sensationelle Farben über den Himmel, Abris saß im Bad und rekelte sich entzückt, als der Tag erwachte.

Horst und Stefan hatten den Grossteil der Palette Bier vernichtet. Alles war in größter Stille abgelaufen, Martins Mutter war nicht wach geworden – oder sie hatte es vorgezogen, ihren Mann und ihren Sohn später zur Rede zu stellen.

Martin hatte Lisa eingeweiht und war überrascht, wie einfach es ihm fiel, ihr zu erklären, wer und was Abris war. Und es verblüffte ihn, mit welcher Leichtigkeit Lisa ihm glaubte. Sie glaubte ihm wirklich. Er hatte sie beobachtet: Als alle das Bad verlassen hatten, war sie neben der Wanne auf den Knien geblieben und hatte geflüstert: „Wenn ich je ertrinken sollte, wünschte ich, du wärst in der Nähe. Schlaf gut."

Abris hatte gelächelt und geantwortet, dass sich im Moment ihres Todes ganz sicher ein Elemental in ihrer Nähe aufhalten würde, um sie zu begleiten, und um ihr ein Lächeln in die Seele zu legen.

Als Martin das gehört hatte, waren selbst die leisesten Zweifel dahin. Er wusste bis dahin gar nicht, dass er je Zweifel gehabt hatte.

Horst und Stefan ging durch den Wald hinüber nach Tieschen, jeder mit einer letzten Dose Bier und einem Joint ausgestattet, Kai ging mit seinen Eltern unter dem Waldrand zurück zu ihrem Haus. Rudolf Stolz schummelte sich so leise wie nur irgend möglich ins Ehebett, und Martin ging auf sein Zimmer. Als er leise die Tür hinter sich schloss, klappte auch die Tür von Max Freimuths Zimmer zu.

Kurz nach halb vier Uhr früh kehrte völlige Stille ein. Auf dem nebeligen Feld zwischen Friedhof und Waldrand erschien kurz ein Reh, blieb unsicher stehen und schnupperte. Dann sprang es in den Wald zurück.

Martin lag nackt bis auf die Boxershorts im Bett, die Decke zwischen die Beine geknüllt, die Hände hinter dem Kopf und starrte die Zimmerdecke an. Kai hatte sein verschwitzes Shirt dagelassen und ein frisches von Martin genommen. Martin nahm das noch feuchte T-Shirt vom Boden, drückte es sich ans Gesicht und flüsterte: „Haben wir alles richtig gemacht? Gibt es irgendwelche Zweifel?“ Er atmete Kais Geruch.

Martin wusste, dass es Kai wohl jetzt genauso ging wie ihm. Und zu wissen, dass nicht er allein mit Sehnsucht erfüllt war, musste jetzt und hier genügen. Er drehte sich mit einem Lächeln zur Seite und schloss die Augen, sein Gesicht in Kais Geruch gebettet.

Kapitel 15

Der Tag war da, Rudolf Stolz wachte auf und blinzelte zum Fenster. Die Betthälfte seiner Frau war warm, aber leer. Da er nicht genau wusste, wann er nun zu Bett gegangen war, schätzte er, dass er nicht mehr als vielleicht drei oder vier Stunden geschlafen haben konnte. Die Sonne stand noch tief im Osten, flutete Licht auf die Weinberge und nagte an den Nebelfeldern. Er wuchtete die Beine aus dem Bett, angelte mit den Füßen nach den Pantoffeln und kratzte sich die Brust.

Natürlich war sie aufgestanden. Sie hatten zwei Gäste. War das nicht sensationell? Rudolf Stolz fragte sich, wie lange es noch dauerte, bis sich das Schild über ihrer Haustür mit der Aufschrift „Königsberghof" vor Scham zusammenrollen und wie ein Herbstblatt abfallen würde.

Er ging ins Bad und machte Morgenpflege. Dann zog er sich Jeans und ein weißes Hemd an und tapperte hinunter in die große Küche. Seine Frau räumte gerade im Speiseraum die benützten Gedecke ab. Sie grüßte ihn mit einem Kuss und einem prüfenden Blick, gab ihm einen Kaffee aus der Maschine, und schob ihm die Zeitung, den Aschenbecher und die Zigarettenpackung hin. Er setzte sich an den Tisch beim großen Verandafenster, sah hinaus und rührte im Kaffee.

Sie legte ihre Hand auf seine: „Gut geschlafen?"

Er lächelte sie so schuldbewusst an, dass es ihm selbst beinahe lächerlich vorkam. „Zu kurz. Viel zu kurz."

„Ok. Schon gut. Hat Kai heute Nacht wieder bei Martin geschlafen?"

„Kai? Wie kommst du drauf?"

„Oh, ich dachte nur. Ich hab in der Früh so gegen vier oder fünf Uhr draußen Stimmen gehört. Und Schritte. Dachte halt, Kai könnte hier gewesen sein."

Er trank Kaffee, steckte sich eine Zigarette in den Mund und zündete sie an. „Möglich. Schläft Martin noch?"

„Glaub schon. Macht's dir was aus, wegen Kai und Martin? Ich meine, dass sie …"

„Ich dachte mir schon früher, dass Martin schwul sein könnte, fand aber nie eine Bestätigung. Er schaut halt mit seinen dunklen Sachen nicht wirklich wie ein Schwuler aus, oder wie ein Klischeeschwuler halt. Egal, wenn er so ist, dann ist er halt so. Und wenn Kai sein Freund geworden ist, dann soll mir das auch recht sein. Eines ist halt schade: ich hätte wirklich gerne Großmutter zu dir gesagt. Aber das können wir uns jetzt ja abschminken, glaub ich."

„Ja."

„Andererseits ist da noch Lisa."

„Vielleicht ist er bi."

„Wir sagten immer in der Schule …"

„Ein bisschen bi schadet nie."

Sie lachten und sahen sich dabei in die Augen, wie um den jeweils anderen zu prüfen, ob es wirklich ganz und gar ok war, dass ihr einziger Sohn schwul war.

Rudolf Stolz kicherte. „Weißt du was? Ich glaube, der alte Brenner weiß noch nichts von seinem Glück, na, dass er einen schwulen Sohn hat. Und dass der schwule Sohn, von dem er ja noch nichts weiß, mit dem Sohn seines ehemaligen Erzfeindes liiert ist. Ist das nicht zum schreien komisch?"

„Ist es das?"

„Naja, irgendwie schon, finde ich."

„Ehemaliger Erzfeind? Das heißt, du und Rüdiger vertragt euch jetzt, oder wie?"

„Jau. Wir haben uns ausgesprochen."

„Ausgesprochen, soso. Ich dachte immer, euch Männer kann nur ein Wunder von eurem Kreuzzug abbringen."

„Schatz, ich denke, du hast recht."

„Ja? Ein Wunder? Das klingt doch mal gut. Darüber kann ich ja nachdenken, wenn ich heute die Zeit nutze und im dritten Stock Ordnung mache.

Rudolf Stolz wurde kurz blass, blinzelte und sagte dann etwas zu hastig: „Ach was, lass den dritten Stock doch dritten Stock sein. Und wenn du unbedingt meinst, da müsste man mal sauber machen, dann lass es doch Martin machen. Er hat dir ja versprochen, dir in den Sommerferien bei den Arbeiten zu helfen."

„Du meinst, ich soll Martin, diesen ausgewiesenen Langschläfer und Schlendrian, den dritten Stock machen lassen?"

Er nickte eifrig.

„Meinetwegen, dann kann ich mich heute zu unseren Gästen an den Pool setzen und sie zum trinken überreden. Aber zuerst wecke ich Martin, gehe mit ihm hinauf und zeige ihm, wie er das Bad im dritten

Stock zu machen hat. Bad putzen ist nun wirklich nicht sein Ding!“

Rudolf Stolz sprang hastig auf, dämpfte die Zigarette aus und ging zum Eingang: „Ich weck ihn mal auf und weihe ihn in seine heutige Geheimaufgabe ein.“

„Na gut, mach nur. Ich räum derweil dein Zeugs da ab.“

„Danke.“

Er war schon bei der Tür, als er ihre Stimme hörte, diesmal mit der zynischen Schärfe, zu der sie manchmal in der Lage war: „Wieso werd ich das Gefühl nicht los, dass ich im dritten Stock nichts zu suchen habe?“

Rudolf blieb mitten in der Bewegung starr stehen, dann drehte er sich eckig um und sagte: „Der Staub, Schatz. Der Staub. Du niest doch immer soviel.“

„Ach ja.“

„Ja.“

„Ok.“

„Ich muss weg, den Jungen, du weißt schon … wecken und so.“

Obwohl er es äußerst eilig hatte, blieb er fast zehn Sekunden am Bett seines Sohnes stehen und liebkoste ihn mit Blicken. Martin hatte sich, wie so oft, das Zipfelchen des Polsterbezuges mit den Zähnen geschnappt und zurechtgezogen. Seine Scheitelhaare verdeckten sein Gesicht bis zum glatten Kinn, auf dem ein paar Härchen sprossen.

Endlich riss er sich los und weckte Martin, der so verschlafen war, dass er ihm zweimal erklären musste, welche Gefahr drohte.

„Mama will genau heute im dritten Stock Klarschiff machen?“

„Genau so ist es. Sie richtet im Keller schon Eimer und Wischmob her. Mach schon, du musst vor ihr oben sein!“

Martin schwang sich aus dem Bett, war aber zu unausgeschlafen, als dass seine Bewegungen auch nur ansatzweise elegant ausgesehen hätten. Er zog sich die schwarze Armyhose an, schlüpfte ohne Socken in die schwarzen DC Sneakers, holte sich ein ungebügeltes, schwarzes T-Shirt mit dem Logo der Band Slayer aus dem Schrank und zog es an. Dann bugsierte er seinen Vater aus dem Zimmer. Sie standen auf dem Korridor und lauschten. Die Treppe knarrte.

Martin flüsterte „halt sie irgendwie auf“, und lief die Treppe, immer zwei Stufen auf einmal nehmend, in den dritten Stock hinauf. Oben angekommen blieb er wieder stehen und lauschte angestrengt. Eine

Etage tiefer hörte er seine Eltern reden, verstand aber nicht, um was es ging. Sie kamen gemeinsam die Treppe hoch. Seine Mutter lächelte geschäftig und sagte: „Dein Vater meint, du willst hier oben klar Schiff machen?“

Martin nickte zaghaft und ließ sie nicht aus den Augen, während er sich seitlich an der Wand an die Badezimmertür heranschob.

„Finde ich klasse von dir. Du machst das wirklich?“

„Na klar.“

Sie lachte. In der einen Hand hatte sie den Wischmob, in der anderen Hand den Eimer für den Wischmob mit heißem Wasser und Seife, sowie drei unterschiedliche Tücher. Sie kam auf ihn zu. „Find ich lieb von dir. Aber zumindest im Bad zeige ich dir, wie man das macht.“

„Mama, brauchst nicht. Ich hab schon sauber gemacht, echt.“ Jetzt stand er vor der Tür und die Panik stand ihm ins Gesicht geschrieben.

Ihr Gesichtsausdruck änderte sich. „Sag mal, du und dein Vater, verbergt ihr irgendetwas vor mir? Sag schon!“

„Na nichts, voll nicht. Aber du brauchst dich nicht dauernd so zerreißen mit all der Arbeit und alles …“

„Gehst du jetzt bitte von der Badezimmertür weg?“

„Mama, schrei nicht so, ich krieg voll den Hörsturz hier!“

Sie machte noch einen Schritt auf ihn zu, drückte, ohne sich nach ihm umzusehen, ihrem Mann den Wischmob in die Hand, stellte den Eimer ab und griff nach der Türklinke des Badezimmers. Sie sah Martins erschrockenes, bleiches Gesicht und zögerte. Jetzt sah er verzweifelt aus und sagte beinahe flüsternd: „Mama, bitte. Du kannst nicht ins Bad, bitte.“

„Um Himmels Willen, wieso nicht?“

Und Martin fand, dass die Frage berechtigt war. Wieso nicht? Sie war mehr als nur seine Mutter. Sie war Arbeitskollegin, Chefin und beste Freundin, also? Nur weil sie mir in den letzten Wochen zunehmend misstrauisch begegnete? So ein Unsinn, schalt er sich. Weil sie auf altmodische Art und Weise religiös war und in Abris ganz sicher einen Dämon sehen würde und niemals das, was er wirklich war? Oder einfach nur deshalb, weil es gut war, ein Geheimnis vor ihr zu haben? Er fühlte sich auf einmal kindisch und dumm.

Er sah an ihr vorbei zu seinem Vater, der resigniert mit den Schultern zuckte, und antwortete, nicht fähig, ihr dabei in die Augen zu sehen: „In unserem Bad wohnt ein Geist.“

Die Badezimmertür war offen. Keiner sagte ein Wort. Martin und sein Vater standen im Flur. Im Morgenlicht tanzte der Staub.

Maria Stolz stand mit zusammengekniffenen Lippen und aufgerissenen Augen im Gemeinschaftsbad im dritten Stock des Gästehauses, das sie und ihr Mann betrieben. Sie, ihr Mann und Martin.

Und in der Badewanne dieses Badezimmers lag ein außergewöhnlich bleicher Halbwüchsiger, der sie erschrocken, aber auch sanft lächelnd ansah. Um ihn herum im Wasser schwammen Kotbröckchen. Es roch durchdringend nach Fäkalien. Ihr schossen tausende Gedanken durch den Kopf, so vieles, was sie fragen oder sagen wollte. Aber schlussendlich rang sich die Mutter in ihr durch: „Um Gottes Willen, bist du krank? Fehlt dir was?“

Der Junge schüttelte den Kopf und antwortete: „Hier bin ich in Sicherheit. Aber ich weiß nicht, was ich machen soll, wenn ich drücken muss.“

Sie sah ihn verständnislos an: „Drücken?“

„Ja. Drücken. Wenn der Bauch voll ist, sie wissen schon.“

„Ah. Drücken.“

Der Junge nickte und senkte verschämt den Blick: „Es stinkt so. Und ich weiß nicht, was ich machen soll.“

„Warte hier einen Moment. Ich muss kurz mit meinem Mann reden. Und mit meinem Sohn, verdammt noch mal!“

Eine halbe Stunde später saß Martin auf der obersten Stufe, die Ellenbogen auf den angezogenen Knien, das Gesicht in der Armbeuge. Er wusste nicht, ob er weinen oder schlafen sollte. Das Ausmaß der Erschöpfung war eine Erfahrung, wie er sie noch nie gemacht hatte. Seine Eltern saßen im Wohnzimmer und redeten. Natürlich ging es um Abris, warum er sich in ihrem Haus befand. Und wie man damit umgehen sollte. Martin hatte seine Mutter falsch eingeschätzt. Und zwar nicht zum ersten Mal. Sie begriff mehr durch den Anblick des Jungen in der Badewanne, der im eigenen Kot saß, als durch die wenigen, zerrissenen Sätze, die Martin und sein Vater abwechselnd von sich gaben. Sie begriff zuerst die wesentliche Sachen wie: Er ist ungefährlich, aber in Gefahr. Er muss im ständigen Kontakt mit Wasser sein. Er ist kein Mensch sondern irgendetwas zwischen Geist und Mensch, momentan aber in einem Körper gefangen, dessen Unzulänglichkeiten ihm nun zu schaffen machen.

Sie war schon immer praktisch gewesen. Und sie hatte auch sehr schnell begriffen, wie der Junge aus dem See hierher verfrachtet und die Treppen nach oben gebracht worden war.

Zuerst wusch sie ihrem Mann und ihrem Sohn den Kopf, dann schickte sie sie hinaus und kümmerte sich um Abris. Und in diesen zehn Minuten, die sie mit ihm allein war, musste sie auch etwas im Wesen von Abris begriffen haben, das ihrem Gesicht den Stempel von heiliger Demut aufdrückte. In diesen zehn Minuten organisierte sie aus dem Schrank im Bad vier große Badetücher, weichte sie im Waschbecken ein und wickelte Abris darin ein. Zuerst brachte sie ihn unter die Dusche und reinigte ihn. Dann erklärte sie ihm, dass er, wenn er drücken musste, die Toilette eine Tür weiter benutzen müsste, immer eingehüllt in nasse Tücher. Sie nahm ihm die Furcht, er hätte hier keinen Platz, ließ aber auch keine Zweifel offen, dass sie, wenn sie hier mit ihm fertig sein würde, mit ihrem Mann und Martin Schlitten fahren würde, und zwar gewaltig, wie sie es auszudrücken pflegte.

Sie stellte ihn unter die Dusche, ließ das Wasser laufen, ließ das Bad aus, zog sich Gummihandschuhe an und entfernte die Kotbröckchen. Dann wischte sie mit Scheuermilch die Wanne sauber und ließ frisches, lauwarmes Wasser ein. Während das Wasser in die Wanne lief, holte sie Abris aus der Dusche, wickelte ihn wieder in nasse Handtücher und setzte ihn in die Wanne. Als sie sah, dass es ihm gut ging, erwiderte sie sein Lächeln und hatte das Gefühl, für den Bruchteil einer Sekunde einen Blick durch Raum und Zeit auf das Wesen von Güte und Liebe erhascht zu haben. Wer auch immer der Fremde in ihrer Badewanne war, was auch immer ihn dazu bewog, hier zu sein und sie mit seinem Besuch zu beehren, sie würde ihm ihre Gastfreundschaft nicht verwehren. Ihr war so, als würde der blasse Junge mit seinem Lächeln direkt und ohne Umwege einen Endorphincocktail in ihr Herz schütten.

Als sie hinausging sagte sie: „Danke“, ohne zu wissen, warum.

Draußen raunte sie zu ihrem Mann: „Rudi, komm mit runter in die Wohnung. Wir müssen reden. Sofort. Timmi, du kommst später an die Reihe. Du siehst müde aus.“

Martin nickte und setzte sich auf die Treppe, seine Eltern polterten nach unten.

Sein Körper entschied sich für einen kurzen Schlaf, den sein Vater wohl Schlüsselschlaf genannt hätte. Er hatte Martin einmal davon erzählt, woher er den Begriff kannte: Wenn ein Strafvollzugsbeamter während des Dienstes im Block ein kurzes Nickerchen machen wollte, so ging die Legende, nahm er den Schlüsselring vom Gürtel und hielt ihn in der Hand. Fiel der Schlüssel zu Boden, weckte das den Beamten und bewahrte ihn unter Umständen vor Unannehmlichkeiten. Ein fünfminütiges Wegdämmern. Er schlief so ein, wie er saß, mit angezogenen Knien, die Arme auf den Knien, das Gesicht in der Armbeuge. Und in seinen kurzen wirren Traum über den Waldsee, wo er auf dem Wasser durch Nebelschwaden ging, mischte sich ein Lied, gesungen von der brüchigen Stimme eines alten Mannes. Die Zeile war schön: Komm, süßer Mond. Aber da war kein Mond am Himmel, nur der Nebel, der sich nach oben drehte, in sanften Spiralen hinauf über das Blätterdach des Waldes.

Jetzt schwebte er und fühlte, dass er schwebte. Das war schön. Er sah nach unten. Er befand sich etwa drei oder vier Meer über der Wasseroberfläche, er sah Wellen auseinanderdriften. Am Schnittpunkt der Wellen sah er einen Kopf - da schwamm jemand.

Wenige weiße Haare – und von da kam auch der Gesang. In dem Moment, in dem Martin im Traum fragen wollte: Wer bist du?, kippte er zur Seite und schlug sich den Kopf am Geländer der Treppe an. Er schreckte hoch und blinzelte verwirrt.

Denn der Gesang war noch immer da, hatte sich aus dem Traum in die Wirklichkeit geschlichen, leise, melodisch, als würde er nur aus sich selbst bestehen und solange leben, solange er erklang. Das war die Stimme von Jorden de Schuil. Jorden? Aber wieso Jorden?

Martin stand auf, es knackte in den Knien und er fühlte sich grausam verspannt. Wie lange hatte er geschlafen? Nicht lange, oder? Die Sonne stand noch tief im Osten, warf rotgoldenes Licht aufs Land und durch die Scheibe am Ende des Korridors, um mit den tanzenden Staubfusselchen zu spielen. Was sang der alte Mann da bloß? Es war niederländisch. Martin verstand genug, um den Text beinahe synchron ins deutsche zu übersetzen:

Komm, süßer Mond
und zieh Dein
Kleid aus Wolken aus,
veredle mir die Nacht,
mach silbern

Wald und Gräser

Schenk mir einen Augenblick
heiliger Besinnung,
ehe die Nacht tief
in den Weiher stürzt,
das Feuer erlischt
und die Freunde
nach Hause gehen

Martin fand, dass die Melodie hoffnungsvoll klang, der Text aber traurig war. Er blieb stehen, um vielleicht noch eine Strophe zu hören, denn er hatte das Gefühl, dass noch eine Strophe kommen müsste, aber der Gesang verstummte. Vor dem Haus fuhr ein Lieferwagen vorbei. Ein Hahn schrie.

Er stieß sich von der Wand ab, an die er sich gelehnt hatte und ging hinunter in die Wohnung, um sich von seiner Mutter den Kopf zurechtrücken zu lassen.

Aber so schlimm kam es nicht. Martin hatte schon immer den Verdacht gehabt, dass er die Kirchenbesuche seiner Mutter überbewertet hatte. Nach ihrer kleinen Ansprache über Familie und Vertrauen, und dass sie auf der Stelle wissen wollte, was es zur Hölle mit ihrem seltsamen Badewannengeist auf sich hatte, dachte Martin, dass ihre Kirchenbesuche in erster Linie der gutnachbarschaftlichen Beziehungen dienten, und nicht auf katholischen Fundamentalismus oder bedienungslosen Glauben basierten.

Er erklärte ihr, wer Abris war, was er war, warum er hier war. Er sprach mit ihr über seine körperlichen Gebrechen, über seine Schwäche, die vielleicht auch seine Stärke war. Einerseits konnte er das Wasser nicht vollständig verlassen, andererseits konnte er sowohl an der Luft wie auch unter Wasser atmen.

Nach seiner Erklärung schwiegen sie und tranken frisch aufgebrühten Kaffee.

In das Schweigen flüsterte Martin: „Ich kann ihn fühlen, oder zum Teil die Welt so sehen wie er sie sieht. Das ist komisch und es macht mir ein wenig Angst – eben weil er vor unserer Welt auch Angst hat. Er will hier nicht sein. Er kennt die Welt nur durch die Gedanken sterbender

Menschen, die er begleitet. Also so ähnlich wie vom Hörensagen. Aber er sehnt sich zurück. Und er sehnt sich nach seiner Aufgabe, Menschen zu begleiten – das ist es, warum er existiert. Auch wenn wir gut für ihn sorgen, ihm die Angst nehmen und alles, ihr wisst schon, er ist von seiner Bestimmung abgeschnitten."

Seine Mutter lächelte still. Dann sagte sie ebenso leise: „Er hat Thomas begleitet, vor einem Jahr, das stimmt doch, oder?"

Martin nickte.

Sie sah ihren Mann an und sagte: „Wir können ihn pflegen, es ihm so angenehm wie nur möglich machen, aber ich gebe dir natürlich recht, Martin. Er ist hier bei uns wie in einem goldenen Käfig. Er muss zurück in seine, wie nennst du das?"

„Halbwelt."

„Ja, in seine Halbwelt. Und ich habe nicht die geringste Ahnung, wie wir das bewerkstelligen könnten. Ideen, irgendjemand?"

Martin und sein Vater schüttelten verdrießlich die Köpfe.

Sie stand auf. „Gut. Martin, du weißt ja inzwischen, was er isst. Wir müssen regelmäßig zu ihm schauen, auch wenn wir nicht raufgehen, um ihm etwas zum Essen zu bringen. Weil er nun mal auch aufs Klo muss. Wir müssen, was weiß ich, alle paar Tage das Wasser wechseln. Herrgott bin ich jetzt froh, dass wir eine so miese Saison haben. Das zehrt an den Ersparnissen. Aber wir werden es überleben." Sie griff nach der Hand von ihrem Mann und drückte sie. Mit der anderen fuhr sie Martin durch das verstrubbelte Haar und sagte: „Mach dich tageslichttauglich. Und dann geh zum Waldsee rauf und sammle die Sachen zusammen, die du ihm gebracht hast. Letztens ist mir aufgefallen, dass die Parkajacke fehlt. Und da wird noch mehr sein, oder? Ich werde noch verrückt. In unserer Badewanne lebt ein Geist, vielleicht sogar ein Engel aus dem Wasser, und ich denke über alte Parkajacken nach. Ich brauch noch einen Kaffee."

Sie lachten. Aber sehr, sehr leise, um die Gäste nicht zu wecken.

Max Freimuth wachte gegen halb neun Uhr vormittags auf und hatte einen Kater. Das Kürbiskernbier trank sich leicht, aber wenn man zuviel davon trank – und das war schwer abzuschätzen, dann haute es einen einfach um.

Im Haus war es still. Er wünschte sich in seinem verkaterten Zustand, Martin würde bei ihm am Bett sitzen. Am besten in der weichgewaschenen schwarzen Militärhose und den Springerstiefeln mit den weißen Bändern. Er mochte es, wenn sich Martin diese militärischen, leicht rechts angehauchten Sachen anzog. Die schwarze Londsdalejacke mit den hochgeschobenen Ärmeln, die Militärhose, die an den richtigen Stellen am Schoß spannte. Die Erregung traf ihn wie ein Blitz, seine Fantasie machte Bocksprünge. Er wuchtete sich aus dem Bett und sah im Vorbeigehen sein Spiegelbild im Glas des Wandschranks. Er verzog angewidert das Gesicht und beschloss, kalt zu duschen, sich die Zähne zu putzen und zwar sehr ausgiebig, und dann frühstücken zu gehen.

Aber soweit kam es nicht. Als er angezogen, gekämmt und dezent parfümiert sein Zimmer verließ und über den Korridor zur Treppe ging, hörte er etwas. Es war leise, und wenn ihn sein Gehör nicht trog, kam das Geräusch von oben – nicht aus Martins Zimmer, wie er sich mit leichtem Bedauern eingestand. Denn das Geräusch hatte zumindest für ihn ganz deutliche, erotische Vibrationen. Aber war er nicht in einer Verfassung, in dem ihn sogar wehender Wind erregen würde? Er lachte über sich selbst und schüttelte den Kopf.

Aber das Geräusch war noch immer da, ein leises rhythmisches Plätschern. Als würden zwei Menschen im Wasser miteinander … Ich bin so ein verrücktes altes Arschloch, dachte er, blieb aber stehen, um weiter zu lauschen. Nein, das klang nicht wie Geschlechtsverkehr in der Badewanne. Das klang anders, schneller, und Max Freimuth kannte das Geräusch deshalb, weil er es schon oft genug selbst verursacht hatte. Er dachte automatisch an Martin, der in einer mit dampfenden Wasser gefüllten Badewanne lag und …

Das Geräusch kam von oben. Er sah hinauf, dann hinunter. Sonst war es still im Haus. Die Verzweiflung in seiner Brust verzerrte sein Gesicht. Er hasste sich dafür, er hasste es, über fünfzig Jahre alt zu sein und wider aller Vernunft noch immer auf Teenager zu stehen. Er dachte: Ich hasse es, über fünfzig zu sein und auf Jungs zu stehen, die mich im besten Falle ignorieren, normalerweise aber mitleidig bis angeekelt belächeln.

Er ging die Treppe hoch in den dritten Stock. Hier war das lauter und deutlicher. Es schien überall zu sein, ein schnelles platsch-platschplatsch. Das konnte nur aus dem Bad kommen. Ich könnte ja so tun, als ob ich mir die Hände waschen wollte, dachte er und fühlte sich wegen diesem hinterlistigen Gedanken noch mieser. Er legte sich schon die Worte zurecht, die er sagen wollte, wenn er die Tür öffnete. Und ich werde diese verdammte Tür öffnen, wenn ich schon keinen Jungen mehr abbekomme, dann will ich wenigsten einen beim wichsen erwischen, verdammt noch mal!

Er blieb kurz reglos vor der Tür stehen und hörte, wie das Geräusch immer schneller wurde. Jetzt verspannt er sicher schon die Zehen, oh mein Gott, er kommt gleich, er kommt gleich, er kommt ... Max Freimuth schob die Tür mit einem aufgesetzt fröhlichen Lächeln auf, blieb in der Tür stehen und sah ein Wunder.

Ein grünhaariger, grünäugiger Junge mit fast weißer Haut und wild auf der glatten Haut herumtanzenden Mustern und Wirbeln, Tribaltatoos. Er sah ihm geradewegs in die Augen.

Das Gesicht war so schön, dass es ihm in den Augen schmerzte, der Körper war formvollendet jugendlich. Und das schneller werdende Platschen kam von den Händen des Jungen, mit denen er abwechselnd flach aufs Wasser schlug. Nicht mehr als ein Ausdruck guter Laune, jugendlicher Übermut. An der ganzen Szene war nichts Verfängliches, außer der Tatsache, dass er wie ein Narr in der offenen Tür stand und den fremden Jungen anstarrte. Der Grünhaarige beendete die Wasserklatscherei und sah Max Freimuth ohne Scheu an:

„Guten Morgen. Wer bist du? Bist du auch Gast in diesem Haus?“

Max Freimuth krächzte und nickte. Er räusperte sich. „Ich wollte mir äh, nur die Hände waschen.“

Eine schlingpflanzenähnliche Tätowierung krabbelte seitlich am Bauch des Jungen hoch und drehte sich um seine linke Brustwarze.

Max Freimuth machte einen Schritt zurück, griff nach der Türklinke und sagte: „Entschuldige bitte die Störung, bitte.“

Der merkwürdige Junge lächelte strahlend und nickte.

Max Freimuth zog die Tür hinter sich zu und blieb noch ein paar holprige Herzschläge lang vor dem verschlossenen Badezimmer stehen.

Unten im Haus sang jemand. Die Stimme eines alten Mannes; ein schönes Lied. Er rieb sich über das Gesicht, seufzte gequält und ging. Grünhaarig, dachte er. Ob das vielleicht der Punk vom See ist? Ist mir egal, er ist ein Gott, das ist es, was er ist.

Er ging zurück ins Zimmer, zog sich nackt aus und stellte sich geschlagene fünfzehn Minuten unter die kalte Dusche.

Jorden de Schuil kniete vor dem offenen Fenster in seinem Zimmer, hielt ein Schwarzweiß Foto seiner verstorbenen Frau in der Hand und sang. Er wiederholte die drei Strophen drei Mal und versuchte sich zu erinnern, wie die Gitarre dazu geklungen hatte. Er verstummte, küsste das Bild und dachte: Ich war nicht immer glücklich mit dir, Frau. Aber die Zeit mit dir war die beste Zeit meines Lebens. Was kann jetzt noch kommen?

Was?

Kai kam gegen Mittag zum Königsberghof, küsste Martins Mutter auf die Wange und winkte Martins Vater, der im Garten arbeitete, von der Veranda aus. Martin brachte zwei Gläser Eistee und sie setzten sich an einen der runden Tische unter einen Sonnenschirm. Martin fasste die Ereignisse des frühen Morgens in wenigen Worten zusammen, warf aber auch ein, dass Max Freimuth, der Gast aus Deutschland, als er heute gegen neun Uhr zum Frühstück kam, ziemlich mitgenommen ausgesehen hatte. Nebenbei erwähnte Martin mit einem etwas zu selbstgefälligen Lächeln, dass der bekannte Journalist wohl auf ihn stünde – was Kai augenscheinlich gar nicht schmeckte.

Martin wechselte das Thema, kam zum Wichtigsten zurück, nämlich, dass seine Mutter nun eingeweiht sei. Martin sagte, er konnte ihre Enttäuschung verstehen, aber er wäre sich eben nicht hundertprozentig sicher gewesen, wie sie darauf reagieren würde. Weiter sagte er, er wüsste selbst nicht, wie er reagieren würde, wenn beispielsweise Kai zuerst Abris kennengelernt hätte und er Martin eingeweiht hätte. „Ich fasse es ja selbst noch immer nicht, dass es ihn gibt, dass es so was wie die Elementals überhaupt gibt. Und ich wundere mich, dass ich nicht schreiend herumrenne und mir die Haare ausreiße."

Kai grinste und sagte, nachdem er an seinem Eistee genippt hatte: „Wahrscheinlich weil du weißt, dass du ohne Haare beschissen aussehen würdest, du Freak."

Martin lachte tonlos, griff unter den Tisch und strich mit der flachen Hand zärtlich über Kais Oberschenkel.

„Der Eistee ist gut. Selbst gemacht?"

„Nein, selbst gekauft und ein bisschen aufgepeppt. Da waren Pfefferminzblätter drin. Geheimrezept meiner Ma. Ich hoffe, du weißt, dass ich dich jetzt töten muss." Jetzt lachten sie beide und sahen hinunter zum Pool, an dessen Rand Jorden de Schuil saß und die Beine ins Wasser hängen ließ.

Kai nickte Martin zu: „Mir kommt er traurig vor, was meinst du?"

„Naja, seine Frau ist erst vor kurzem gestorben und er ist nun zum ersten Mal allein hier bei uns zu Gast. Er fühlt sich wahrscheinlich … keine Ahnung, wie man sich da fühlt – desorientiert wahrscheinlich."

„Lass uns ein wenig zu ihm runtergehen, hm?"

Martin nickte. „Nimm dein Glas mit – Mama kriegt immer nen Hals, wenn sie hinter mir herräumen muss."

Sie polterten mit ihren Eisteegläsern bewaffnet die Holztreppe hinunter, und bevor sie in den Garten gelangten, läutete es an der Tür. Und zwar Sturm. Martin blieb abrupt stehen, Kai prallte von hinten auf ihn drauf und beide sahen zu der gelb geriffelten Glastür, hinter der sich ein großer, schwarzer Schatten abzeichnete. Martin drehte sich zu Kai um und zuckte mit den Schultern. Dann drückte er ihm sein Glas in die Hand, ging zur Tür und öffnete sie. Pater Walter stand vor ihm. Er trug ein schwarzes Hemd, den weißen Kragen und schwarze Hosen. Er überragte Martin beinahe um einen Kopf, sah auf ihn herab mit der Milde eines satten Löwen. Er schob sich halb an Martin vorbei und fragte mit leise dröhnendem Bass:

„Wo ist der Junge aus dem See? Versuche gar nicht erst mich zu belügen, Martin Stolz. Ich weiß alles. Ich und mein Gott, wir wissen alles."

„Was für ein … wer?"

„Ich hab gesagt, versuch es erst gar nicht. Der blasse Junge vom See, der mit den lebendigen Tätowierungen. Grüne Augen, grüne Haare. Er kann nur in einer Badewanne oder … warte mal! Ist er im Pool?"

„Im Pool ist Chlor und …"

„Ich hab's ja gewusst, dass er da ist, hab ich es doch gewusst, ha!"

Kai sah Martin an, machte große Augen und ein: ‚Was bist du nur für ein Depp' Gesicht.

Pater Walter bekam den Blickwechsel mit und sagte etwas milder, aber immer noch dröhnend: „Einen Bedürftigen zu beherbergen ist eine gute, christliche Tat. Und wenn er das ist, was Ernst mir gesagt hat, dann ist es mehr als eine gute Tat. Dann ist es Pflicht. Ich möchte ihn sehen. Bitte."

Hinter ihnen hörten sie eine krächzende Stimme, die nur mühsam beherrscht war: „Diese Tätowierungen auf der Haut. Sieht das so aus, wie die Lichtreflexe in einem Pool? Ihr wisst ja, wenn die Sonne auf die kleine Wellen trifft, die Lichtreflexe an der Poolwand."

Kai und Martin wandten sich um und nickten.

In der Tür zum Garten stand Jorden de Schuil. Er hatte den Kopf leicht gesenkt und sah sie um Entschuldigung bittend an: „Passen wir alle ins Badezimmer?"

Martin dachte, als er die kleine Prozession über die schmale Treppe hinauf in den dritten Stock anführte, dass alles offensichtlicher wird, je mehr man es zu verbergen versucht. Abris aus dem See, das war zum Selbstläufer geworden. Es ging hier und jetzt nicht mehr um Geheimhaltung – dafür war es viel zu spät. Es ging darum, Abris zu schützen und, wenn es sein sollte, ihm zu helfen, irgendwann einmal wieder in seine Halbwelt zurückkehren zu können.

Er öffnete die Tür, steckte den Kopf ins Bad und sah, wie es Abris ging. Er hatte den Kopf unter Wasser, seine Beine hingen links und rechts über den Badewannenrand. Und er hatte die Augen offen.

Pater Walter drängte sich an Martin vorbei und sah ein sehr menschenähnliches Wesen von engelhafter Schönheit, über dessen Haut seltsame Farben und Lichtreflexe huschten, der den Kopf unter Wasser hatte und ganz augenscheinlich unter Wasser atmete. Und, sensibilisiert durch sein Amt als Ortspfarrer, durch seinen tiefen Glauben, spürte er so etwas wie Güte, vollkommen rein. Güte, die nichts erwartete, nichts verlangte, sondern einfach da war und immer gewährt wurde.

Abris tauchte auf, sah sich um und blinzelte sich dabei das Wasser aus den Wimpern. „Besuch. Wie nett." Er sah Pater Walter an. „Wer bist du?"

„Ich bin Pater Walter."

„Ist Pater ein Teil deines Namens?"

„Nein. Das Wort Pater steht für Vater. Kurz gefasst ist es eine Bezeichnung für das, was ich mache."

„Und was machst du, Pater Walter?"

„Ich bringe den Menschen das Wort Gottes näher, ich helfe ihnen, nach seinem Willen zu leben."

„Das ist sehr ehrenwert, Pater Walter. Ich wünschte, ich wüsste soviel von Gott, dass ich es anderen erklären könnte."

„Aber du musst doch alles über ihn wissen, du lebst ja zwischen hier und dort, oder?"

„Das stimmt wohl. Ich glaube zu verstehen, was er durch uns bewirken will. Und der menschliche Teil in mir ist dankbar für diese Güte."

„Was will er bewirken? Was bewirkt Gott durch dich und die, die so sind wie du?"

„Angst ist Teil des Lebens. Sie trägt dazu bei, sich selbst zu schützen, andere zu schützen und sie hilft, Gebote einzuhalten. Angst ist wichtig. Aber all die Angst verliert ihr Recht, wenn der Tod bevorsteht. Wenn es unumstößlich ist, dass ein Mensch stirbt, dann soll der Mensch alle Furcht verlieren, allen Schmerz, damit er rein und mit heiterem Herz hinübergelangen kann. Ich verstehe auch inzwischen, warum ich hier bin, warum ich Martins Trauer für Todesangst hielt."

Pater Walter sah Martin an, dann sahen beide zu Abris.

Der Junge aus dem See lächelte. „Ich glaube, wir wurden überheblich, wir taten, wozu wir geschaffen waren, aber wir nahmen die Angst und den Schmerz nicht mehr ernst. Vielleicht sollte ich lernen wie es ist, Gnade zu erfahren; etwas, worum so viele Menschen bitten, wenn sie von uns hinüberbegleitet werden. Dabei gibt es gar keinen Grund, um Gnade zu bitten."

„Gibt es nicht?", fragte Pater Walter.

Abris lachte hell. „Bittest du das Wasser nass zu sein, wenn du es trinkst?"

Abris sah an Pater Walter vorbei zu Jorden de Schuil. Die Linien und Reflexe auf Abris' Haut wurden schneller und heller, leuchtender. Und in seinem Lächeln steckte soviel Liebe, dass Martin die ganze Welt hinter Abris' Lächeln als kalt und abstoßend wahrnahm.

„Kleiner Jorden. Mir ist so, als ob es gerade eben gewesen ist. Du in dem kleinen Weiher, ein kleiner Junge warst du. Dein Licht ist schön. Ich erkenne es wieder."

Kai sah Martin an, nahm ihn bei der Hand und zog ihn zur Tür, um Jorden vorbei zu lassen. Selbst Pater Walter wich zurück und sah zu, wie der alte Mann aus Holland neben der Badewanne auf die Knie sank, wie Abris seine Hand auf Jordens schütteres Haupt legte und ihn fragte:

„Jorden, was ist? Wollen wir gemeinsam schwimmen gehen? Du hast das Lied nicht zu Ende gesungen."

Jorden nahm Abris' Hand zwischen seine Hände und lächelte unter Tränen: „Ja, ja, das wäre schön!"

Ein paar Minuten später saßen Pater Walter, Jorden de Schuil und Kai bei Martins Eltern auf der Veranda, genossen die Wärme der Holzdielen und tranken Eiswasser. Martin war noch oben bei Abris, um ihm beim Toilettengang zu helfen. Jorden de Schuil knabberte an seinem Daumennagel und es war nicht zu übersehen, dass ihm etwas auf dem Herzen lag, und dass er nur noch nicht wusste, ob und wie er es formulieren sollte.

Pater Walter stieß ihn sachte in die Rippen und nickte ihm aufmunternd zu: „Vielleicht etwas Stärkeres zu trinken, Herr de Schuil? Ich könnte schnell ins Pfarrhaus gehen und einen wirklich ausgezeichneten Schnaps holen. Den hat der Moser Luis gebrannt, ein verdammt hartes Tröpfchen, wenn ich so sagen darf. Der bringt die Leber ins Schleudern, so wahr ich hier sitze."

Jorden lächelte und klopfte dem Pater auf den Oberarm. „Lassen Sie mal. Ich glaube, ich muss eine kleine Geschichte erzählen. Und was ich erzählen will, ist schon sehr lange her. Ich muss meine Sinne beieinander haben, um die Geschichte zu erzählen. Aber dann, später vielleicht, komme ich gerne auf ihr Angebot zurück, mein Lieber."

Pater Walter nickte und lehnte sich zurück und fragte: „Soll es eine Beichte sein? Dann wären wir in der Kühle der Kirche vielleicht besser dran."

Jorden schüttelte den Kopf. „Nur eine kleine Geschichte. Über den süßen Mond und Lichtreflexe im Wasser."

Martins Mutter flüsterte: „Das hört sich schon jetzt interessant an. Ich hol uns trotzdem mal ein paar Flaschen Bier im Eiskübel, kann ja nicht schaden."

Kapitel 16

Und so saßen sie am Nachmittag auf der Veranda, im Schatten eines überdimensionalen Sonnenschirms, kapselten sich ihre Bierflaschen auf und richteten ihre Aufmerksamkeit auf Jorden de Schuil: Rudolf und Maria Stolz, Martin, Kai und der Pater.

Jorden genoss einen Schluck von seinem Bier, sah über die Köpfe der Leute weg nach Osten zu den bewaldeten Kämmen der Hügel und begann zu erzählen.

„Zumindest mir geht es so: Wenn ich mich an Dinge erinnere, die lange zurückliegen, dann erinnere ich mich zuerst immer daran, wie das Wetter war, und wie ich das Wetter wahrgenommen hatte. Ich war etwa zehn Jahre alt und lebte mit meinen Eltern in einem kleinen Haus am Rand der Ortschaft Balkbrug. In der Nähe der Ortschaft gibt es einen kleinen Wald mit zwei Waldseen, eigentlich Weihern. Sie waren nicht besonders tief, so wie in Holland nur sehr wenig wirklich tief ist.

Ich erinnere mich an diesen Sommer. Es war sehr still, selten bewölkt. Viele Stechmücken waren auf frisches Blut aus. Meine Unterarme waren ganz zerstochen und meine Mutter gab mir jeden Abend Salbe drauf, die irgendwie gut roch. Nach zu Hause, nach Mutter und Fürsorge.

In Balkbrug lebte ein Ehepaar, das die Hippiezeit vorweg nahm. Sie hatten lange Haare und schneiderten ihre Kleidung selbst aus bunten Stoffen. Sie kifften in einer Tour, zumindest hatte ich das damals so aufgeschnappt – jedenfalls saßen die den Großteil des Tages auf Campinghockern an einem weißen Campingtisch unter einem dichten und schattigen Baum. Sie machten oft Musik. Besonders am späten Nachmittag. Man redete im Ort zwar über sie etwas abfällig als ‚Langhaarige', aber wenn sie Musik machten, verstummten die Gespräche auf den Veranden und Terrassen und alle hörten zu. Eines ihrer Lieder habe ich mir eingeprägt, weil es für mich dem Sommer eine gewisse, kindliche Ernsthaftigkeit verlieh. Ihr wisst vielleicht, welche Freude man als kleiner Junge an Geheimnissen hat. An Sommergeheimnissen, Geflüster, all das."

Alle nickten.

„So war es auch bei mir. Das Lied ging so." Jorden tappte mit der Hand den Takt auf die Tischplatte. Ein Schwarm Vögel schreckte aus den Bäumen hoch und rauschte im Tiefflug ums Haus.

„Komm, süßer Mond und zieh Dein Kleid aus Wolken aus,
veredle mir die Nacht, mach silbern Wald und Gräser

Schenk mir einen Augenblick heiliger Besinnung,
ehe die Nacht tief in den Weiher stürzt, das Feuer erlischt und die Freunde nach Hause gehen

So wie sie immer gehen nach einem Fest
am Waldensee, singend für einen,
der hier vor Jahren ertrunken ist, gröhlend für den Hof
der alten Nacht, am Ende schweigend für des Morgens erstes Zwielicht …“

Sie sangen dieses Lied, als ich mit dem Fahrrad an ihrem Garten vorbeiradelte. Der Mond stand schon flach am Himmel, obwohl es früher Nachmittag war. Das war wunderschön, aber ich wollte nichts wie zum Waldsee und ins Wasser springen. Es war so heiß und drückend still. Ich wollte nur ins Wasser. Und das Beste war, ich war allein bei dem einen Weiher. Die anderen Jungs und die älteren Jungs mit ihren Mädchen gingen immer zum zweiten Weiher. Die beiden Teiche waren nur durch eine Art Erdrücken getrennt, auf dem Büsche und Bäume wuchsen. Ich glaube, ich erinnere mich sogar, das Gelächter von ein paar Jungs gehört zu haben, sicher bin ich mir aber nicht. Ich warf das Rad in den Schatten zwischen zwei Büsche, trat mir die Sandalen von den Füßen, zog mich ratzfatz schnell nackt aus und sprang ins Wasser. Oh, ihr glaubt es nicht, wie wundervoll kühl es war. Nicht kalt. Fast warm, aber trotzdem … Ich weiß nicht; wie kühle Seide auf sonnenheißer Haut oder so. Es war himmlisch. Und es war unheimlich, irgendwie war es unheimlich, aber ich hatte keine Angst. Und ich summte dieses Lied. Dann fiel mir der Text wieder ein und ich sang leise – vermutlich mit dieser piepsigen, außer Atem geratenen Stimme eines kleinen Jungen, der im Wasser paddelt. Irgendwann, während ich wieder einmal untertauchte, um mit einem Mund voll Wasser wieder hochzukommen und vergnügt auszuspucken, konnte ich meine Beine und Hände nicht mehr bewegen. Ich hielt die Luft an und hatte den verrückten Gedanken, ich könnte im Wasser atmen. Ich war wirklich unbekümmert und hatte die dritte Strophe des Liedes im Kopf. Und genau, als ich ausatmen und Wasser einatmen wollte, begann dieses Lichtgeflirre im Wasser. Da unten gab es nichts, wo sich das gebrochene Sonnenlicht hätte spiegeln können. Ich hatte die Augen weit offen und dachte: Du bist so schön. Darf ich mit dir spielen?

Und das Lichtgeflirre dachte in meinem Kopf: Du musst das Lied zu Ende singen. Dann können wir für immer spielen, für immer."

Jorden trank von seinem Bier, seufzte und fuhr fort: „Ihr könnt euch vielleicht vorstellen, dass ich noch nie etwas sehnlicher gewünscht hatte, und auch nie wieder etwas sehnlicher wünschen werde, als mit diesem Lichtgeflirre zu spielen. Davon umfasst zu sein. Diese Reinheit, Unschuld und all diese ungetrübte Freude. Ich hab es vergessen. Ich habe all das vergessen und ein Leben gelebt. Aber tief in mir, und das könnt ihr mir glauben, suchte ich diese Lichtschlangen, diesen Glanz. Ich suchte mein Leben lang danach, ohne zu wissen, wonach ich eigentlich wirklich suchte."

Pater Walter nickte und flüsterte in die Stille: „Ich weiß, was du willst. Und ich kann dir sagen, es ist keine Sünde. Ich wünschte, ich könnte sehen, was du als Kind gesehen hast, und ich wünschte, ich hätte empfunden, was du empfunden hast. Diese Reinheit hat dich geprägt. Mehr als dein Leben als Mensch, als Ehemann."

Inzwischen war Martin hinuntergekommen. Er setzte sich neben Kai und legte ihm wie selbstverständlich die Hand auf den Schenkel. Der Jeansstoff unter seiner Haut war warm und spannte sich straff über den Oberschenkel. Martin lächelte: „Und? Was gibt's?"

Rudolf Stolz sah seinen Sohn liebevoll an, schenkte Kai ein Lächeln, das ihm bedeutete, dass alles ganz und gar ok war und sagte: „Du solltest die Eichbauer Brüder anrufen. Es wird wohl demnächst noch eine Prozession geben."

„Was?"

„Wir müssen Abris hinauf zum See bringen. Jorden de Schuil hat noch ein Lied fertig zu singen."

„Ich versteh nur Bahnhof! Was ist los?"

Während Pater Walter zum Pfarrhaus ging um die versprochene Flasche selbstgebrannten Schnaps zu bringen, räumten Rudolf und Maria Stolz den Tisch ab und Jorden de Schuil ging mit ihnen in die Küche.

Kai nahm Martin, der ein Gesicht machte, als würde er jeden

Moment zu weinen beginnen, am Arm und zog ihn hinaus in die Spätnachmittagsgasse. Sie gingen schweigend die Gasse hinunter zur Busstation und kauften sich bei Rigo je eine Dose Pepsi. Dann setzten sie sich in den Schatten der hohen Ulmen, rissen die Dosen auf und tranken.

Martin sagte: „Das ist verrückt. Ich wusste von Anfang an, dass Abris zurückkehren muss und wird. Und trotzdem möchte ich, dass er hier bleibt. Spürst du das auch? Ich meine, wie viel Frieden der gebracht hat? Und jetzt soll das alles vorbei sein?"

„Es ist nicht vorbei, nur weil einer geht, Martin. Das zwischen uns ist nicht vorbei."

„Wirklich?"

„Ja."

Kai nahm Martin am Hinterkopf, zog ihn zu sich und sie berührten sich Stirn an Stirn. „Es ist nicht vorbei. Jeder Moment in meinem Leben, bevor wir uns wirklich kennenlernten, kommt mir jetzt wie vergeudete Zeit vor. Du bist so umfassend in meinem Leben, ich käme mir wie amputiert vor, wenn du fehlen würdest."

„Kannst du dir jemanden besseren vorstellen als den alten Holländer, um Abris zurückzubringen?"

„Nein", lächelte Kai liebevoll und küsste Martin auf die Nase, „kann ich nicht. Und das ist verrückt. Er hat ihn als Kind schon einmal gesehen, und jetzt, mehr als sechzig Jahre später, findet er ihn in der Badewanne seiner Gastgeber wieder. Was meinst du, wie der sich jetzt fühlt?"

Martin hob die Schultern und ließ sie seufzend fallen. „Keine Ahnung, echt. Wie jemand, der ein Wunder sieht, kann ich mir denken."

Sie standen auf, tranken ihre Pepsi aus.

Kai sah Martin ins Gesicht und grinste: „Verschwitzt siehst du richtig süß aus, Timmi."

Martin fasste Kai zwischen die Beine und massierte, was er zu fassen bekam: „Willst lecken?"

Kai wurde hochrot im Gesicht und keuchte: „Wow, oh ja, überall."

„Echt überall?"

Kai grinste und äffte Martins Lieblinsspruch nach: „Na voll."

„Lass uns zum Bach runtergehen. Da gibt's eine Stelle, eine kleine Lichtung, da ist nie wer. Los jetzt."

Später lagen sie im Licht der tiefen Sonne, schweratmend, und verrieben jeder beim anderen Schweiß und Sperma, leckten sich die Finger ab, küssten sich träge und satt. Stechmücken sirrten, oben auf der Straße fuhr ein Motorrad vorbei. Noch später standen sie auf, zogen sich an und hatten dieses verwunderte Lächeln im Gesicht, das man oft bei Menschen sieht, die nicht fassen können, so tief in den Glückstopf gegriffen zu haben.

Kai flüsterte, sein Gesicht Martin zugewandt: „Wow, ich kann mich aus deinem Mund riechen. Geil."

Martin lächelte entzückt. „Na voll."

Bei der unteren Kreuzung verabschiedeten sie sich und machten aus, sich nach dem Abendessen noch mal bei Martin zu treffen, um vielleicht später ein Nachtbad im Waldsee zu nehmen.

Rüdiger Brenner und Rudolf Stolz standen mit ihren Frauen im Garten des Königsbergerhofs am Pool und sahen ins Wasser. Rüdiger hatte auf Drängen von Rudolf Stolz seine Frau angerufen und gebeten, hierher zu kommen. Pater Walter kam eben zurück und hob stolz die Schnapsflasche hoch und rief: „Maria? Ein Schlückchen für jeden?"

Sie löste sich von ihrem Mann und ging zum Pater. „Ich denke, wir können alle eine Leberschleuder vertragen."

Es dämmerte still. Rudolf Stolz bückte sich und klappte am Poolrand einen Deckel auf, griff hinein und drehte die Poolbeleuchtung auf. Endlich sagte Rüdiger Brenner: „Pater Walter. Ich bin Christ. Nicht einmal ein Laie, aber einer, der glaubt. Glauben will. Und jetzt erfahre ich Dinge, die meinen Glauben nachhaltig erschüttern. Wir haben vor, etwas zu tun, das im krassen Widerspruch zu meinem Glauben steht …"

Rudolf Stolz unterbrach ihn: „Rüdiger, das geht uns allen so. Aber du missverstehst da etwas. Wir haben gar nichts vor. Wir werden bestenfalls Zeugen von etwas. Oder, Walter? Wie siehst du das?"

Pater Walter kippte seinen Schnaps, machte Ah und sagte: „Abris, was immer er ist, kann den Glauben nicht erschüttern. Im Gegenteil. Er ist Beweis für die Güte unseres Herrn. Die Existenz dieses Elementals, oder wie auch immer er sich selbst bezeichnen mag, zeigt uns nur, dass wir weit davon weg sind, alle Wunder gesehen und begriffen zu haben. Aber denkt mal: Nach einem Leben voller Kämpfe und Entbehrungen, nach Liebe und Freude stellt er uns wunderbare Wesen zur Seite, die es uns ermöglichen, vollkommen angstlos zu ihm zu gehen. Ich finde nicht, dass das dem Glauben widerspricht. Es ist ein Beweis für seine Richtigkeit."

Darauf schwiegen alle, nippten an ihren Gläsern und schmatzten mit den Lippen. Rüdiger wandte sich an Rudolf: „Wo sind die Jungs?"

„Martin ist nach dem Essen weg. Er hat gesagt, er geht mit Kai noch mal rauf zum See, eine Runde schwimmen."

„Die mögen sich wirklich, hm?"

Rudolf Stolz nickte, verbiss sich aber eine Antwort.

Rüdiger Brenner hakte nach: „Schwimmen?"

Rudolf Stolz nickte. „Schwimmen. Scheinbar hat irgendwer deinem Jungen das Schwimmen beigebracht."

Die Dämmerung lag still auf dem See. Zwei Köpfe zogen Wellenbahnen. Hin und wieder sahen sie sich an und lächelten. Das Wasser war warm vom Tag und roch nach Moos.

Kai sagte: „Lass uns rausgehen. Ich glaube, ich kriege einen Krampf im linken Bein."

„Ok, komm. Schnell."

In wenigen Augenblicken waren sie am Schotterufer, wo sie sich vor unendlicher Zeit einmal geprügelt hatten, und ließen sich keuchend und tropfend auf die warmen, rund geschliffenen Steine nieder. Kai streckte sein Bein aus.

Martin: „Geht's?"

Kai: „Ja, soweit geht's."

„Ok. Was machen wir heute noch? Ich glaube nicht, dass ich heute auch nur für eine Minute die Augen zukriege."

„Geht mir auch so."

„Also?"

Sie lagen nackt nebeneinander im letzten Licht der Dämmerung, zählten Wassertröpfchen auf der Haut des anderen, lächelten sich an.

Kai sagte leise: „Nicht Abris ist das Wunder."

„Sondern?"

„Frag nicht so saublöd. Du weißt, wie ich es meine."

„Sag's. Bitte."

Kai war heiser, als er sagte: „Du. Du bist das Wunder. Emo hin oder her. Ich liebe dich, Timmi."

Martin kuschelte sich in Kais Armbeuge, die Schottersteine schabten und klickerten unter ihm: „Das ist schön. Trotzdem habe ich

Angst vor nächster Nacht."

„Ich auch. Ich auch."

Nach etwa zehn Minuten sagte Martin leise: „Ich würde gern hier einschlafen. Mit dir."

Kai machte: „Scht. Schlaf."

Timmi kuschelte sich tiefer in Kais Armbeuge, schloss die Augen und konnte nicht aufhören zu lächeln.

Die Zeit verging, es wurde Nacht. Die Sterne standen hoch und klar am Himmel. Aus dem Wald hörte man das Maunzen und Schnauben, das Scharren und Keckern nachtaktiver Tiere. Leichter Wind war aufgekommen und ließ die Bäume knarren, spielte mit zwei Haarsträhnen auf Martins Stirn. Das Kitzeln weckte ihn. Er fühlte sich desorientiert, atmete aber erleichtert auf, als er Kai neben sich schlafen sah. Er lauschte. Die Geräusche der Nacht. Schön. Der Nachtwind war überraschend warm und schob feuchte Luft über den Waldsee. Die Blätter raschelten, Martin dachte an den Haselnussstrauch unter der Veranda. Die Zeit der Ernte. Bald, dachte er. Bald.

Dann hörte er die Stimmen von Männern, die sich nicht im Geringsten darum bemühten, unauffällig oder leise zu sein. Sie waren noch geschätzte dreihundert Meter weit weg, schwer zu sagen, und stapften durchs Gehölz. Sie klangen aufbrausend und betrunken.

Martin fühlte sich vom Kopf bis zu den Zehen alarmiert und rüttelte Kai wach. „Kai, aufwachen. Wach auf und sei leise."

„Wiewas? Timmi? Wasis? Wie spät isses?"

„Still. Ich glaub, die Typen, die auf Abris losgegangen sind, kommen hierher. Wir müssen abhauen. Und zwar rasch. Hilf mir."

Kai sah kurz zu, was Martin machte und folgte seinem Beispiel – sie schnürten ihre Jeans und T-Shirts, die Sneakers und Unterwäsche zu zwei Bündeln – Kai hatte sofort begriffen, dass es zu spät war, sich anzuziehen und zu flüchten. Also ließen sie sich lautlos ins Wasser gleiten und bewegten sich halb im Wasser zu einem aus Wurzeln bestehenden Überhang. Lichtstrahlen huschten über die Wasseroberfläche. Jemand rülpste, ein anderer rotzte geräuschvoll hoch und spuckte weit hinaus in den See. Martin sah Kai angeekelt an. Kai grinste verkrampft zurück.

„Wo ist der Homopunk? Na, puputput … komm raus, du linkslinke Wanze."

Eine Flasche klirrte, ein Fluch.

Eine andere Stimme: „Wenn ich den Schwanzlutscher zwischen die Finger bekommen, ich schwör's euch, ich zerquetsch ihm die Eier mit der bloßen Hand und nehme sein Geschrei auf Tonband auf. Echt, das mach ich, ich mach das echt. Ohne Scheiß."

„Klar machst du das, Karl, klar! Tom, kannst dich noch erinnern wie Karl dem kleinen Scheißer in Radkersdorf in die Eier getreten hat? Vorige Woche? Oder warst du da auch schon wieder so besoffen? Zuerst in die Eier, dann in die Schwuchtelfresse!"

„Aber Scheiße, klar kann ich mich erinnern. Hat sich am Boden gewälzt wie eine läufige Hündin, der schnieke Scheißer."

Eine andere Stimme: „Der ist nicht mehr da. Lass uns abhauen. Ich hab Durst. In Scheißberg hat noch Rigo offen. Gehen wir was saufen, was? Los!"

Einer bückte sich, nahm einen Schotterstein und schleuderte ihn hinaus aufs Wasser: „Wir kommen wieder, Süßer. So oft, bis wir dich haben. Und wenn wir dich haben, wird's echt wehtun."

Sie gingen. Kai zitterte und starrte Martin mit großen Rehaugen an. Als sie weit genug weg waren, keuchte er: „Um Himmels Willen, was waren denn das für Spinner? Und was die für 'nen Spruch drauf haben. Da kommt einem ja das Kotzen."

„Lass uns aus dem Wasser verschwinden. Ich frier mir hier die Eier ab."

Ein paar Minuten später waren sie bedrückt auf dem Weg hinunter ins Dorf.

Kai sagte: „Die sind gefährlich. Sollten wir das mit Abris und Jorden vielleicht verschieben?"

Martin dachte kurz nach, genau genommen bis zur Gartentür des Königsbergerhofes. „Nein. Ich denke nicht. Im Gegenteil." Er sah auf die Uhr; es war kurz nach zwei Uhr nachts. Er wandte sich mit einem harten Lächeln an Kai. „Wir machen kein Geheimnis draus. Wir machen eine Party. Mit Bier und Wein, Musik aus dem Ghettoblaster, mit Fackeln und Kerzen." Er blinzelte Kai vergnügt an, legte die Hand in seinen Nacken und zog ihn zu sich. „Küss mich, ich will schlafen gehen." Und so standen sie noch fünf Minuten vor dem Gartentor und sirrten wie eine Stimmgabel im Kuss.

Der Tag lag wie ein in Watte gepacktes Versprechen vor ihnen. Die

Hitze war drückend und schwül geworden, im Westen bahnte sich eine beeindruckende Gewitterfront an. Am frühen Nachmittag wurde es dämmrig und über dem Königsberg konnte man weit hinten im Westen das erste Wetterleuchten sehen. Die stechende Luft machte alle nervös. Martin war in seinem Zimmer und sortierte Bücher, Kai half seinem Vater beim Verladen der leeren Bierfässer, Stefan und Horst Eichbauer dröhnten sich zu, während sie CDs für die Party am Abend aussuchten. Es war eine Party angesagt, aber so wie es jetzt aussah, könnte sie ins Wasser fallen.

Kais Mutter war bei Martins Mutter auf Besuch und half ihr, Brötchen zu machen und das Fleisch für den Grill vorzubereiten.

Jorden de Schuil saß mit Max Freimuth am Pool. „Max. Glauben Sie an Wunder?"

„Ich glaubte vielleicht mal an Wunder. An Liebe, und daran, dass das Alt werden ein Fehler ist, der nur anderen Leuten passiert. Wunder? Ich weiß nicht, Jorden. Sagen Sie es mir."

Jorden legte seinen Arm um Max Schultern und sagte leise: „Ich bin inzwischen alt. Alt werden war kein Fehler. Ein Fehler wäre es, alt zu werden, ohne zu leben. Wissen Sie was? Als meine Frau und ich aufhörten, miteinander zu schlafen, da bin ich nicht fremdgegangen. Ich habe angefangen, am Strand von Zandvoort Treibholz zu sammeln und die besonders schönen Stücke zu bearbeiten. Ich habe angefangen, aus Blechstücken kleine Windspiele zu machen, die jetzt bei uns im hinteren Garten hängen. Irgendwann ließ auch meine Lust und äh, Manneskraft nach. Treibholz sammeln und Windspiele bauen ist zwar nicht annähernd so schön wie guter Sex, aber zum Teufel, es ist besser als Trübsal zu blasen. Bei uns, mein Gott, was bin ich doch für ein Narr. Bei uns. Ich rede noch immer so, als ob sie noch lebte."

„Ich schätze, davon kann man sich nicht so leicht befreien, was?"

„Mhm. Ebenso wenig wie man sich vermutlich im Alter den Reizen eines Neunzehnjährigen entziehen kann, hm?"

Und Max Freimuth wurde tatsächlich etwas rot – nickte aber langsam: „Stimmt."

„Max, ich möchte Sie heute Abend auf eine Party einladen. Beginnt um 21 Uhr oben am See. Vielleicht wird es kein Wunder geben. Aber vielleicht wird es ein wunderbarer Abend. Was meinen Sie? Wollen Sie einem alten Knacker die Freude machen? Wäre vielleicht ein angemessenes Erlebnis für den Schluss Ihres Reiseberichts."

Max nickte Jorden freundlich zu und lächelte: „Aber klar. Wer könnte schon eine solche Einladung ausschlagen? Kommen Kai und Martin auch?"

Jorden de Schuil lachte hell auf. „Sie sind unverbesserlich, mein Lieber. Ja. Die kommen auch. Und zwei langhaarige Jungs in engen Lederhosen."

„Na, dann kann mich ja gar nichts mehr aufhalten."

Später lieferten Kai und sein Vater fünf Paletten mit Bier in Dosen, die Frauen hatten die Brötchen fertig und das Fleisch für den Grill. Pater Walter hatte zwei halbwüchsige Ministranten für die Schlepperei eingeteilt und sie davon unterrichtet, dass sie heute etwas zu sehen bekommen könnten, das ihren Glauben erheben könnte. Und zwar über den frommen Wunsch ihrer Eltern hinweg, ihre Söhne bei der Sonntagsmesse als Ministranten zu sehen.

Kais Mutter rief Lisa an und lud sie zu der kleinen Party am Waldsee ein, ganz kurz entschlossen fuhr sie später mit Martins Mutter im Jeep nach Tieschen, um ihren querschnittsgelähmten Vater mitzunehmen. Der spindeldürre Mann, den man sonst nie lächeln sah (man sah ihn sowieso nur sehr selten, weil er das Haus nie verließ), war aufgekratzt wie ein Teenager und murmelte ständig irgendetwas schwer Verständliches über Seeschlachten und Badewetter.

Und um neun Uhr abends bewegte sich eine sehr seltsame Prozession vom Haus der Familie Stolz weg nach oben. Max Freimuth ging neben Jorden de Schuil, beide trugen Lampions, die an dünnen Schnüren von Ruten herabhingen. Zuerst war Max Freimuth sich lächerlich und alt vorgekommen, aber dann hatte ihn die seltsam aufgekratzte Stimmung der anderen erfasst, und er lächelte mit Gesichtsmuskeln, die er schon längst vergessen wähnte.

Die Mütter von Martin und Kai lieferten die Getränke, Imbisse und das angerichtete Fleisch mit den Jeeps über den Waldweg bis zum kleinen Parkplatz.

Die Männer trugen eine Badewanne, in der ein grünhaariger Junge saß – nackt, wie Gott ihn geschaffen hatte. Max Freimuth stieß Jorden de Schuil an und fragte: „Und wer ist das da? Dieser Junge?"

Jorden de Schuil lächelte, legte Max seinen Arm auf die Schultern und antwortete: „Ich wusste, dass Sie mich das fragen werden. Nun, ich werde jetzt noch nicht zu viel sagen. Nur eins: Er ist der König des Sees."

Mit dieser Antwort wollte sich Max Freimuth nicht zufrieden geben, der um den Hals seine Digitalkamera trug. Mit den Objektiven und dem aufsetzbaren Blitz. Aber er sah in Jordens Gesicht, dass er sich zumindest vorläufig mit dieser Antwort zufrieden geben musste.

Stefan und Horst Eichbauer kamen auf ihren Mopeds zum Waldparkplatz und halfen den Frauen, gemeinsam mit Pater Walter und den Ministranten die Paletten zum Schotterstrand zu tragen. Sie sahen den Pater zum ersten Mal in Zivilkleidung.

Horst meinte: „Boah. Der schaut ja fast menschlich aus. Vielleicht will er auch einen Lolly."

„Halt bloß die Fresse, du Trottel. Kuttenträger smoken kein Dope. Außerdem bleibt dann für uns weniger."

„Ok."

Die Vorbereitungen gingen schnell von der Hand. Kai half Lisa, ihren Vater aus dem Rollstuhl zu hieven und auf übereinander gestapelten Decken nahe der Feuerstelle zu legen. Martin und die Eichbauer Brüder gingen zurück zum Jeep um die Holzkohle zu holen, und Martin meinte: „Scheinbar sind die besten Partys immer die, die man improvisiert."

Die Brüder nickten wie formvollendete Headbanger und sagten unisono: „Yeah, that´s it!"

Rüdiger Brenner stand beim Pater, der gerade seinen Ministranten – sie hießen Ronny und Peter – gezeigt hatte, wie sie die Steine für die Feuerstelle aufschichten sollten, und zappelte nervös herum.

Pater Walter hob die Augenbrauen und sah ihn fragend an. „Was? Was ist, Rüdiger?"

Der drahtige Mann kam sich in diesem Moment vor wie ein Volksschüler, lebensunerfahren und ängstlich. „Es ist weil … Pater, was tun wir hier eigentlich? Warum tun wir alle so, als wäre es das Selbstverständlichste der Welt? Ich meine, wir sind dabei …"

„ … eine Party zu geben. Für einen Feriengast, der sich heute Abend einen Wunsch erfüllen wird. Einen Kindheitswunsch. Er wird irgendwann, wenn der Mond hoch in der Nacht steht, im See schwimmen gehen. Und wir werden da sein und ihm mit Fackeln und

Lampions einen würdigen Rahmen bieten."

„Ja aber ..."

„Was aber?"

„Aber tun wir das Richtige? Ich meine, ist das gut, was wir tun?"

Pater Walter setzte sich im Schneidersitz auf den Boden, mit Blick auf den See und lud Rüdiger Stolz ein, sich zu ihm zu setzen. Er dachte kurz nach, dann erzählte er mit einer von tausenden Predigten geübten Stimme: „In Wien gibt es einen Pater. Sein Name ist Clemens, und er ist Trintarier. Er war jahrelang Pfarrer in der Leopoldstadt. Er ist ein guter Mann, kein herausragender Prediger oder Theoretiker, er ist ein Mann der Tat. Als die Sache mit den HIV Infektionen unübersehbar wurde, und als man sah, unter welch traurigen Umständen diese Menschen in den Spitälern dahinvegetierten, von den Tageszeitungen gebranntmarkt als unkeusche Lüstlinge, die sich ihr Schicksal selbst zuzuschreiben hatten und nun Gottes Strafe in Form dieser grauenhaften Krankheit erleiden mussten, gründete Pater Clemens die AIDS Sterbehilfe. Padres und Freiwillige, die die kranken Menschen auf ihrem letzten Weg seelsorgend begleiten. Rüdiger, du hast keine Vorstellung davon, wie laut, wie wütend und wie empört die Schreie der gottesfürchtigen Menschen waren, als sie davon erfuhren. Seelsorge für Homosexuelle und Drogensüchtige? Ja darf man denn das? Pater Clemens sagte ja. Und er ist in dem, was er tut, ein wahrer Diener Gottes. Ein Pater, mit dem ich vor Jahren lange zusammengearbeitet habe, gründete in Mödling, das ist im Süden Wiens, ein Drogenheim, also ein Heim für Drogensüchtige zur Rehabilitation. Pater Clemens und Pater Quirin haben eines gemeinsam: Sie tun Gottes Werk dort, wo es sonst keiner tun will, wo Mildtätigkeit und christliche Nächstenliebe zur reinen Posse verkommen sind. Was wir hier tun, ist richtig. Jorden de Schuil ist ein alter Mann, und soviel ich sagen kann, ist er ein guter Mann. Er will heute Nacht unter den Sternen schwimmen gehen. Er will mit Menschen zusammen sein, die ihm etwas bedeuten. Und er will, falls sein Herz versagt, in guten Händen sein. Was auch immer Abris ist, er ist wirklich. Ich habe in seine Augen gesehen, ich habe sein Lächeln gesehen. Vielleicht ist er kein Engel im biblischen Sinn. Aber er ist nahe daran. Schau zu ihm hinüber, ja. Ist das ein Dämon? Ein Teufel? Ich sage nein! Das ist er nicht. Er ist etwas Spirituelles, das in keiner Lehre der Amtskirche erwähnt wird – vielleicht sogar aus gutem Grund. Und auch in den anderen großen Religionen gibt es keine Hinweise auf Wesen wie ihn. Weißt du, was der

Unterschied zwischen einem Gläubigen und einem Fundamentalisten ist?"

Rüdiger schüttelte langsam den Kopf und starrte dabei gebannt zu Abris, der in der Badewanne saß und dem geschäftigen Treiben um ihn mit großen Augen zusah.

„Ein Gläubiger glaubt. Ein Fundamentalist weiß. Oder glaubt, zu wissen. Ich war immer ein Mann des Glaubens. Der Glauben hat mir in all den Jahren Kraft gegeben, auch wenn es manchmal fast unmöglich war, den Glauben rein zu halten. Jetzt sehe ich ihn, diesen Elemental. Und weißt du was? Ich will glauben. Ich will glauben, dass er zwischen dem Paradies und dem Leben steht und Menschen begleitet. Ich will seine Existenz in meinen christlichen Glauben integrieren, und es fällt mir leicht. Gott ist kein fundamentalistischer Racheengel, Gott ist nicht der Papst, Gott ist nicht der Koran oder die Bibel. Wenn ich Abris ansehe, weiß ich nicht mehr, was ich einst glaubte, was Gott ist. Aber wenn er solche Wesen schaffen kann und dies auch tut, dann ist er Liebe. Sang schon diese deutsche Gruppe. Rosenstolz: Liebe ist alles. Vielleicht sollten wir in all der akademischen Sinnsuche, beim Studium der Schriften ein bisschen weniger versuchen, zu erfassen als zu glauben. Liebe ist alles, glaub mir das, Rüdiger. Wir tun hier nichts Unrechtes. Eine Party unter Freunden. Eine Party am Waldsee. Es gibt kaltes Bier, guten Wein – denn mein Wein ist verdammt noch mal gut – und es gibt Musik. Junge Leute, alte Leute, Lampions und Fackeln. Und vielleicht werden wir in den frühen Morgenstunden, wenn wir zurückgehen, zwei Leute vermissen. Vielleicht werden manche von uns sogar weinen. Aber wenn wir das tun, wenn wir weinen oder darüber nachdenken, was wir getan haben, dann werden wir wissen, dass wir das Richtige getan haben, weil wir es aus Liebe taten. Oder zumindest aus Respekt vor der Liebe. Geht's dir jetzt besser?"

Rüdiger Brenner nickte und lächelte: „Ich könnte jetzt ein Bier vertragen, Pater. Du auch?"

Pater Walter lachte leise und rief dann den Ministranten zu: „Zwei Bier Jungs, kalt und zackig, ja?"

Stefan eröffnete den musikalischen Teil der Party, ganz wie zu erwarten war, mit U2: It's a beautiful day. Das Lagerfeuer brannte und die Flammen schlugen fast einen halben Meter hoch. Die Kohle im Grill glühte hell und heiß, am Beistelltisch glänzte das marinierte Fleisch. Kai und Martin saßen in der Wiese hinter dem Grill und schälten Kartoffeln, Pater Walter sprach leise mit Lisas Vater und Lisa saß am Ufer und warf Steine ins Wasser. Martin sah kurz zu Kai, legte dann die halb geschälte Kartoffel beiseite, das Schälmesser in den Topf, stand auf und ging zu Lisa.

Er setzte sich neben sie auf den Schotter, legte ihr einen Arm auf die Schulter und zog sie zu sich: „Was ist, Lisa?"

Sie schaute ihn an und versuchte ein Lächeln, das ihr auch halb gelang. „Ach weißt du, ich denke, es gibt bei jeder Party irgendeinen, der mal Trauer schiebt oder so. Es ist mein Vater. Sieh ihn dir an. Es ist nicht leicht zu erkennen, wenn man nicht die letzten Jahre mit ihm Tag für Tag zusammen war. Aber er ist so glücklich. Das berührt mich, weil ich glaube, ich hätte ihn all die Jahre vernachlässigt oder seine Wünsche bewusst übersehen."

„Blödsinn. So ein Quatsch, aber voll. Was du getan hast, ist schon bewundernswert. Du solltest dich nicht nach dem bewerten, was hätte sein können. Sondern daran, was du getan hast. Er ist jetzt glücklich. Das ist gut, echt gut. Jetzt weißt du es und kannst dich danach richten."

„Und da ist noch etwas, womit ich fertig werden muss."

„Ja?"

„Frag nicht so dämlich, du weißt, was ich meine."

„Naja. Wegen Kai und mir?"

„Mhm. Ich hab dich schon in der Hauptschule geliebt. Ich wollte es dir nicht zeigen, sondern so sein wie du. Schwarz, stark, gothic oder so. Und jetzt, wo ich das Gefühl hatte, endlich eine Chance zu haben, stellt sich raus, dass du schwul bist. Das kann einem verliebten Mädchen ganz schön zusetzen, aber echt!"

Martin sah sie liebevoll an, zog sie zu sich und küsste sie auf die Schläfe. Er flüsterte: „Du bist wunderbar, Lisa. Wirklich. Aber Kai … ist nun mal Kai. Und so sehr, wie ich ihn früher gehasst habe, so sehr liebe ich ihn jetzt. Ich halte das für ein Wunder, das mit ihm zusammenhängt." Er deutete mit dem Kinn zu Abris, der den Kopf im Takt von AC/DCs Hells Bells bewegte.

Pater Walter war schon auf dem Weg zu Stefan, um ihm wegen der Musikauswahl eine Predigt zu halten.

Max Freimuth tigerte zwischen den kleinen Grüppchen, die sich gebildet hatten, herum und schoss Fotos. Und er machte auffällig viele Bilder von Horst, der sich lasziv und eingekifft in seiner engen

Lederhose auf dem Boden rekelte und nahezu professionell mit der Kamera flirtete. Stefan handelte mit dem Pater einen Waffenstillstand aus und legte VAST in den CD Player.

Die ersten gegrillten Würstchen waren fertig. Die Ministranten griffen zu, später Martins Eltern. Es gab einen großen Sack mit frisch aufgebackenen Brötchen.

Jorden nahm sich das erste Stück Spareribs vom Grill, gab sich Senf und Meerrettich auf den Pappendeckel und schlenderte weg. Kurz darauf kam er wieder, holte sich eine Dose Bier und ging zurück zu seinem Platz am Ufer. Er sah hinaus auf den See, der wie ein schwarzer Spiegel da lag. Der Mond stand hoch.

Jetzt war es kurz vor Mitternacht, die Gespräche versandeten, weil alle aßen, oder damit befasst waren, sich Brötchen und Grillfleisch zu holen. Nur hin und wieder blitzte Max Freimuths Kamera, wenn er ein weiteres Foto von Horst schoss, der eitel und bekifft lächelte. Die Stimmung kippte etwas, als Stefan ein Lied von Rosenstolz spielte. Später sagte Stefan, er hatte gar nicht gewusst, dass sie diese CD überhaupt hatten. Es war das Lied: „Aus Liebe wollt ich alles wissen."

Die Fackeln knisterten und bewegten sich im lauen Wind. In der Ferne war Donnergrollen zu hören und die Luft war merklich drückender geworden.

Ernst Kratochwil, der sich bis jetzt im Hintergrund gehalten hatte, stand plötzlich schwerfällig auf und ging aus dem Schein der Fackeln zum kleinen Waldweg, über den man zur Forstrasse kam und stellte sich breitbeinig auf. Männer kamen. Vier Männer, vierschrötig, groß und schlecht gelaunt.

Ernst grinste über das ganze Gesicht und schob mit der Zunge seine Zahnprothese hin und her: „Männer aus dem Basaltwerk. Was für eine Freude. Wollt ihr ein Bier? Oder kalten Wein? Würstchen, wir haben alles da!"

Die Männer waren betrunken, das konnte man sehen. Einer rief: „Was ist denn das für eine Scheiße hier? Was für 'ne Party ist das denn? Und wieso wissen wir nichts davon?"

Ernst Kratochwil antwortete: „Spontane Entscheidung. Wir schmeißen die Party, um einen Touristen zu verabschieden. Wir kündigen nicht jeden Scheiß auf Plakaten an. Aber wo ihr schon mal hier seid, könnt ihr ja mitfeiern, oder?"

Kais und Martins Vater gesellten sich zu Ernst Kratochwil. Die

Männer sahen, dass sie hier nicht so ohne weiteres stänkern konnten und wurden ruhiger. Dann sah einer von ihnen jenseits des Fackelscheins den Jungen mit den grünen Haaren in der Badewanne sitzen und rief heiser: „Da ist die Ökuschwuchtel. In der Wanne, schaut mal!"

Ein anderer Mann, dick und behaart im Unterhemd schrie: „Den fischen wir uns da jetzt raus. Kommt Männer, dem prügeln wir die Scheiße aus dem Leib!"

Pater Walter kam zu der kleinen Versammlung, in einer Hand eine Dose Bier, in der anderen den kleinen Pappteller mit einer halb gegessenen Bratwurst. „Aber, aber, meine Herren. Was soll denn das? Der Junge dort ist von Greenpeace und unser Ehrengast. Oder ist er von Global2000? Keine Ahnung. Er wird einen Bericht über den Basaltabbau auf diesem wunderschönen Berg schreiben. Wollen Sie vielleicht einen Referenten der Greenpeace oder Global2000 in schlechte Laune versetzen? Trinken Sie ein Bier, oder auch zwei. Es ist genug da."

Die Ministranten kamen dazu, Horst und Stefan kamen mit der aufreizenden Gleichgültigkeit von Gewohnheitskiffern und sahen gefährlicher aus, als sie waren. Für die vier Männer entstand eine Pattsituation. Hier war nicht leicht randalieren. Zu viele Leute hier, die zu viele Leute kennen könnten. Sie murrten und willigten ein. Martin lief zu den Kühltaschen, schnappte sich eine davon und brachte sie zu der inzwischen groß gewordenen Runde. Die vier Männer waren plötzlich sanft wie die Lämmchen, schielten aber noch immer mit Misstrauen und Wut zu dem Jungen in der Badewanne.

Der Nachthimmel bedeckte sich. Der Wind frischte auf und ließ die Flammen des Lagerfeuers höher lodern. Die Musik war aus und weder Stefan noch Horst dachten daran, die CD zu wechseln. Das Donnergrollen kam näher, das Wetterleuchten wurde eindringlicher.

Martin ging zu der Badewanne und hockte sich nieder. Er war schon leicht betrunken. Er streichelte Abris' Haare. Martin war zu gedankenloser Zärtlichkeit fähig, einer Zärtlichkeit, die nicht forderte.

Abris sah an Martin vorbei zu den Menschen am Ufer des Sees. Er sah ihre Lichter über den Köpfen. Und die Lichter sagten ihm, dass auf dieser Lichtung müde Zufriedenheit herrschte, ein zaghaftes Lächeln in der Nacht.

Martin beugte sich zu Abris und küsste ihn auf den Mundwinkel: „Abris, gibt es da draußen, da drüben, irgendwo ein riesengroßes

Geheimnis? Eine einzige Antwort auf alle Fragen?“

Abris lächelte breit und antwortete: „Ach, Martin. Nein, gibt es nicht. All das Leben ist nicht geheimnisvoll, kein Grund, um hunderttausende Seiten zu schreiben. Es ist einfach so, wie es ist und nur die Frage selbst macht es kompliziert. Jorden zieht sich aus. Ich glaube, es wird Zeit.“

Martin sprang auf und sah tatsächlich, wie sich Jorden de Schuil mit einer Hand an einen Stamm stützte und sich mit der anderen Hand die Schuhe auszog. Dann die Socken.

Max Freimuth kam aus dem Dunkel zwischen zwei Lampions zu ihm und fragte: „Was machen Sie, Jorden? Kann ich Ihnen helfen?“

Jorden murrte: „Ach hören Sie schon auf. Ich hab mich mein Leben lang allein an- und ausgezogen. Was ich mache? Na, was glauben Sie denn? Ich nehme ein Bad. Jahrzehnte habe ich darauf gewartet, wieder einmal nachts in einem Waldsee zu schwimmen. Das wird für mich die Krönung des Abends. Schießen Sie doch lieber noch ein paar Fotos von diesem langhaarigen Jungen in der Lederhose dort.“

„Jetzt werden Sie aber unfair.“

„Entschuldigen Sie. Ich bin etwas nervös, aufgeregt. War nicht so gemeint. Sie können mir bedenkenlos glauben, dass Sie mir seit Jahren der angenehmste Gesprächspartner waren. Und eins hab ich Ihnen noch nicht gesagt. Nicht in dieser Deutlichkeit: Sie sind ein herausragender Journalist. Sie arbeiten nur für die falsche Seite.“

„Martin, ich glaube, es ist soweit. Bring mich bitte ins Wasser.“

Jorden stand nackt und gebückt vom Alter am Ufer des Sees. Die Leute waren aufgestanden. Das Essen war gegessen, das Bier war getrunken. Jorden machte einen Schritt ins Wasser und sagte: „Wie wundervoll warm das Wasser doch ist.“

Dann griff er sich an den linken Oberarm und verzog das Gesicht. Jorden drehte sich um. Die Männer und Frauen hatten Fackeln und Lampions in den Händen und erleuchteten das Seeufer. Er lächelte. Dann sah er zu Abris: „Kommst du? Ich möchte sehr gerne eine Runde schwimmen, oder zwei oder drei. Und ein Lied zu Ende singen.“

Abris lächelte und nickte.

Pater Walter ging zu den vier Männern der Mine, die inzwischen viel sanfter wirkten und sagte zu ihnen: „Männer, heute könnt ihr etwas Gutes tun. Helft ihr mir bitte, diesen Jungen dort samt Badewanne in den See zu bringen?“

Einer krächzte: „In den See schmeißen? Aber gerne!"

„Nicht schmeißen. Sanft absetzen. Na los, ihr seid alle große kräftige Männer."

Und das taten sie auch: Sie standen auf, wankten hinter Pater Walter zu der Badewanne und packten sie an vier Seiten, hoben sie hoch.

Der Dicke im Unterhemd maulte: „Ich mach mir hier die Schuhe kaputt, verdammte Scheiße!"

Pater Walter antwortete: „Nicht so sehr, wie dein Zorn deine Seele kaputt macht, Herrgottnochmal!"

„Entschuldigen Sie, Vater!"

„Schon gut. Eins, zwei, drei und auf geht's."

Abris glitschte wie ein Fisch in den See und bewegte sich elegant hinaus. Dann schwamm er zum Ufer zurück, dorthin, wo Martin stand.

Kai hatte seinen Arm auf dessen Schulter gelegt. Martin hatte feuchte Augen, die im Licht der Kerzen schimmerten.

Abris rief leise: „Martin, komm zu mir."

Martin löste sich aus Kais Umarmung, ging über den Schotter zum Wasser und hockte sich auf die Hacken.

Abris legte seine Hand in Martins Nacken und zog ihn zu sich. Dann flüsterte er ihm etwas ins Ohr, lächelte und nickte.

Max Freimuth verstand auf einmal, dass jetzt etwas von Größe und Gewicht geschah. Er wusste nicht was, bedachte aber alles, was er sah mit Sätzen und fotografierte auf Teufel komm raus.

Jorden de Schuil ging langsam ins Wasser hinein, bis er bis zur Brust im Wasser stand. Er drehte sich um und sah zu den vielen Menschen, die am Ufer standen. „Umringt von Freunden nehme ich ein Bad."

Kais Vater rief hinaus: „Was?"

Jorden lächelte mild und sagte: „Ach nichts. Ich wollte nur etwas Intelligentes in dieser Situation sagen. Danke Leute. Danke für diese Party. Es war wundervoll. Und … es war würdig."

Dann drehte er sich langsam um und schwamm zur Mitte des Sees hinaus.

Abris küsste Martin auf den Mund und sah ihn traurig an. Dann warf er sich herum und tauchte ab.

Jorden schwamm in der Mitte des Sees, langsam und bedächtig. Sein linker Oberarm schmerzte. Er fühlte sich kraftlos und alt, aber nicht entmutigt. Er sang mit brüchiger Stimme:

„Komm süßer Mond und zieh Dein Kleid aus Wolken aus,
veredle mir die Nacht, mach silbern Wald und Gräser“

Seine Schläfen pochten. Es war so schön, hier zu sein, es war so magisch. Das Licht der Freunde am Ufer …

„Schenk mir einen Augenblick heiliger Besinnung, ehe die Nacht tief in den Weiher stürzt, das Feuer erlischt und die Freunde nach Hause gehen.“

Jorden de Schuil war müde. Das Licht schien ihm fern. Das Ufer war so fern. Das Leben, an das er sich erinnerte, erschien ihm grobkörnig und unscharf wie ein altes Foto. Es kostete ihn viel Kraft, die letzte Strophe des Liedes zu singen. Und in der Stille hörten sie es bis ans Ufer:

„So wie sie immer gehen nach einem Fest am Waldensee,
Singend für einen, der hier ertrunken ist,
gröhlend für den Hof der alten Nacht, am Ende schweigend für des Morgens erstes Zwielicht.“

Als ihn die Kraft verließ und er den ersten Schluck Wasser einatmete, war da ein Hauch von Panik, der sich in einem gleißend blauen Licht auflöste, das von unten kam.

Pater Walter keuchte: „Oh mein Gott.“

Die Ministranten wichen zurück, Kai klammerte sich an Martin, Lisa stützte ihren Vater, der wild lachte.

Unter der Oberfläche des Waldsees sprudelte weißblaues Licht, das von unten nach oben quoll und sich ausbreitete. Gleichzeitig wurde das Wasser klarer und klarer. Sie sahen Jorden de Schuil, der knapp unter der Wasseroberfläche kraftlos zappelte und versuchte, zu würgen, nach oben zu kommen.

Das Wasser war unglaublich kalt in der Brust. Alle Müdigkeit war verflogen, Jorden empfand Grauen und Panik. Er sah nach unten. Und von dort, aus dem Zentrum des Lichts, das hell war, aber nicht blendete, schoss Abris auf ihn zu. Er dachte in Jordens Kopf: Du hast es zu Ende gesungen. Es wird Zeit. Alles, was du je geliebt hast, alles was dich liebt, wartet dort. Lass los. Es ist gut.

Und Jorden verlor augenblicklich alle Angst. Das Wasser schmerzte nicht mehr in der Brust, weil er nicht mehr atmen musste. Abris nahm ihn bei der Hand und zog ihn auf das Licht zu. Und aus dem Licht schälten sich Schemen, die immer deutlicher wurden. Geflügelte Wesen, deren Schwingen sich wie Tang in der Strömung bewegten – langsam und würdevoll.

Das war schön. Das war sogar ganz unglaublich schön. Abris zeigte an Jordens Schulter vorbei. Jorden drehte sich um und sah sich selbst, oder das, was von ihm geblieben war, im Wasser zappeln und zucken. Jorden empfand reine Ekstase, pure Freude. Er sah wieder nach unten zum Licht, und je näher er an Abris' Hand zu der Quelle des Lichts kam, desto stärker wurde in ihm das Gefühl, nicht nach unten, sondern nach oben zu schwimmen, hinauf zu steigen. Schwerelos wie ein Luftballon, gefüllt mit Heiterkeit und Zuversicht. Das Licht wich zurück, dröselte sich in Schlingen und Spiralen auf: Blauweiß und türkis, altrosa und indigo. Dahinter wurde die sternenklare Weite des Universums sichtbar, erfüllt mit flatterndem, gleitendem, strahlendem Leben. Abris ließ Jordens Hand los und dachte in seinem Kopf: Den Weg findest du jetzt allein. Leb wohl, Jorden de Schuil. Leb wohl!

Jorden empfand einen kurzen Stich des Bedauerns. Dann wandte er sich ab und glitt auf das große weite Land vor ihm zu. Und als er es erreichte, verwandelte er sich in flatterndes, gleitendes, strahlendes Leben.

Abris stieg auf. Er spürte, wie er sich verwandelte. Aber es war zu früh. Er beeilte sich, setzte all seine Kraft ein, um noch einmal das Wasser zu durchstoßen.

Martin kniete sich am Ufer nieder und berührte mit den Fingerspitzen die Wasseroberfläche, die vom stärker werdenden Wind aufgeraut wurde. Erste, schwere Regentropfen fielen vom Himmel.

Martin tatschte mit der flachen Hand dreimal auf die Oberfläche. Kai kniete neben ihn und hielt ihn an der Schulter fest. Martin flüsterte: „Abris, komm hoch, einmal noch. Bitte!“

Kai küsste ihn auf den Mundwinkel und half ihm hoch. Das schwache Licht im See sackte nach unten zurück, bis es erlosch.

Es war dunkel und still. Das Unwetter zog südlich an ihnen vorbei und bis auf die paar Tropfen regnete es in dieser Nacht nicht mehr. Es war kurz nach ein Uhr morgens.

Kniend umarmten sich Martin und Kai und küssten sich im Schein der Fackeln.

Der süße Mond plagte sich durch die Wolken, fand einen Spalt und warf goldgelbes Licht herab.

Und jetzt war es am Waldsee nicht nur still, sondern auch gut. Alles war gut. Sie löschten das Lagerfeuer und lächelten über die Eichbauer Brüder, die am Rand des Steinkreises friedlich schliefen. Sie gaben Sand auf den Grill, um die Glut zu ersticken und räumten herumliegende Dosen und Pappbecher in große Müllsäcke. Sie machten aus, es für heute Nacht gut sein zu lassen und morgen Vormittag den Rest wegzuräumen.

Die vier Männer von der Mine standen unschlüssig herum, schwiegen. Fühlten sich als Teil einer Wahrheit und doch nicht Teil des Kreises. Sie waren halb verkatert, halb betrunken. Max Freimuth schoss noch ein paar Bilder der schlafenden Brüder. Lisa deckte ihren Vater zu und legte sich zu ihm, kuschelte sich an ihn und dachte, dass es wohl nichts besseres geben könnte, als nach einer Party am See gleich dort zu schlafen, mit den Echos der guten Laune zwischen den Bäumen, an der Brust des Vaters, am Ufer eines Sees, in dem man gerade einen Hauch von Himmel gesehen hatte.

Später, auf dem Weg zurück nach Königsberg, ging Kai neben Martin und hielt seine Hand. Ihre Väter gingen hinter ihnen.

Kai fragte: „Als du dich von Abris verabschiedet hast, da hat er dich zu sich gezogen und etwas geflüstert. Darf ich das jetzt wissen oder ist das ein galaktisches Geheimnis?"

Martin lachte auf: „Es gibt keine Geheimnisse. Nein. Es gibt nur ein paar Sachen, von denen wir einfach nichts wissen."

Rüdiger Brenner ging neben Rudolf Stolz und sagte: „Ich glaub, ich brauch ein Bier. Mein Sohn ist in den Sohn meines Exlieblingsfeindes verliebt. Das muss man als Vater ja erst mal wegstecken."

Rudolf Stolz nickte und gab Rüdiger eine Dose aus der Kühltasche, die er geschultert trug: „Ich kann auch 'ne Hülse vertragen."

Sie sahen sich an und lächelten. Erfreut und etwas verwundert. Dann knackten sie ihre Dosen, und als Rudolf Stolz Jordens Lied zu summen begann, stimmte Rüdiger mit ein.

„Also, was hat er nun gesagt? Spann mich nicht so auf die Folter!"

Martin und Kai waren beim Friedhofszaun stehen geblieben, dort, wo sie sich vor undenklichen Zeiten einmal geprügelt hatten. Martin umarmte Kai, die Prozession mit Fackeln und Lampions zog an ihnen vorüber. Sie küssten sich unter den mondlichtbestickten Wolkeninseln.

Martin knabberte an Kais Ohr und flüsterte: „Er hat gesagt, die Liebe findet immer einen Weg, das Leben findet immer einen Weg."

Kai antwortete: „Und was bedeutet das?"

Martin zuckte mit den Schultern, sah hinauf in die Nacht, atmete aus und flüsterte: „Keine Ahnung. Aber es hört sich richtig an."

Ende

Peter Nathschläger

Dunkle Flüsse

224 Seiten
14,90 Euro

ISBN
978-3-934825-43-7

David Schneider wurde als Siebenjähriger von Frank Dohunan, dem Jäger und Beutemacher entführt.

Er durfte sich nicht mehr David nennen, sich an nichts mehr erinnern. Dohunan zwang ihn zur Prostitution und belog ihn über seine Vergangenheit.
Erst neun Jahre später schaffte David die Flucht.
Es wird nicht nur eine Reise quer durch die USA, sondern auch eine entlang der dunklen Flüsse menschlicher Grausamkeit – durch eine von Menschenhand erschaffene Hölle. Diese erlebt David in einem Internat für elternlose Jungen, die durch ihre Aufseher ein grauenhaftes Martyrium erleiden.
Die Flucht, seine Suche nach seinem Zuhause, führt ihn nicht nur hart an den Rand dessen, was ein Mensch ertragen kann, sondern auch in die Arme von Mark Fletcher, einem gleichaltrigen Jungen, der vom Gefährten zum Freund und zum Geliebten wird.